Franz Kafka ist einer der bedeutendsten Erzähler des 20. Jahrhunderts. Seine Prosa ist in ihrer Abgründigkeit und Vieldeutigkeit geradezu zum Inbegriff der literarischen Moderne geworden, und der Autor Kafka scheint wie kein anderer zu verkörpern, was man sich unter einem »modernen« Dichter vorstellt: eine tragische, ganz der Literatur gewidmete Existenz. ›Das große Lesebuch‹ möchte den Blick von bestehenden Kafka-Bildern und -Interpretationen zurück auf die Texte selber lenken: auf die Präzision ihrer Bilder, auf die Fallstricke ihrer Figurationen, auch auf ihre oft vernachlässigte Komik und Zeitgenossenschaft. Neben ausgewählten Erzählungen, die zu Lebzeiten erschienen sind, und zahlreichen Prosatexten aus dem Nachlass enthält der Band ausgewählte Passagen aus den drei Romanen ›Der Proceß‹, ›Das Schloß‹ und ›Der Verschollene‹ sowie exemplarische Auszüge aus Kafkas Briefen und Tagebüchern.

Franz Kafka wurde am 3. Juli 1883 als Sohn jüdischer Eltern in Prag geboren, der Stadt, in der er nahezu sein ganzes Leben verbrachte. Nach einem Jurastudium, das er 1906 mit der Promotion abschloss, trat Kafka 1908 in die Prager ›Arbeiter-Unfall-Versicherungs-Anstalt‹ ein, deren Beamter er bis zu seiner frühzeitigen Pensionierung im Jahr 1922 blieb. Franz Kafka starb, noch nicht 41 Jahre alt, am 3. Juni 1924 an den Folgen einer Tuberkulose-Erkrankung.

Unsere Adresse im Internet: www.fischerverlage.de

FRANZ KAFKA

Das große Lesebuch

Fischer Taschenbuch Verlag

Ausgewählt von Sascha Michel

Originalausgabe
Veröffentlicht im Fischer Taschenbuch Verlag,
einem Unternehmen der S. Fischer Verlag GmbH,
Frankfurt am Main, Juli 2005

Quellenhinweise am Schluss des Bandes
Gesamtherstellung: Clausen & Bosse, Leck
Printed in Germany
ISBN 3-596-50894-0

Inhalt

Aus den Tagebüchern und Briefen

Drucke zu Lebzeiten

Die Aeroplane in Brescia

Wir sind angekommen. Vor dem Aerodrom liegt noch ein großer Platz mit verdächtigen Holzhäuschen, für die wir andere Aufschriften erwartet hätten, als: Garage, Grand Büfett International und so weiter. Ungeheure in ihren Wägelchen fettgewordene Bettler strecken uns ihre Arme in den Weg, man ist in der Eile versucht, über sie zu springen. Wir überholen viele Leute und werden von vielen überholt. Wir schauen in die Luft, um die es sich hier ja handelt. Gott sei Dank, noch fliegt keiner! Wir weichen nicht aus und werden doch nicht überfahren. Zwischen und hinter den Tausend Fuhrwerken und ihnen entgegen hüpft italienische Kavallerie. Ordnung und Unglücksfälle scheinen gleich unmöglich.

Einmal in Brescia spät am Abend wollten wir rasch in eine bestimmte Gasse kommen, die unserer Meinung nach ziemlich weit entfernt war. Ein Kutscher verlangt 3 Lire, wir bieten zwei. Der Kutscher verzichtet auf die Fahrt und nur aus Freundschaft beschreibt er uns die geradezu entsetzliche Entfernung dieser Gasse. Wir fangen an, uns unseres Anbotes zu schämen. Gut, 3 Lire. Wir steigen ein, drei Drehungen des Wagens durch kurze Gassen, wir sind dort, wohin wir wollten. Otto, energischer als wir zwei andern, erklärt, es falle ihm natürlich nicht im geringsten ein, für die Fahrt, die eine Minute gedauert hat, 3 Lire zu geben. Ein Lire sei mehr als genug. Da sei ein Lire. Es ist schon Nacht, das Gäßchen ist leer, der Kutscher ist stark. Er kommt gleich in einen Eifer, als dauere der Streit schon eine Stunde: Was? – Das sei Betrug. – Was man sich denn denke. – 3 Lire seien vereinbart, 3 Lire müssen gezahlt werden, 3 Lire her oder wir würden staunen. Otto: »Den Tarif oder die Wache!« Tarif? Da sei kein Tarif. – Wo gäbe es dafür einen Tarif! – Es sei eine Vereinbarung über eine Nachtfahrt gewesen, wenn wir ihm aber 2 Lire geben, so lasse er uns laufen. Otto zum Angst bekommen: »Den Tarif oder die Wache!« Noch einiges Geschrei und Suchen, dann wird ein Tarif herausgezogen, auf dem nichts zu sehen ist, als Schmutz. Wir einigen uns daher auf 1 Lire 50 und der Kutscher fährt weiter in die enge Gasse, in der er nicht wenden kann, nicht nur wütend, sondern auch wehmütig, wie mir scheinen will. Denn unser Benehmen ist leider nicht das Richtige gewesen; so darf man in Italien nicht auftreten, anderswo mag das recht sein, hier nicht. Nun wer überlegt das in der Eile! Da ist nichts zu beklagen, man kann eben in einer kleinen Flugwoche nicht Italiener werden.

Aber Reue soll uns nicht die Freude auf dem Flugfeld verderben, das gäbe doch nur wieder frische Reue, und wir springen ins Aerodrom mehr als wir gehen in dieser Begeisterung aller Gelenke, die uns, einen nach dem andern, unter dieser Sonne hier plötzlich manchmal erfaßt.

Wir kommen an den Hangars vorüber, die mit ihren zusammengezogenen Vorhängen dastehen, wie geschlossene Bühnen wandernder Komödianten. Auf ihren Giebelfeldern stehn die Namen der Aviatiker, deren Apparate sie verbergen, darüber die Trikolore ihrer Heimat. Wir lesen die Namen Cobianchi, Cagno, Calderara, Rougier, Curtiss, Moncher (ein Tridentiner, der italienische Farben trägt, er vertraut ihnen mehr, als unsern), Anzani, Klub der römischen Aviatiker. Und *Blériot*? fragen wir. Blériot, an den wir die ganze Zeit über dachten, wo ist Blériot?

In dem eingezäunten Platz vor seinem Hangar läuft Rougier, ein kleiner Mensch mit auffallender Nase, in Hemdärmeln auf und ab. Er ist in äußerster, etwas unklarer Tätigkeit, er wirft die Arme mit den stark bewegten Händen, betastet sich im Gehen überall, schickt seine Arbeiter hinter den Vorhang des Hangars, ruft sie zurück, geht selbst, alle vor sich drängend, hinein, während abseits seine Frau in engem, weißen Kleid, einen kleinen schwarzen Hut stark ins Haar gepreßt, die Beine im kurzen Rock zart auseinandergestellt, in die leere Hitze schaut, eine Geschäftsfrau mit allen Sorgen des Geschäftes in ihrem kleinen Kopf.

Vor dem benachbarten Hangar sitzt Curtiss ganz allein. Durch die ein wenig gelüfteten Vorhänge ist sein Apparat zu sehen; er ist größer, als man erzählt. Als wir vorüberkommen, hält Curtiss den

Newyork Herald in der Höhe vor sich und liest eine Zeile oben auf einer Seite; nach einer halben Stunde kommen wir wieder vorbei, er hält schon in der Mitte dieser Seite; wieder nach einer halben Stunde ist er mit der Seite fertig und fängt eine neue an. Fliegen will er heute offenbar nicht.

Wir wenden uns und sehn das weite Feld. Es ist so groß, daß alles, was sich auf ihm befindet, verlassen scheint: die Zielstange nahe bei uns, der Signalmast in der Ferne, der Startkatapult irgendwo rechts, ein Komiteeautomobil, das mit im Wind gespanntem gelben Fähnchen einen Bogen über das Feld beschreibt, in seinem eigenen Staub stehen bleibt und wieder fährt.

Eine künstliche Einöde ist hier eingerichtet worden in einem fast tropischen Lande, und der Hochadel Italiens, glänzende Damen aus Paris und alle andern Tausende sind hier beisammen, um viele Stunden mit schmalen Augen in diese sonnige Einöde zu schauen. Nichts ist auf diesem Platz, was sonst auf Sportfeldern Abwechslung bringt. Es fehlen die hübschen Hürden der Pferderennen, die weißen Zeichnungen der Tennisplätze, der frische Rasen der Fußballspiele, das steinerne Auf und Ab der Automobil- und Radrennbahnen. Nur zwei- oder dreimal während des Nachmittags trabt ein Zug färbiger Reiterei quer über die Ebene. Die Füße der Pferde sind unsichtbar im Staub, das gleichmäßige Licht der Sonne ändert sich bis gegen die fünfte Nachmittagsstunde nicht. Und damit nichts im Anblick dieser Ebene störe, fehlt auch jede Musik, nur das Pfeifen der Massen auf den billigen Plätzen sucht die Bedürfnisse des Ohres und der Ungeduld zu erfüllen. Von den teueren Tribünen aus, die hinter uns stehn, mag allerdings jenes Volk mit der leeren Ebene ohne Unterschied in eins zusammenfließen.

An einer Stelle des Holzgeländers stehen viele Leute aneinander. »Wie klein!« ruft eine französische Gruppe gleichsam seufzend. Was ist denn los? Wir drängen uns durch. Aber da steht ja auf dem Felde, ganz nahe, mit wirklicher gelblicher Farbe ein kleiner Aeroplan, den man zum Fliegen vorbereitet. Nun sehen wir auch den Hangar Blériots, neben ihm den seines Schülers Leblanc, sie sind auf dem Felde selbst aufgebaut. An einen der zwei Flügel des Apparats gelehnt steht, gleich erkannt, Blériot und schaut, den Kopf fest auf dem Halse, seinen Mechanikern in die Finger, wie sie am Motor arbeiten.

Ein Arbeiter faßt den einen Flügel der Schraube um sie anzudrehn, er reißt an ihr, es gibt auch einen Ruck, man hört etwas wie den Atemzug eines starken Mannes im Schlaf; aber die Schraube rührt sich nicht weiter. Noch einmal wird es versucht, zehnmal wird es versucht, manchmal bleibt die Schraube gleich stehn, manchmal gibt sie sich für ein paar Wendungen her. Es liegt am Motor. Neue Arbeiten fangen an, die Zuschauer ermüden mehr als die nahe Beteiligten. Der Motor wird von allen Seiten geölt; verborgene Schrauben werden gelockert und zugeschnürt; ein Mann lauft ins Hangar, holt ein Ersatzstück; da paßt es wieder nicht; er eilt zurück und hockend auf dem Boden des Hangar bearbeitet er es mit einem Hammer zwischen seinen Beinen. Blériot wechselt den Sitz mit einem Mechaniker, der Mechaniker mit Leblanc. Bald reißt dieser Mann an der Schraube, bald jener. Aber der Motor ist unbarmherzig, wie ein Schüler, dem man immer hilft, die ganze Klasse sagt ihm ein, nein, er kann es nicht, immer wieder bleibt er stecken, immer wieder bei der gleichen Stelle bleibt er stecken, versagt. Ein Weilchen lang sitzt Blériot ganz still in seinem Sitz; seine sechs Mitarbeiter stehn um ihn herum, ohne sich zu rühren; alle scheinen zu träumen.

Die Zuschauer können einmal aufatmen und sich umsehn. Die junge Frau Blériot mit mütterlichem Gesicht kommt vorüber, zwei Kinder hinter ihr. Wenn ihr Mann nicht fliegen kann, ist es ihr nicht recht, und wenn er fliegt, hat sie Angst; überdies ist ihr schönes Kleid ein bißchen zu schwer für diese Temperatur.

Wieder wird die Schraube angedreht, vielleicht besser als früher, vielleicht auch nicht; der Motor kommt mit Lärm in Gang, als sei er ein anderer; vier Männer halten rückwärts den Apparat und inmitten der Windstille ringsherum fährt der Luftzug von der schwingenden Schraube her in Stößen durch die Arbeitsmäntel dieser Männer. Man hört kein Wort, nur der Lärm der Schraube scheint zu kommandieren, acht Hände entlassen den Apparat, der lange über die Erdschollen hinläuft, wie ein Ungeschickter auf Parkett.

Viele solche Versuche werden gemacht und alle enden unabsichtlich. Jeder treibt das Publikum in die Höhe, auf die Strohsessel hinauf, auf denen man mit ausgestreckten Armen zugleich sich in Balance erhält, zugleich auch Hoffnung, Angst und Freude zeigen kann. In den Pausen aber zieht die Gesellschaft des italienischen Adels die Tribünen entlang. Man begrüßt einander, verneigt sich, erkennt einander wieder, es gibt Umarmungen, man steigt die Treppen zu den Tribünen hinauf und hinab. Man zeigt einander die Principessa Laetitia Savoia Bonaparte, die Principessa Borghese, eine ältliche Dame, deren Gesicht die Farbe dunkelgelber Weintrauben hat, die Contessa Morosini. Marcello Borghese ist bei allen Damen und keiner, er scheint von der Ferne ein verständliches Gesicht zu haben, in der Nähe aber schließen sich seine Wangen über den Mundwinkeln ganz fremd. Gabriele *d'Annunzio*, klein und schwach, tanzt scheinbar schüchtern vor dem Conte Oldofredi, einem der bedeutendsten Herren des Komitees. Von der Tribüne schaut über das Geländer das starke Gesicht *Puccinis* mit einer Nase, die man eine Trinkernase nennen könnte.

Aber diese Personen erblickt man nur, wenn man sie sucht, sonst sieht man überall alles entwertend die langen Damen der heutigen Mode. Sie ziehen das Gehen dem Sitzen vor, in ihren Kleidern sitzt es sich nicht gut. Alle Gesichter, asiatisch verschleiert, werden in einer leichten Dämmerung getragen. Das am Oberkörper lose Kleid läßt die ganze Gestalt von rückwärts etwas zaghaft erscheinen; ein wie gemischter, ruheloser Eindruck entsteht, wenn solche Damen zaghaft erscheinen! Das Mieder liegt tief, kaum noch zu fassen; die Taille scheint breiter, als gewöhnlich, weil alles schmal ist; diese Frauen wollen tiefer umarmt sein.

Es war nur der Apparat Leblancs, der bisher gezeigt wurde. Nun aber kommt der Apparat, mit dem Blériot den Kanal überflogen hat; keiner hat es gesagt, alle wissen es. Eine lange Pause und Blériot ist in der Luft, man sieht seinen geraden Oberkörper über den Flügeln, seine Beine stecken tief als Teil der Maschinerie. Die Sonne hat sich geneigt und unter dem Baldachin der Tribünen durch beleuchtet sie die schwebenden Flügel. Hingegeben sehn alle zu ihm auf, in keinem Herzen ist für einen andern Platz. Er fliegt eine kleine Runde und zeigt sich dann fast senkrecht über uns. Und alles sieht mit gerecktem Hals, wie der Monoplan schwankt, von Blériot gepackt wird und sogar steigt. Was geschieht denn? Hier oben ist 20 M. über der Erde ein Mensch in einem Holzgestell verfangen und wehrt sich gegen eine freiwillig übernommene unsichtbare Gefahr. Wir aber stehn unten ganz zurückgedrängt und wesenlos und sehen diesem Menschen zu.

Alles geht gut vorüber. Der Signalmast zeigt gleichzeitig an, daß der Wind günstiger geworden ist und Curtiss um den großen Preis von Brescia fliegen wird. Also doch? Kaum verständigt man sich darüber, schon rauscht der Motor des Curtiss, kaum sieht man hin, schon fliegt er von uns weg, fliegt über die Ebene, die sich vor ihm vergrößert, zu den Wäldern in der Ferne, die jetzt erst aufzusteigen scheinen. Lange geht sein Flug über jene Wälder, er verschwindet, wir sehen die Wälder an, nicht ihn. Hinter Häusern, Gott weiß wo, kommt er in gleicher Höhe wie früher hervor, jagt gegen uns zu; steigt er, dann sieht man die unteren Flächen des Biplans dunkel sich neigen, sinkt er, dann glänzen die oberen Flächen in der Sonne. Er kommt um den Signalmast herum und wendet, gleichgültig gegen den Lärm der Begrüßung, geradeaus dorthin, von wo er gekommen ist, um nur schnell wieder klein und einsam zu werden. Er führt fünf solche Runden aus, fliegt 50 Km. in 49' 24" und gewinnt damit den großen Preis von Brescia, L. 30.000. Es ist eine vollkommene Leistung, aber vollkommene Leistungen können nicht gewürdigt werden, vollkommener Leistungen hält sich am Ende jeder für fähig, zu vollkommenen Leistungen scheint kein Mut nötig. Und während Curtiss allein dort über den Wäldern arbeitet, während seine allen bekannte Frau um ihn sich sorgt, hat die Menge fast an ihn vergessen. Überall wird nur darüber geklagt, daß Calderara nicht fliegen wird (sein Apparat ist zerbrochen), daß Rougier schon zwei Tage lang an seinem Voisinflieger herumhantiert, ohne ihn loszulassen, daß Zodiac, der italienische Lenkballon, noch immer nicht gekommen ist. Über Calderaras Unglück laufen so rühmliche Gerüchte um, daß man glauben will, die Liebe der Nation sollte ihn sicherer in die Luft heben, als sein Wrightflieger.

Noch hat Curtiss seinen Flug nicht beendet, und schon fangen wie vor Begeisterung in drei Hangars die Motors zu arbeiten an. Wind und Staub schlägt aus entgegengesetzten Richtungen zusammen. Zwei Augen genügen nicht. Man dreht sich auf seinem Sessel, schwankt, hält sich an irgendjemandem fest, bittet um Verzeihung, irgend jemand schwankt, reißt einen mit, man bekommt Dank. Der frühe Abend des italienischen Herbstes beginnt, auf dem Felde ist nicht mehr alles deutlich zu sehen.

Gerade als Curtiss nach seinem Siegesflug vorüberkommt, ohne herzuschauen ein bißchen lächelnd die Mütze abnimmt, fängt Blériot einen kleinen Kreisflug an, den ihm alle schon vorher zutrauen! Man weiß nicht, ob man Curtiss applaudiert oder Blériot oder schon Rougier, dessen großer schwerer Apparat sich jetzt in die Luft wirft. Rougier sitzt an seinen Hebeln wie ein Herr an einem Schreibtisch, zu dem man hinter seinem Rücken auf einer kleinen Leiter kommen kann. Er steigt in kleinen Runden, überfliegt Blériot, macht ihn zum Zuschauer und hört nicht auf zu steigen.

Wenn wir noch einen Wagen bekommen wollen, ist es höchste Zeit wegzugehen; viele Leute drängen schon an uns vorüber. Man weiß ja, dieser Flug ist nur ein Experiment, da es schon gegen 7 Uhr geht, wird er nicht mehr offiziell registriert. In dem Vorhof des Aerodroms stehen die Chauffeure und Diener auf ihren Sitzen und zeigen auf Rougier; vor dem Aerodrom stehen die Kutscher auf den verstreuten vielen Wagen und zeigen auf Rougier; drei Züge voll bis zum letzten Puffer rühren sich nicht wegen Rougiers. Wir bekommen glücklich einen Wagen, der Kutscher hockt sich vor uns nieder (einen Kutschbock gibt es nicht), und endlich wieder selbständige Existenzen geworden fahren wir los. Max macht die sehr richtige Bemerkung, daß man etwas ähnliches wie hier auch in Prag veranstalten könnte und sollte. Es müßte ja kein Wettfliegen sein, meint er, trotzdem auch das sich lohnen würde, aber einen Aviatiker einladen, das wäre doch sicher eine Leichtigkeit und kein Beteiligter würde es zu bereuen haben. Die Sache wäre ja so einfach; jetzt fliegt Wright in Berlin, nächstens wird Blériot in Wien fliegen, Latham in Berlin. Man müßte also die Leute nur zu dem kleinen Umweg überreden. Wir zwei andern antworten nichts, da wir erstens müde sind und zweitens auch sonst nichts einzuwenden hätten. Der Weg dreht sich und Rougier erscheint so hoch, daß man glaubt, seine Lage könne bald nur nach den Sternen bestimmt werden, die sich gleich auf dem Himmel zeigen werden, der sich schon dunkel verfärbt. Wir hören nicht auf, uns umzudrehen; gerade steigt noch Rougier, mit uns aber geht es endgültig tiefer in die Campagna.

Das Urteil

Eine Geschichte

Für F.

Es war an einem Sonntagvormittag im schönsten Frühjahr. Georg Bendemann, ein junger Kaufmann, saß in seinem Privatzimmer im ersten Stock eines der niedrigen, leichtgebauten Häuser, die entlang des Flusses in einer langen Reihe, fast nur in der Höhe und Färbung unterschieden, sich hinzogen. Er hatte gerade einen Brief an einen sich im Ausland befindenden Jugendfreund beendet, verschloß ihn in spielerischer Langsamkeit und sah dann, den Ellbogen auf den Schreibtisch gestützt, aus dem Fenster auf den Fluß, die Brücke und die Anhöhen am anderen Ufer mit ihrem schwachen Grün.

Er dachte darüber nach, wie dieser Freund, mit seinem Fortkommen zu Hause unzufrieden, vor Jahren schon nach Rußland sich förmlich geflüchtet hatte. Nun betrieb er ein Geschäft in Petersburg, das anfangs sich sehr gut angelassen hatte, seit langem aber schon zu stocken schien, wie der Freund bei seinen immer seltener werdenden Besuchen klagte. So arbeitete er sich in der Fremde nutzlos ab, der fremdartige Vollbart verdeckte nur schlecht das seit den Kinderjahren wohlbekannte Gesicht, dessen gelbe Hautfarbe auf eine sich entwikkelnde Krankheit hinzudeuten schien. Wie er erzählte, hatte er keine rechte Verbindung mit der dortigen Kolonie seiner Landsleute, aber auch fast keinen gesellschaftlichen Verkehr mit einheimischen Familien und richtete sich so für ein endgültiges Junggesellentum ein.

Was wollte man einem solchen Manne schreiben, der sich offenbar verrannt hatte, den man bedauern, dem man aber nicht helfen konnte. Sollte man ihm vielleicht raten, wieder nach Hause zu kommen, seine Existenz hierher zu verlegen, alle die alten freundschaftlichen Beziehungen wieder aufzunehmen – wofür ja kein Hindernis bestand – und im übrigen auf die Hilfe der Freunde zu vertrauen? Das bedeutete aber nichts anderes, als daß man ihm gleichzeitig, je schonender, desto kränkender, sagte, daß seine bisherigen Versuche mißlungen seien, daß er endlich von ihnen ablassen solle, daß er zurückkehren und sich als ein für immer Zurückgekehrter von allen mit großen Augen anstaunen lassen müsse, daß nur seine Freunde etwas verstünden und daß er ein altes Kind sei und den erfolgreichen, zu Hause gebliebenen Freunden einfach zu folgen habe. Und war es dann noch sicher, daß alle die Plage, die man ihm antun müßte, einen Zweck hätte? Vielleicht gelang es nicht einmal, ihn überhaupt nach Hause zu bringen – er sagte ja selbst, daß er die Verhältnisse in der Heimat nicht mehr verstünde –, und so bliebe er dann trotz allem in seiner Fremde, verbittert durch die Ratschläge und den Freunden noch ein Stück mehr entfremdet. Folgte er aber wirklich dem Rat und würde hier – natürlich nicht mit Absicht, aber durch die Tatsachen – niedergedrückt, fände sich nicht in seinen Freunden und nicht ohne sie zurecht, litte an Beschämung, hätte jetzt wirklich keine Heimat und keine Freunde mehr; war es da nicht viel besser für ihn, er blieb in der Fremde, so wie er war? Konnte man denn bei solchen Umständen daran denken, daß er es hier tatsächlich vorwärts bringen würde?

Aus diesen Gründen konnte man ihm, wenn man überhaupt noch die briefliche Verbindung aufrecht erhalten wollte, keine eigentlichen Mitteilungen machen, wie man sie ohne Scheu auch den entferntesten Bekannten geben würde. Der Freund war nun schon über drei Jahre nicht in der Heimat gewesen und erklärte dies sehr notdürftig mit der Unsicherheit der politischen Verhältnisse in Rußland, die demnach also auch die kürzeste Abwesenheit eines kleinen Geschäftsmannes nicht zuließen, während hunderttausende Russen ruhig in der Welt herumfuhren. Im Laufe dieser drei Jahre hatte sich aber gerade für Georg vieles verändert. Von dem Todesfall von Georgs Mutter, der vor etwa zwei Jahren erfolgt war und seit welchem Georg mit seinem alten Vater in gemeinsamer Wirtschaft lebte, hatte der Freund wohl noch erfahren und sein Beileid in einem Brief mit einer Trockenheit ausgedrückt, die ihren Grund nur darin haben konnte, daß die Trauer über ein solches Ereignis in der Fremde ganz unvorstellbar wird. Nun hatte aber Georg seit jener Zeit, so wie alles andere, auch sein Geschäft mit größerer Entschlossenheit angepackt. Vielleicht hatte ihn der Vater bei Lebzeiten der Mutter dadurch, daß er im Geschäft nur seine Ansicht gelten lassen wollte, an einer wirklichen eigenen Tätigkeit gehindert. Vielleicht war der Vater seit dem Tode der Mutter, trotzdem er noch immer im Geschäft arbeitete, zurückhaltender geworden, vielleicht spielten – was sogar sehr wahrscheinlich war – glückliche Zufälle eine weit wichtigere Rolle, jedenfalls aber hatte sich das Geschäft in diesen zwei Jahren ganz unerwartet entwickelt. Das Personal hatte man verdoppeln müssen, der Umsatz sich verfünffacht, ein weiterer Fortschritt stand zweifellos bevor.

Der Freund aber hatte keine Ahnung von dieser Veränderung. Früher, zum letztenmal vielleicht in jenem Beileidsbrief, hatte er Georg zur Auswanderung nach Rußland überreden wollen und sich über die Aussichten verbreitet, die gerade für Georgs Geschäftszweig in Petersburg bestanden. Die Ziffern waren verschwindend gegenüber dem Umfang, den Georgs Geschäft jetzt angenommen hatte. Georg aber hatte keine Lust gehabt, dem Freund von seinen geschäftlichen Erfolgen zu schreiben, und jetzt nachträglich hätte es wirklich einen merkwürdigen Anschein gehabt.

So beschränkte sich Georg darauf, dem Freund immer nur über bedeutungslose Vorfälle zu schreiben, wie sie sich, wenn man an einem ruhigen Sonntag nachdenkt, in der Erinnerung ungeordnet aufhäufen. Er wollte nichts anderes, als die Vorstellung ungestört lassen, die sich der Freund von der Heimatstadt in der langen Zwischenzeit wohl gemacht und mit welcher er sich abgefunden hatte. So geschah es Georg, daß er dem Freund die Verlobung eines gleichgültigen Menschen mit einem ebenso gleichgültigen Mädchen dreimal in ziemlich weit auseinanderliegenden Briefen anzeigte, bis sich dann allerdings der Freund, ganz gegen Georgs Absicht, für diese Merkwürdigkeit zu interessieren begann.

Georg schrieb ihm aber solche Dinge viel lieber, als daß er zugestanden hätte, daß er selbst vor einem Monat mit einem Fräulein Frieda Brandenfeld, einem Mädchen aus wohlhabender Familie, sich verlobt hatte. Oft sprach er mit seiner Braut über diesen Freund und das besondere Korrespondenzverhältnis, in welchem er zu ihm stand. »Er wird also gar nicht zu unserer Hochzeit kommen«, sagte sie, »und ich habe doch das Recht, alle deine Freunde kennenzulernen.« »Ich will ihn nicht stören«, antwortete Georg, »verstehe mich recht, er würde wahrscheinlich kommen, wenigstens glaube ich es, aber er würde sich gezwungen und geschädigt fühlen, vielleicht mich beneiden und sicher unzufrieden und unfähig, diese Unzufriedenheit jemals zu beseitigen, allein wieder zurückfahren. Allein – weißt du, was das ist?« »Ja, kann er denn von unserer Heirat nicht auch auf andere Weise erfahren?« »Das kann ich allerdings nicht verhindern, aber es ist bei seiner Lebensweise unwahrscheinlich.« »Wenn du solche Freunde hast, Georg, hättest du dich überhaupt nicht verloben sollen.« »Ja, das ist unser beider Schuld; aber ich wollte es auch jetzt nicht anders haben.« Und wenn sie dann, rasch atmend unter seinen Küssen, noch vorbrachte: »Eigentlich kränkt es mich doch«, hielt er es wirklich für unverfänglich, dem Freund alles zu schreiben. »So bin ich und so hat er mich hinzunehmen«, sagte er sich, »ich kann nicht aus mir einen Menschen herausschneiden, der vielleicht für die Freundschaft mit ihm geeigneter wäre, als ich es bin.«

Und tatsächlich berichtete er seinem Freunde in dem langen Brief, den er an diesem Sonntagvormittag schrieb, die erfolgte Verlobung mit folgenden Worten: »Die beste Neuigkeit habe ich mir bis zum Schluß aufgespart. Ich habe mich mit einem Fräulein Frieda Brandenfeld verlobt, einem Mädchen aus einer wohlhabenden Familie, die sich hier erst lange nach Deiner Abreise angesiedelt hat, die Du also kaum kennen dürftest. Es wird sich noch Gelegenheit finden, Dir Näheres über meine Braut mitzuteilen, heute genüge Dir, daß ich recht glücklich bin und daß sich in unserem gegenseitigen Verhältnis nur insofern etwas geändert hat, als Du jetzt in mir statt eines ganz gewöhnlichen Freundes einen glücklichen Freund haben wirst. Außerdem bekommst Du in meiner Braut, die Dich herzlich grüßen läßt, und die Dir nächstens selbst schreiben wird, eine aufrichtige Freundin, was für einen Junggesellen nicht ganz ohne Bedeutung ist. Ich weiß, es hält Dich vielerlei von einem Besuche bei uns zurück. Wäre aber nicht gerade meine Hochzeit die richtige Gelegenheit, einmal alle Hindernisse über den Haufen zu werfen? Aber wie dies auch sein mag, handle ohne alle Rücksicht und nur nach Deiner Wohlmeinung.«

Mit diesem Brief in der Hand war Georg lange, das Gesicht dem Fenster zugekehrt, an seinem Schreibtisch gesessen. Einem Bekannten, der ihn im Vorübergehen von der Gasse aus gegrüßt hatte, hatte er kaum mit einem abwesenden Lächeln geantwortet.

Endlich steckte er den Brief in die Tasche und ging aus seinem Zimmer quer durch einen kleinen Gang in das Zimmer seines Vaters, in dem er schon seit Monaten nicht gewesen war. Es bestand auch sonst keine Nötigung dazu, denn er verkehrte mit seinem Vater ständig im Geschäft. Das Mittagessen nahmen sie gleichzeitig in einem Speisehaus ein, abends versorgte sich zwar jeder nach Belieben; doch saßen sie dann noch ein Weilchen, meistens jeder mit seiner Zeitung, im gemeinsamen Wohnzimmer, wenn nicht Georg, wie es am häufigsten geschah, mit Freunden beisammen war oder jetzt seine Braut besuchte.

Georg staunte darüber, wie dunkel das Zimmer des Vaters selbst an diesem sonnigen Vormittag war. Einen solchen Schatten warf also die hohe Mauer, die sich jenseits des schmalen Hofes erhob. Der Vater saß beim Fenster in einer Ecke, die mit verschiedenen Andenken an die selige Mutter ausgeschmückt war, und las die Zeitung, die er seitlich vor die Augen hielt, wodurch er irgend eine Augenschwäche auszugleichen suchte. Auf dem Tisch standen die Reste des Frühstücks, von dem nicht viel verzehrt zu sein schien.

»Ah, Georg!« sagte der Vater und ging ihm gleich entgegen. Sein schwerer Schlafrock öffnete sich im Gehen, die Enden umflatterten ihn – »mein Vater ist noch immer ein Riese«, dachte sich Georg.

»Hier ist es ja unerträglich dunkel«, sagte er dann.

»Ja, dunkel ist es schon«, antwortete der Vater.

»Das Fenster hast du auch geschlossen?«

»Ich habe es lieber so.«

»Es ist ja ganz warm draußen«, sagte Georg, wie im Nachhang zu dem Früheren, und setzte sich.

Der Vater räumte das Frühstücksgeschirr ab und stellte es auf einen Kasten.

»Ich wollte dir eigentlich nur sagen«, fuhr Georg fort, der den Bewegungen des alten Mannes ganz verloren folgte, »daß ich nun doch nach Petersburg meine Verlobung angezeigt habe.« Er zog den Brief ein wenig aus der Tasche und ließ ihn wieder zurückfallen.

»Nach Petersburg?« fragte der Vater.

»Meinem Freunde doch«, sagte Georg und suchte des Vaters Augen. – »Im Geschäft ist er doch ganz anders«, dachte er, »wie er hier breit sitzt und die Arme über der Brust kreuzt.«

»Ja. Deinem Freunde«, sagte der Vater mit Betonung.

»Du weißt doch, Vater, daß ich ihm meine Verlobung zuerst verschweigen wollte. Aus Rücksichtnahme, aus keinem anderen Grunde sonst. Du weißt selbst, er ist ein schwieriger Mensch. Ich sagte mir, von anderer Seite kann er von meiner Verlobung wohl erfahren, wenn das auch bei seiner einsamen Lebensweise kaum wahrscheinlich ist – das kann ich nicht hindern –, aber von mir selbst soll er es nun einmal nicht erfahren.«

»Und jetzt hast du es dir wieder anders überlegt?« fragte der Vater, legte die große Zeitung auf den Fensterbord und auf die Zeitung die Brille, die er mit der Hand bedeckte.

»Ja, jetzt habe ich es mir wieder überlegt. Wenn er mein guter Freund ist, sagte ich mir, dann ist meine glückliche Verlobung auch für ihn ein Glück. Und deshalb habe ich nicht mehr gezögert, es ihm anzuzeigen. Ehe ich jedoch den Brief einwarf, wollte ich es dir sagen.«

»Georg«, sagte der Vater und zog den zahnlosen Mund in die Breite, »hör' einmal! Du bist wegen dieser Sache zu mir gekommen, um dich mit mir zu beraten. Das ehrt dich ohne Zweifel. Aber es ist nichts, es ist ärger als nichts, wenn du mir jetzt nicht die volle Wahrheit sagst. Ich will nicht Dinge aufrühren, die nicht hierher gehören. Seit dem Tode unserer teueren Mutter sind gewisse unschöne Dinge vorgegangen. Vielleicht kommt auch für sie die Zeit und vielleicht kommt sie früher, als wir denken. Im Geschäft entgeht mir manches, es wird mir vielleicht nicht verborgen – ich will jetzt gar nicht die Annahme machen, daß es mir verborgen wird –, ich bin nicht mehr kräftig genug, mein Gedächtnis läßt nach. Ich habe nicht mehr den Blick für alle die vielen Sachen. Das ist erstens der Ablauf der Natur, und zweitens hat mich der Tod unseres Mütterchens viel mehr niedergeschlagen als dich. – Aber weil wir gerade bei dieser Sache sind, bei diesem Brief, so bitte ich dich Georg, täusche mich nicht. Es ist eine Kleinigkeit, es ist nicht des Atems wert, also täusche mich nicht. Hast du wirklich diesen Freund in Petersburg?«

Georg stand verlegen auf. »Lassen wir meine Freunde sein. Tausend Freunde ersetzen mir nicht meinen Vater. Weißt du, was ich glaube? Du schonst dich nicht genug. Aber das Alter verlangt seine Rechte. Du bist mir im Geschäft unentbehrlich, das weißt du ja sehr genau; aber wenn das Geschäft deine Gesundheit bedrohen sollte, sperre ich es noch morgen für immer. Das geht nicht. Wir müssen da eine andere Lebensweise für dich einführen. Aber von Grund aus. Du sitzt hier im Dunkel, und im Wohnzimmer hättest du schönes Licht. Du nippst vom Frühstück, statt dich ordentlich zu stärken. Du sitzt bei geschlossenem Fenster, und die Luft würde dir so gut tun. Nein Vater! Ich werde den Arzt holen und seine Vorschriften werden wir befolgen. Die Zimmer werden wir wechseln, du wirst ins Vorderzimmer ziehen, ich hierher. Es wird keine Veränderung für dich sein, alles wird mit hinübergetragen. Aber das alles hat Zeit, jetzt lege dich noch ein wenig ins Bett, du brauchst unbedingt Ruhe. Komm, ich werde dir beim Ausziehn helfen, du wirst sehen, ich kann es. Oder willst du gleich ins Vorderzimmer gehn, dann legst du dich vorläufig in mein Bett. Das wäre übrigens sehr vernünftig.«

Georg stand knapp neben seinem Vater, der den Kopf mit dem struppigen weißen Haar auf die Brust hatte sinken lassen.

»Georg«, sagte der Vater leise, ohne Bewegung.

Georg kniete sofort neben dem Vater nieder, er sah die Pupillen in dem müden Gesicht des Vaters übergroß in den Winkeln der Augen auf sich gerichtet.

»Du hast keinen Freund in Petersburg. Du bist immer ein Spaßmacher gewesen und hast dich auch mir gegenüber nicht zurückgehalten. Wie solltest du denn gerade dort einen Freund haben! Das kann ich gar nicht glauben.«

»Denk doch noch einmal nach, Vater«, sagte Georg, hob den Vater vom Sessel und zog ihm, wie er nun doch recht schwach dastand, den Schlafrock aus, »jetzt wird es bald drei Jahre her sein, da war ja mein

Freund bei uns zu Besuch. Ich erinnere mich noch, daß du ihn nicht besonders gern hattest. Wenigstens zweimal habe ich ihn vor dir verleugnet, trotzdem er gerade bei mir im Zimmer saß. Ich konnte ja deine Abneigung gegen ihn ganz gut verstehn, mein Freund hat seine Eigentümlichkeiten. Aber dann hast du dich doch auch wieder ganz gut mit ihm unterhalten. Ich war damals noch so stolz darauf, daß du ihm zuhörtest, nicktest und fragtest. Wenn du nachdenkst, mußt du dich erinnern. Er erzählte damals unglaubliche Geschichten von der russischen Revolution. Wie er z. B. auf einer Geschäftsreise in Kiew bei einem Tumult einen Geistlichen auf einem Balkon gesehen hatte, der sich ein breites Blutkreuz in die flache Hand schnitt, diese Hand erhob und die Menge anrief. Du hast ja selbst diese Geschichte hie und da wiedererzählt.«

Währenddessen war es Georg gelungen, den Vater wieder niederzusetzen und ihm die Trikothose, die er über den Leinenunterhosen trug, sowie die Socken vorsichtig auszuziehn. Beim Anblick der nicht besonders reinen Wäsche machte er sich Vorwürfe, den Vater vernachlässigt zu haben. Es wäre sicherlich auch seine Pflicht gewesen, über den Wäschewechsel seines Vaters zu wachen. Er hatte mit seiner Braut darüber noch nicht ausdrücklich gesprochen, wie sie die Zukunft des Vaters einrichten wollten, aber sie hatten stillschweigend vorausgesetzt, daß der Vater allein in der alten Wohnung bleiben würde. Doch jetzt entschloß er sich kurz mit aller Bestimmtheit, den Vater in seinen künftigen Haushalt mitzunehmen. Es schien ja fast, wenn man genauer zusah, daß die Pflege, die dort dem Vater bereitet werden sollte, zu spät kommen könnte.

Auf seinen Armen trug er den Vater ins Bett. Ein schreckliches Gefühl hatte er, als er während der paar Schritte zum Bett hin merkte, daß an seiner Brust der Vater mit seiner Uhrkette spiele. Er konnte ihn nicht gleich ins Bett legen, so fest hielt er sich an dieser Uhrkette.

Kaum war er aber im Bett, schien alles gut. Er deckte sich selbst zu und zog dann die Bettdecke noch besonders weit über die Schulter. Er sah nicht unfreundlich zu Georg hinauf.

»Nicht wahr, du erinnerst dich schon an ihn?« fragte Georg und nickte ihm aufmunternd zu.

»Bin ich jetzt gut zugedeckt?« fragte der Vater, als könne er nicht nachschauen, ob die Füße genug bedeckt seien.

»Es gefällt dir also schon im Bett«, sagte Georg und legte das Deckzeug besser um ihn.

»Bin ich gut zugedeckt?« fragte der Vater noch einmal und schien auf die Antwort besonders aufzupassen.

»Sei nur ruhig, du bist gut zugedeckt.«

»Nein!« rief der Vater, daß die Antwort an die Frage stieß, warf die Decke zurück mit einer Kraft, daß sie einen Augenblick im Fluge sich ganz entfaltete, und stand aufrecht im Bett. Nur eine Hand hielt er leicht an den Plafond. »Du wolltest mich zudecken, das weiß ich, mein Früchtchen, aber zugedeckt bin ich noch nicht. Und ist es auch die letzte Kraft, genug für dich, zuviel für dich! Wohl kenne ich deinen Freund. Er wäre ein Sohn nach meinem Herzen. Darum hast du ihn auch betrogen die ganzen Jahre lang. Warum sonst? Glaubst du, ich habe nicht um ihn geweint? Darum doch sperrst du dich in dein Bureau, niemand soll stören, der Chef ist beschäftigt – nur damit du deine falschen Briefchen nach Rußland schreiben kannst. Aber den Vater muß glücklicherweise niemand lehren, den Sohn zu durchschauen. Wie du jetzt geglaubt hast, du hättest ihn untergekriegt, so untergekriegt, daß du dich mit deinem Hintern auf ihn setzen kannst und er rührt sich nicht, da hat sich mein Herr Sohn zum Heiraten entschlossen!«

Georg sah zum Schreckbild seines Vaters auf. Der Petersburger Freund, den der Vater plötzlich so gut kannte, ergriff ihn, wie noch nie. Verloren im weiten Rußland sah er ihn. An der Türe des leeren, ausgeraubten Geschäftes sah er ihn. Zwischen den Trümmern der Regale, den zerfetzten Waren, den fallenden Gasarmen stand er gerade noch. Warum hatte er so weit wegfahren müssen!

»Aber schau mich an!« rief der Vater, und Georg lief, fast zerstreut, zum Bett, um alles zu fassen, stockte aber in der Mitte des Weges.

»Weil sie die Röcke gehoben hat«, fing der Vater zu flöten an, »weil sie die Röcke so gehoben hat, die widerliche Gans«, und er hob, um das darzustellen, sein Hemd so hoch, daß man auf seinem Oberschenkel die Narbe aus seinen Kriegsjahren sah, »weil sie die Röcke so und so und so gehoben hat, hast du dich an sie herangemacht, und damit du an ihr ohne Störung dich befriedigen kannst, hast du unserer Mutter Andenken geschändet, den Freund verraten und deinen Vater ins Bett gesteckt, damit er sich nicht rühren kann. Aber kann er sich rühren oder nicht?«

Und er stand vollkommen frei und warf die Beine. Er strahlte vor Einsicht.

Georg stand in einem Winkel, möglichst weit vom Vater. Vor einer langen Weile hatte er sich fest entschlossen, alles vollkommen genau zu beobachten, damit er nicht irgendwie auf Umwegen, von hinten her, von oben herab überrascht werden könne. Jetzt erinnerte er sich wieder an den längst vergessenen Entschluß und vergaß ihn, wie man einen kurzen Faden durch ein Nadelöhr zieht.

»Aber der Freund ist nun doch nicht verraten!« rief der Vater, und sein hin- und herbewegter Zeigefinger bekräftigte es. »Ich war sein Vertreter hier am Ort.«

»Komödiant!« konnte sich Georg zu rufen nicht enthalten, erkannte sofort den Schaden und biß, nur zu spät, – die Augen erstarrt – in seine Zunge, daß er vor Schmerz einknickte.

»Ja, freilich habe ich Komödie gespielt! Komödie! Gutes Wort! Welcher andere Trost blieb dem alten verwitweten Vater? Sag – und für den Augenblick der Antwort sei du noch mein lebender Sohn –, was blieb mir übrig, in meinem Hinterzimmer, verfolgt vom ungetreuen Personal, alt bis in die Knochen? Und mein Sohn ging im Jubel durch die Welt, schloß Geschäfte ab, die ich vorbereitet hatte, überpurzelte sich vor Vergnügen und ging vor seinem Vater mit dem verschlossenen Gesicht eines Ehrenmannes davon! Glaubst du, ich hätte dich nicht geliebt, ich, von dem du ausgingst?«

»Jetzt wird er sich vorbeugen«, dachte Georg, »wenn er fiele und zerschmetterte!« Dieses Wort durchzischte seinen Kopf.

Der Vater beugte sich vor, fiel aber nicht. Da Georg sich nicht näherte, wie er erwartet hatte, erhob er sich wieder. »Bleib, wo du bist, ich brauche dich nicht! Du denkst, du hast noch die Kraft, hierher zu kommen und hältst dich bloß zurück, weil du so willst. Daß du dich nicht irrst! Ich bin noch immer der viel Stärkere. Allein hätte ich vielleicht zurückweichen müssen, aber so hat mir die Mutter ihre Kraft abgegeben, mit deinem Freund habe ich mich herrlich verbunden, deine Kundschaft habe ich hier in der Tasche!«

»Sogar im Hemd hat er Taschen!« sagte sich Georg und glaubte, er könne ihn mit dieser Bemerkung in der ganzen Welt unmöglich machen. Nur einen Augenblick dachte er das, denn immerfort vergaß er alles.

»Häng dich nur in deine Braut ein und komm mir entgegen! Ich fege sie dir von der Seite weg, du weißt nicht wie!«

Georg machte Grimassen, als glaube er das nicht. Der Vater nickte bloß, die Wahrheit dessen beteuernd, was er sagte, in Georgs Ecke hin.

»Wie hast du mich doch heute unterhalten, als du kamst und fragtest, ob du deinem Freund von der Verlobung schreiben sollst. Er weiß doch alles, dummer Junge, er weiß doch alles! Ich schrieb ihm doch, weil du vergessen hast, mir das Schreibzeug wegzunehmen. Darum kommt er schon seit Jahren nicht, er weiß ja alles hundertmal besser als du selbst. Deine Briefe zerknüllt er ungelesen in der linken Hand, während er in der Rechten meine Briefe zum Lesen sich vorhält!«

Seinen Arm schwang er vor Begeisterung über dem Kopf. »Er weiß alles tausendmal besser!« rief er.

»Zehntausendmal!« sagte Georg, um den Vater zu verlachen, aber noch in seinem Munde bekam das Wort einen toternsten Klang.

»Seit Jahren passe ich schon auf, daß du mit dieser Frage kämest! Glaubst du, mich kümmert etwas anderes? Glaubst du, ich lese Zeitungen? Da!« und er warf Georg ein Zeitungsblatt, das irgendwie mit ins Bett getragen worden war, zu. Eine alte Zeitung, mit einem Georg schon ganz unbekannten Namen.

»Wie lange hast du gezögert, ehe du reif geworden bist! Die Mutter mußte sterben, sie konnte den Freudentag nicht erleben, der Freund geht zugrunde in seinem Rußland, schon vor drei Jahren war er gelb zum Wegwerfen, und ich, du siehst ja, wie es mit mir steht. Dafür hast du doch Augen!«

»Du hast mir also aufgelauert!« rief Georg.

Mitleidig sagte der Vater nebenbei: »Das wolltest du wahrscheinlich früher sagen. Jetzt paßt es ja gar nicht mehr.«

Und lauter: »Jetzt weißt du also, was es noch außer dir gab, bisher wußtest du nur von dir! Ein unschuldiges Kind warst du ja eigentlich, aber noch eigentlicher warst du ein teuflischer Mensch! – Und darum wisse: Ich verurteile dich jetzt zum Tode des Ertrinkens!«

Georg fühlte sich aus dem Zimmer gejagt, den Schlag, mit dem der Vater hinter ihm aufs Bett stürzte, trug er noch in den Ohren davon. Auf der Treppe, über deren Stufen er wie über eine schiefe Fläche eilte, überrumpelte er seine Bedienerin, die im Begriffe war heraufzugehen, um die Wohnung nach der Nacht aufzuräumen. »Jesus!« rief sie und verdeckte mit der Schürze das Gesicht, aber er war schon davon. Aus dem Tor sprang er, über die Fahrbahn zum Wasser trieb es ihn. Schon hielt er das Geländer fest, wie ein Hungriger die Nahrung. Er schwang sich über, als der ausgezeichnete Turner, der er in seinen Jugendjahren zum Stolz seiner Eltern gewesen war. Noch hielt er sich mit schwächer werdenden Händen fest, erspähte zwischen den Geländerstangen einen Autoomnibus, der mit Leichtigkeit seinen Fall übertönen würde, rief leise: »Liebe Eltern, ich habe euch doch immer geliebt«, und ließ sich hinabfallen.

In diesem Augenblick ging über die Brücke ein geradezu unendlicher Verkehr.

Wunsch, Indianer zu werden

Wenn man doch ein Indianer wäre, gleich bereit, und auf dem rennenden Pferde, schief in der Luft, immer wieder kurz erzitterte über dem zitternden Boden, bis man die Sporen ließ, denn es gab keine Sporen, bis man die Zügel wegwarf, denn es gab keine Zügel, und kaum das Land vor sich als glatt gemähte Heide sah, schon ohne Pferdehals und Pferdekopf.

Die Bäume

Denn wir sind wie Baumstämme im Schnee. Scheinbar liegen sie glatt auf, und mit kleinem Anstoß sollte man sie wegschieben können. Nein, das kann man nicht, denn sie sind fest mit dem Boden verbunden. Aber sieh, sogar das ist nur scheinbar.

In der Strafkolonie

»Es ist ein eigentümlicher Apparat«, sagte der Offizier zu dem Forschungsreisenden und überblickte mit einem gewissermaßen bewundernden Blick den ihm doch wohlbekannten Apparat. Der Reisende schien nur aus Höflichkeit der Einladung des Kommandanten gefolgt zu sein, der ihn aufgefordert hatte, der Exekution eines Soldaten beizuwohnen, der wegen Ungehorsam und Beleidigung des Vorgesetzten verurteilt worden war. Das Interesse für diese Exekution war wohl auch in der Strafkolonie nicht sehr groß. Wenigstens war hier in dem tiefen, sandigen, von kahlen Abhängen ringsum abgeschlossenen kleinen Tal außer dem Offizier und dem Reisenden nur der Verurteilte, ein stumpfsinniger, breitmäuliger Mensch mit verwahrlostem Haar und Gesicht und ein Soldat zugegen, der die schwere Kette hielt, in welche die kleinen Ketten ausliefen, mit denen der Verurteilte an den Fuß- und Handknöcheln sowie am Hals gefesselt war und die auch untereinander durch Verbindungsketten zusammenhingen. Übrigens sah der Verurteilte so hündisch ergeben aus, daß es den Anschein hatte, als könnte man ihn frei auf den Abhängen herumlaufen lassen und müsse bei Beginn der Exekution nur pfeifen, damit er käme.

Der Reisende hatte wenig Sinn für den Apparat und ging hinter dem Verurteilten fast sichtbar unbeteiligt auf und ab, während der Offizier die letzten Vorbereitungen besorgte, bald unter den tief in die Erde eingebauten Apparat kroch, bald auf eine Leiter stieg, um die oberen Teile zu untersuchen. Das waren Arbeiten, die man eigentlich einem Maschinisten hätte überlassen können, aber der Offizier führte sie mit einem großen Eifer aus, sei es, daß er ein besonderer Anhänger dieses Apparates war, sei es, daß man aus anderen Gründen die Arbeit sonst niemandem anvertrauen konnte. »Jetzt ist alles fertig!« rief er endlich und stieg von der Leiter hinunter. Er war ungemein ermattet, atmete mit weit offenem Mund und hatte zwei zarte Damentaschentücher hinter den Uniformkragen gezwängt.

»Diese Uniformen sind doch für die Tropen zu schwer«, sagte der Reisende, statt sich, wie es der Offizier erwartet hatte, nach dem Apparat zu erkundigen. »Gewiß«, sagte der Offizier und wusch sich die von Öl und Fett beschmutzten Hände in einem bereitstehenden Wasserkübel, »aber sie bedeuten die Heimat; wir wollen nicht die Heimat verlieren. – Nun sehen Sie aber diesen Apparat«, fügte er gleich hinzu, trocknete die Hände mit einem Tuch und zeigte gleichzeitig auf den Apparat. »Bis jetzt war noch Händearbeit nötig, von jetzt aber arbeitet der Apparat ganz allein.« Der Reisende nickte und folgte dem Offizier. Dieser suchte sich für alle Zwischenfälle zu sichern und sagte dann: »Es kommen natürlich Störungen vor; ich hoffe zwar, es wird heute keine eintreten, immerhin muß man mit ihnen rechnen. Der Apparat soll ja zwölf Stunden ununterbrochen im Gang sein. Wenn aber auch Störungen vorkommen, so sind es doch nur ganz kleine und sie werden sofort behoben sein.«

»Wollen Sie sich nicht setzen?« fragte er schließlich, zog aus einem Haufen von Rohrstühlen einen hervor und bot ihn dem Reisenden an; dieser konnte nicht ablehnen. Er saß nun am Rande einer Grube, in die er einen flüchtigen Blick warf. Sie war nicht sehr tief. Zur einen Seite der Grube war die ausgegrabene Erde zu einem Wall aufgehäuft, zur anderen Seite stand der Apparat. »Ich weiß nicht«, sagte der Offizier, »ob Ihnen der Kommandant den Apparat schon erklärt hat.« Der Reisende machte eine ungewisse Handbewegung; der Offizier verlangte nichts Besseres, denn nun konnte er selbst den Apparat erklären. »Dieser Apparat«, sagte er und faßte eine Kurbelstange, auf die er sich stützte, »ist eine Erfindung unseres früheren Kommandanten. Ich habe gleich bei den allerersten Versuchen mitgearbeitet und war auch bei allen Arbeiten bis zur Vollendung beteiligt. Das Verdienst der Erfindung allerdings gebührt ihm ganz allein. Haben Sie von unserem früheren Kommandanten gehört? Nicht? Nun, ich behaupte nicht zu viel, wenn ich sage, daß die Einrichtung der ganzen Strafkolonie sein Werk ist. Wir, seine Freunde, wußten schon bei seinem Tod, daß die Einrichtung der Kolonie so in sich geschlossen ist, daß sein Nachfolger, und habe er tausend neue Pläne im Kopf, wenigstens während vieler Jahre nichts von dem Alten wird ändern können. Unsere Voraussage ist auch eingetroffen; der neue Kommandant hat es erkennen müssen. Schade, daß Sie den früheren Kommandanten nicht gekannt haben! – Aber«, unterbrach sich der Offizier, »ich schwätze, und sein Apparat steht hier vor uns. Er besteht, wie Sie sehen, aus drei Teilen. Es haben sich im Laufe der Zeit für jeden dieser Teile gewissermaßen volkstümliche Bezeichnungen ausgebildet. Der untere heißt das Bett, der obere heißt der Zeichner, und hier der mittlere, schwebende Teil heißt die Egge.« »Die Egge?« fragte der Reisende. Er hatte nicht ganz aufmerksam zugehört, die Sonne verfing sich allzustark in dem schattenlosen Tal, man konnte schwer seine Gedanken sammeln. Um so bewundernswerter erschien ihm der Offizier, der im engen, parademäßigen, mit Epauletten beschwerten, mit Schnüren behängten Waffenrock so eifrig seine Sache erklärte und außerdem, während er sprach, mit einem Schraubendreher noch hier und da an einer Schraube sich zu schaffen machte. In ähnlicher Verfassung wie der Reisende schien der Soldat zu sein. Er hatte um beide Handgelenke die Kette des Verurteilten gewickelt, stützte sich mit einer Hand auf sein Gewehr, ließ den Kopf im Genick hinunterhängen und kümmerte sich um nichts. Der Reisende wunderte sich nicht darüber, denn der Offizier sprach französisch und französisch verstand gewiß weder der Soldat noch der Verurteilte. Um so auffallender war es allerdings, daß der Verurteilte sich dennoch bemühte, den Erklärungen des Offiziers zu folgen. Mit einer Art schläfriger Beharrlichkeit richtete er die Blicke immer dorthin, wohin der Offizier gerade zeigte, und als dieser jetzt vom Reisenden mit einer Frage unterbrochen wurde, sah auch er, ebenso wie der Offizier, den Reisenden an.

»Ja, die Egge«, sagte der Offizier, »der Name paßt. Die Nadeln sind eggenartig angeordnet, auch wird das Ganze wie eine Egge geführt, wenn auch bloß auf einem Platz und viel kunstgemäßer. Sie werden es übrigens gleich verstehen. Hier auf das Bett wird der Verurteilte gelegt. – Ich will nämlich den Apparat zuerst beschreiben und dann erst die Prozedur selbst ausführen lassen. Sie werden ihr dann besser folgen können. Auch ist ein Zahnrad im Zeichner zu stark abgeschliffen; es kreischt sehr, wenn es im Gang ist; man kann sich dann kaum verständigen; Ersatzteile sind hier leider nur schwer zu beschaffen. – Also hier ist das Bett, wie ich sagte. Es ist ganz und gar mit einer Watteschicht bedeckt; den Zweck dessen werden Sie noch erfahren. Auf diese Watte wird der Verurteilte bäuchlings gelegt, natürlich nackt; hier sind für die Hände, hier für die Füße, hier für den Hals Riemen, um ihn festzuschnallen. Hier am Kopfende des Bettes, wo der Mann, wie ich gesagt habe, zuerst mit dem Gesicht aufliegt, ist dieser kleine Filzstumpf, der leicht so reguliert werden kann, daß er dem Mann gerade in den Mund dringt. Er hat den Zweck, am Schreien und am Zerbeißen der Zunge zu hindern. Natürlich muß der Mann den Filz aufnehmen, da ihm sonst durch den Halsriemen das Genick gebrochen wird.« »Das ist Watte?« fragte der Reisende und beugte sich vor. »Ja gewiß«, sagte der Offizier lächelnd, »befühlen Sie es selbst.« Er faßte die Hand des Reisenden und führte sie über das Bett hin. »Es ist eine besonders präparierte Watte, darum sieht sie so unkenntlich aus; ich werde auf ihren Zweck noch zu sprechen kommen.« Der Reisende war schon ein wenig für den Apparat gewonnen; die Hand zum Schutz gegen die Sonne über den Augen, sah er an dem Apparat in die Höhe. Es war ein großer Aufbau. Das Bett und der Zeichner hatten gleichen Umfang und sahen wie zwei dunkle Truhen aus. Der Zeichner war etwa zwei Meter über dem Bett angebracht; beide waren in den Ecken durch vier Messingstangen verbunden, die in der Sonne fast Strahlen warfen. Zwischen den Truhen schwebte an einem Stahlband die Egge.

Der Offizier hatte die frühere Gleichgültigkeit des Reisenden kaum bemerkt, wohl aber hatte er für sein jetzt beginnendes Interesse Sinn; er setzte deshalb in seinen Erklärungen aus, um dem Reisenden zur ungestörten Betrachtung Zeit zu lassen. Der Verurteilte ahmte den Reisenden nach; da er die Hand nicht über die Augen legen konnte, blinzelte er mit freien Augen zur Höhe.

»Nun liegt also der Mann«, sagte der Reisende, lehnte sich im Sessel zurück und kreuzte die Beine.

»Ja«, sagte der Offizier, schob ein wenig die Mütze zurück und fuhr sich mit der Hand über das heiße Gesicht, »nun hören Sie! Sowohl das Bett, als auch der Zeichner haben ihre eigene elektrische Batterie;

das Bett braucht sie für sich selbst, der Zeichner für die Egge. Sobald der Mann festgeschnallt ist, wird das Bett in Bewegung gesetzt. Es zittert in winzigen, sehr schnellen Zuckungen gleichzeitig seitlich, wie auch auf und ab. Sie werden ähnliche Apparate in Heilanstalten gesehen haben; nur sind bei unserem Bett alle Bewegungen genau berechnet; sie müssen nämlich peinlich auf die Bewegungen der Egge abgestimmt sein. Dieser Egge aber ist die eigentliche Ausführung des Urteils überlassen.«

»Wie lautet denn das Urteil?« fragte der Reisende. »Sie wissen auch das nicht?« sagte der Offizier erstaunt und biß sich auf die Lippen: »Verzeihen Sie, wenn vielleicht meine Erklärungen ungeordnet sind; ich bitte Sie sehr um Entschuldigung. Die Erklärungen pflegte früher nämlich der Kommandant zu geben; der neue Kommandant aber hat sich dieser Ehrenpflicht entzogen; daß er jedoch einen so hohen Besuch« – der Reisende suchte die Ehrung mit beiden Händen abzuwehren, aber der Offizier bestand auf dem Ausdruck – »einen so hohen Besuch nicht einmal von der Form unseres Urteils in Kenntnis setzt, ist wieder eine Neuerung, die –«, er hatte einen Fluch auf den Lippen, faßte sich aber und sagte nur: »Ich wurde nicht davon verständigt, mich trifft nicht die Schuld. Übrigens bin ich allerdings am besten befähigt, unsere Urteilsarten zu erklären, denn ich trage hier« – er schlug auf seine Brusttasche – »die betreffenden Handzeichnungen des früheren Kommandanten.«

»Handzeichnungen des Kommandanten selbst?« fragte der Reisende: »Hat er denn alles in sich vereinigt? War er Soldat, Richter, Konstrukteur, Chemiker, Zeichner?«

»Jawohl«, sagte der Offizier kopfnickend, mit starrem, nachdenklichem Blick. Dann sah er prüfend seine Hände an; sie schienen ihm nicht rein genug, um die Zeichnungen anzufassen; er ging daher zum Kübel und wusch sie nochmals. Dann zog er eine kleine Ledermappe hervor und sagte: »Unser Urteil klingt nicht streng. Dem Verurteilten wird das Gebot, das er übertreten hat, mit der Egge auf den Leib geschrieben. Diesem Verurteilten zum Beispiel« – der Offizier zeigte auf den Mann – »wird auf den Leib geschrieben werden: Ehre deinen Vorgesetzten!«

Der Reisende sah flüchtig auf den Mann hin; er hielt, als der Offizier auf ihn gezeigt hatte, den Kopf gesenkt und schien alle Kraft des Gehörs anzuspannen, um etwas zu erfahren. Aber die Bewegungen seiner wulstig aneinander gedrückten Lippen zeigten offenbar, daß er nichts verstehen konnte. Der Reisende hatte Verschiedenes fragen wollen, fragte aber im Anblick des Mannes nur: »Kennt er sein Urteil?« »Nein«, sagte der Offizier und wollte gleich in seinen Erklärungen fortfahren, aber der Reisende unterbrach ihn: »Er kennt sein eigenes Urteil nicht?« »Nein«, sagte der Offizier wieder, stockte dann einen Augenblick, als verlange er vom Reisenden eine nähere Begründung seiner Frage, und sagte dann: »Es wäre nutzlos, es ihm zu verkünden. Er erfährt es ja auf seinem Leib.« Der Reisende wollte schon verstummen, da fühlte er, wie der Verurteilte seinen Blick auf ihn richtete; er schien zu fragen, ob er den geschilderten Vorgang billigen könne. Darum beugte sich der Reisende, der sich bereits zurückgelehnt hatte, wieder vor und fragte noch: »Aber daß er überhaupt verurteilt wurde, das weiß er doch?« »Auch nicht«, sagte der Offizier und lächelte den Reisenden an, als erwarte er nun von ihm noch einige sonderbare Eröffnungen. »Nein«, sagte der Reisende und strich sich über die Stirn hin, »dann weiß also der Mann auch jetzt noch nicht, wie seine Verteidigung aufgenommen wurde?« »Er hat keine Gelegenheit gehabt, sich zu verteidigen«, sagte der Offizier und sah abseits, als rede er zu sich selbst und wolle den Reisenden durch Erzählung dieser ihm selbstverständlichen Dinge nicht beschämen. »Er muß doch Gelegenheit gehabt haben, sich zu verteidigen«, sagte der Reisende und stand vom Sessel auf.

Der Offizier erkannte, daß er in Gefahr war, in der Erklärung des Apparates für lange Zeit aufgehalten zu werden; er ging daher zum Reisenden, hing sich in seinen Arm, zeigte mit der Hand auf den Verurteilten, der sich jetzt, da die Aufmerksamkeit so offenbar auf ihn gerichtet war, stramm aufstellte – auch zog der Soldat die Kette an –, und sagte: »Die Sache verhält sich folgendermaßen. Ich bin hier in der Strafkolonie zum Richter bestellt. Trotz meiner Jugend. Denn ich stand auch dem früheren Kommandanten in allen Strafsachen zur Seite und kenne auch den Apparat am besten. Der Grundsatz, nach dem ich entscheide, ist: Die Schuld ist immer zweifellos. Andere Gerichte können diesen Grundsatz nicht befolgen, denn sie sind vielköpfig und haben auch noch höhere Gerichte über sich. Das ist hier nicht der Fall, oder war es wenigstens nicht beim früheren Kommandanten. Der neue hat allerdings schon Lust gezeigt, in mein Gericht sich einzumischen, es ist mir aber bisher gelungen, ihn abzuwehren, und wird mir auch weiter gelingen. – Sie wollten diesen Fall erklärt haben; er ist so einfach, wie alle. Ein Hauptmann hat heute morgens die Anzeige erstattet, daß dieser Mann, der ihm als Diener zugeteilt ist und vor seiner Türe schläft, den Dienst verschlafen hat. Er hat nämlich die Pflicht, bei jedem Stundenschlag aufzustehen und vor der Tür des Hauptmanns zu salutieren. Gewiß keine schwere Pflicht und eine notwendige, denn er soll sowohl zur Bewachung als auch zur Bedienung frisch bleiben. Der Hauptmann wollte in der gestrigen Nacht nachsehen, ob der Diener seine Pflicht erfülle. Er öffnete Schlag zwei Uhr die Tür und fand ihn zusammengekrümmt schlafen. Er holte die Reitpeitsche und schlug ihm über das Gesicht. Statt nun aufzustehen und um Verzeihung zu bitten, faßte der Mann seinen Herrn bei den Beinen, schüttelte ihn und rief: ›Wirf die Peitsche weg, oder ich fresse dich.‹ – Das ist der Sachverhalt. Der Hauptmann kam vor einer Stunde zu mir, ich schrieb seine Angaben auf und anschließend gleich das Urteil. Dann ließ ich dem Mann die Ketten anlegen. Das alles war sehr einfach. Hätte ich den Mann zuerst vorgerufen und ausgefragt, so wäre nur Verwirrung entstanden. Er hätte gelogen, hätte, wenn es mir gelungen wäre, die Lügen zu widerlegen, diese durch neue Lügen ersetzt und so fort. Jetzt aber halte ich ihn und lasse ihn nicht mehr. – Ist nun alles erklärt? Aber die Zeit vergeht, die Exekution sollte schon beginnen, und ich bin mit der Erklärung des Apparates noch nicht fertig.« Er nötigte den Reisenden auf den Sessel nieder, trat wieder zu dem Apparat und begann: »Wie Sie sehen, entspricht die Egge der Form des Menschen; hier ist die Egge für den Oberkörper, hier sind die Eggen für die Beine. Für den Kopf ist nur dieser kleine Stichel bestimmt. Ist Ihnen das klar?« Er beugte sich freundlich zu dem Reisenden vor, bereit zu den umfassendsten Erklärungen.

Der Reisende sah mit gerunzelter Stirn die Egge an. Die Mitteilungen über das Gerichtsverfahren hatten ihn nicht befriedigt. Immerhin mußte er sich sagen, daß es sich hier um eine Strafkolonie handelte, daß hier besondere Maßregeln notwendig waren und daß man bis zum letzten militärisch vorgehen mußte. Außerdem aber setzte er einige Hoffnung auf den neuen Kommandanten, der offenbar, allerdings langsam, ein neues Verfahren einzuführen beabsichtigte, das dem beschränkten Kopf dieses Offiziers nicht eingehen konnte. Aus diesem Gedankengang heraus fragte der Reisende: »Wird der Kommandant der Exekution beiwohnen?« »Es ist nicht gewiß«, sagte der Offizier, durch die unvermittelte Frage peinlich berührt, und seine freundliche Miene verzerrte sich: »Gerade deshalb müssen wir uns beeilen. Ich werde sogar, so leid es mir tut, meine Erklärungen abkürzen müssen. Aber ich könnte ja morgen, wenn der Apparat wieder gereinigt ist – daß er so sehr beschmutzt wird, ist sein einziger Fehler – die näheren Erklärungen nachtragen. Jetzt also nur das Notwendigste. – Wenn der Mann auf dem Bett liegt und dieses ins Zittern gebracht ist, wird die Egge auf den Körper gesenkt. Sie stellt sich von selbst so ein, daß sie nur knapp mit den Spitzen den Körper berührt; ist die Einstellung vollzogen, strafft sich sofort dieses Stahlseil zu einer Stange. Und nun beginnt das Spiel. Ein Nichteingeweihter merkt äußerlich keinen Unterschied in den Strafen. Die Egge scheint gleichförmig zu arbeiten. Zitternd sticht sie ihre Spitzen in den Körper ein, der überdies vom Bett aus zittert. Um es nun jedem zu ermöglichen, die Ausführung des Urteils zu überprüfen, wurde die Egge aus Glas gemacht. Es hat einige technische Schwierigkeiten verursacht, die Nadeln darin zu befestigen, es ist aber nach vielen Versuchen gelungen. Wir haben eben keine Mühe gescheut. Und nun kann jeder durch das Glas sehen, wie sich die Inschrift im Körper vollzieht. Wollen Sie nicht näher kommen und sich die Nadeln ansehen?«

Der Reisende erhob sich langsam, ging hin und beugte sich über die Egge. »Sie sehen«, sagte der Offizier, »zweierlei Nadeln in vielfacher Anordnung. Jede lange hat eine kurze neben sich. Die lange schreibt nämlich, und die kurze spritzt Wasser aus, um das Blut abzuwaschen und die Schrift immer klar zu erhalten. Das Blutwasser wird dann hier in kleine Rinnen geleitet und fließt endlich in diese Hauptrinne, deren Abflußrohr in die Grube führt.« Der Offizier zeigte mit dem Finger genau den Weg, den das Blutwasser nehmen mußte. Als er es, um es möglichst anschaulich zu machen, an der Mündung des Abflußrohres mit beiden Händen förmlich auffing, erhob der Reisende den Kopf und wollte, mit der Hand rückwärts tastend, zu seinem Sessel zurückgehen. Da sah er zu seinem Schrecken, daß auch der Verurteilte gleich ihm der Einladung des Offiziers, sich die Einrichtung der Egge aus der Nähe anzusehen, gefolgt war. Er hatte den verschlafenen Soldaten an der Kette ein wenig vorgezerrt und sich auch über das Glas gebeugt. Man sah, wie er mit unsicheren Augen auch das suchte, was die zwei Herren eben beobachtet hatten, wie es ihm aber, da ihm die Erklärung fehlte, nicht gelingen wollte. Er beugte sich hierhin und dorthin. Immer wieder lief er mit den Augen das Glas ab. Der Reisende wollte ihn zurücktreiben, denn, was er tat, war wahrscheinlich strafbar. Aber der Offizier hielt den Reisenden mit einer Hand fest, nahm mit der anderen eine Erdscholle vom Wall und warf sie nach dem Soldaten. Dieser hob mit einem Ruck die Augen, sah, was der Verurteilte gewagt hatte, ließ das Gewehr fallen, stemmte die Füße mit den Absätzen in den Boden, riß den Verurteilten zurück, daß er gleich niederfiel, und sah dann auf ihn hinunter, wie er sich wand und mit seinen Ketten klirrte. »Stell ihn auf!« schrie der Offizier, denn er merkte, daß der Reisende durch den Verurteilten allzusehr abgelenkt wurde. Der Reisende beugte sich sogar über die Egge hinweg, ohne sich um sie zu kümmern, und wollte nur feststellen, was mit dem Verurteilten geschehe. »Behandle ihn sorgfältig!« schrie der Offizier wieder. Er umlief den Apparat, faßte selbst den Verurteilten unter den Achseln und stellte ihn, der öfters mit den Füßen ausglitt, mit Hilfe des Soldaten auf.

»Nun weiß ich schon alles«, sagte der Reisende, als der Offizier wieder zu ihm zurückkehrte. »Bis auf das Wichtigste«, sagte dieser, ergriff den Reisenden am Arm und zeigte in die Höhe: »Dort im Zeichner ist das Räderwerk, welches die Bewegung der Egge bestimmt, und dieses Räderwerk wird nach der Zeichnung, auf welche das Urteil lautet, angeordnet. Ich verwende noch die Zeichnungen des früheren Kommandanten. Hier sind sie«, – er zog einige Blätter aus der Ledermappe – »ich kann sie Ihnen aber leider nicht in die Hand geben, sie sind das Teuerste, was ich habe. Setzen Sie sich, ich zeige sie Ihnen aus dieser Entfernung, dann werden Sie alles gut sehen können.« Er zeigte das erste Blatt. Der Reisende hätte gerne etwas Anerkennendes gesagt, aber er sah nur labyrinthartige, einander vielfach kreuzende Linien, die so dicht das Papier bedeckten, daß man nur mit Mühe die weißen Zwischenräume erkannte. »Lesen Sie«, sagte der Offizier. »Ich kann nicht«, sagte der Reisende. »Es ist doch deutlich«, sagte der Offizier. »Es ist sehr kunstvoll«, sagte der Reisende ausweichend, »aber ich kann es nicht entziffern.« »Ja«, sagte der Offizier, lachte und steckte die Mappe wieder ein, »es ist keine Schönschrift für Schulkinder. Man muß lange darin lesen. Auch Sie würden es schließlich gewiß erkennen. Es darf natürlich keine einfache Schrift sein; sie soll ja nicht sofort töten, sondern durchschnittlich erst in einem Zeitraum von zwölf Stunden; für die sechste Stunde ist der Wendepunkt berechnet. Es müssen also viele, viele Zieraten die eigentliche Schrift umgeben; die wirkliche Schrift umzieht den Leib nur in einem schmalen Gürtel; der übrige Körper ist für Verzierungen bestimmt. Können Sie jetzt die Arbeit der Egge und des ganzen Apparates würdigen? Sehen Sie doch!« Er sprang auf die Leiter, drehte ein Rad, rief hinunter: »Achtung, treten Sie zur Seite«, und alles kam in Gang. Hätte das Rad nicht gekreischt, es wäre herrlich gewesen. Als sei der Offizier von diesem störenden Rad überrascht, drohte er ihm mit der Faust, breitete dann, sich entschuldigend, zum Reisenden hin die Arme aus und kletterte eilig hinunter, um den Gang des Apparates von unten zu beobachten. Noch war etwas nicht in Ordnung, das nur er merkte; er kletterte wieder hinauf, griff mit beiden Händen in das Innere des Zeichners, glitt dann, um rascher hinunterzukommen, statt die Leiter zu benutzen, an der einen Stange hinunter und schrie nun, um sich im Lärm verständlich zu machen, mit äußerster Anspannung dem Reisenden ins Ohr: »Begreifen Sie den Vorgang? Die Egge fängt zu schreiben an; ist sie mit der ersten Anlage der Schrift auf dem Rücken des Mannes fertig, rollt die Watteschicht und wälzt den Körper langsam auf die Seite, um der Egge neuen Raum zu bieten. Inzwischen legen sich die wundbeschriebenen Stellen auf die Watte, welche infolge der besonderen Präparierung sofort die Blutung stillt und zu neuer Vertiefung der Schrift vorbereitet. Hier die Zacken am Rande der Egge reißen dann beim weiteren Umwälzen des Körpers die Watte von den Wunden, schleudern sie in die Grube, und die Egge hat wieder Arbeit. So schreibt sie immer tiefer die zwölf Stunden lang. Die ersten sechs Stunden lebt der Verurteilte fast wie früher, er leidet nur Schmerzen. Nach zwei Stunden wird der Filz entfernt, denn der Mann hat keine Kraft zum Schreien mehr. Hier in diesen elektrisch geheizten Napf am Kopfende wird warmer Reisbrei gelegt, aus dem der Mann, wenn er Lust hat, nehmen kann, was er mit der Zunge erhascht. Keiner versäumt die Gelegenheit. Ich weiß keinen, und meine Erfahrung ist groß. Erst um die sechste Stunde verliert er das Vergnügen am Essen. Ich knie dann gewöhnlich hier nieder und beobachte diese Erscheinung. Der Mann schluckt den letzten Bissen selten, er dreht ihn nur im Mund und speit ihn in die Grube. Ich muß mich dann bücken, sonst fährt es mir ins Gesicht. Wie still wird dann aber der Mann um die sechste Stunde! Verstand geht dem Blödesten auf. Um die Augen beginnt es. Von hier aus verbreitet es sich. Ein Anblick, der einen verführen könnte, sich mit unter die Egge zu legen. Es geschieht ja nichts weiter, der Mann fängt bloß an, die Schrift zu entziffern, er spitzt den Mund, als horche er. Sie haben gesehen, es ist nicht leicht, die Schrift mit den Augen zu entziffern; unser Mann entziffert sie aber mit seinen Wunden. Es ist allerdings viel Arbeit; er braucht sechs Stunden zu ihrer Vollendung. Dann aber spießt ihn die Egge vollständig auf und wirft ihn in die Grube, wo er auf das Blutwasser und die Watte niederklatscht. Dann ist das Gericht zu Ende, und wir, ich und der Soldat, scharren ihn ein.«

Der Reisende hatte das Ohr zum Offizier geneigt und sah, die Hände in den Rocktaschen, der Arbeit der Maschine zu. Auch der Verurteilte sah ihr zu, aber ohne Verständnis. Er bückte sich ein wenig und verfolgte die schwankenden Nadeln, als ihm der Soldat, auf ein Zeichen des Offiziers, mit einem Messer hinten Hemd und Hose durchschnitt, so daß sie von dem Verurteilten abfielen; er wollte nach dem fallenden Zeug greifen, um seine Blöße zu bedecken, aber der Soldat hob ihn in die Höhe und schüttelte die letzten Fetzen von ihm ab. Der Offizier stellte die Maschine ein, und in der jetzt eintretenden Stille wurde der Verurteilte unter die Egge gelegt. Die Ketten wurden gelöst, und statt dessen die Riemen befestigt; es schien für den Verurteilten im ersten Augenblick fast eine Erleichterung zu bedeuten. Und nun senkte sich die Egge noch ein Stück tiefer, denn es war ein magerer Mann. Als ihn die Spitzen berührten, ging ein Schauer über seine Haut; er streckte, während der Soldat mit seiner rechten Hand beschäftigt war, die linke aus, ohne zu wissen wohin; es war aber die Richtung, wo der Reisende stand. Der Offizier sah ununterbrochen den Reisenden von der Seite an, als suche er von seinem Gesicht den Eindruck abzulesen, den die Exekution, die er ihm nun wenigstens oberflächlich erklärt hatte, auf ihn mache.

Der Riemen, der für das Handgelenk bestimmt war, riß; wahrscheinlich hatte ihn der Soldat zu stark angezogen. Der Offizier sollte helfen, der Soldat zeigte ihm das abgerissene Riemenstück. Der Offizier ging auch zu ihm hinüber und sagte, das Gesicht dem Reisenden zugewendet: »Die Maschine ist sehr zusammengesetzt, es muß hie und da etwas reißen oder brechen; dadurch darf man sich aber im Gesamturteil nicht beirren lassen. Für den Riemen ist übrigens sofort Ersatz geschafft; ich werde eine Kette verwenden; die Zartheit der Schwingung wird dadurch für den rechten Arm allerdings beeinträchtigt.« Und während er die Ketten anlegte, sagte er noch: »Die Mittel zur Erhaltung der Maschine sind jetzt sehr eingeschränkt. Unter dem früheren Kommandanten war eine mir frei zugängliche Kassa nur für diesen Zweck bestimmt. Es gab hier ein Magazin, in dem alle möglichen Ersatzstücke aufbewahrt wurden. Ich gestehe, ich trieb damit fast Verschwendung, ich meine früher, nicht jetzt, wie der neue Kommandant behauptet, dem alles nur zum Vorwand dient, alte Einrichtungen zu bekämpfen. Jetzt hat er die Maschinenkassa in eigener Verwaltung, und schicke ich um einen neuen Riemen, wird der zerrissene als Beweisstück verlangt, der neue kommt erst in zehn Tagen, ist dann aber von schlechterer Sorte und taugt nicht viel. Wie ich aber in der Zwischenzeit ohne Riemen die Maschine betreiben soll, darum kümmert sich niemand.«

Der Reisende überlegte: Es ist immer bedenklich, in fremde Verhältnisse entscheidend einzugreifen. Er war weder Bürger der Strafkolonie, noch Bürger des Staates, dem sie angehörte. Wenn er diese Exekution verurteilen oder gar hintertreiben wollte, konnte man ihm sagen: Du bist ein Fremder, sei still. Darauf hätte er nichts erwidern, sondern nur hinzufügen können, daß er sich in diesem Falle selbst nicht begreife, denn er reise nur mit der Absicht zu sehen und keineswegs etwa, um fremde Gerichtsverfassungen zu ändern. Nun lagen aber hier die Dinge allerdings sehr verführerisch. Die Ungerechtigkeit des Verfahrens und die Unmenschlichkeit der Exekution war zweifellos. Niemand konnte irgendeine Eigennützigkeit des Reisenden annehmen, denn der Verurteilte war ihm fremd, kein Landsmann und ein zum Mitleid gar nicht auffordernder Mensch. Der Reisende selbst hatte Empfehlungen hoher Ämter, war hier mit großer Höflichkeit empfangen worden, und daß er zu dieser Exekution eingeladen worden war, schien sogar darauf hinzudeuten, daß man sein Urteil über dieses Gericht verlangte. Dies war aber um so wahrscheinlicher, als der Kommandant, wie er jetzt überdeutlich gehört hatte, kein Anhänger dieses Verfahrens war und sich gegenüber dem Offizier fast feindselig verhielt.

Da hörte der Reisende einen Wutschrei des Offiziers. Er hatte gerade, nicht ohne Mühe, dem Verurteilten den Filzstumpf in den Mund geschoben, als der Verurteilte in einem unwiderstehlichen Brechreiz die Augen schloß und sich erbrach. Eilig riß ihn der Offizier vom Stumpf in die Höhe und wollte den Kopf zur Grube hindrehen; aber es war zu spät, der Unrat floß schon an der Maschine hinab. »Alles Schuld des Kommandanten!« schrie der Offizier und rüttelte besinnungslos vorn an den Messingstangen, »die Maschine wird mir verunreinigt wie ein Stall.« Er zeigte mit zitternden Händen dem Reisenden, was geschehen war. »Habe ich nicht stundenlang dem Kommandanten begreiflich zu machen gesucht, daß einen Tag vor der Exekution kein Essen mehr verabfolgt werden soll. Aber die neue milde Richtung ist anderer Meinung. Die Damen des Kommandanten stopfen dem Mann, ehe er abgeführt wird, den Hals mit Zuckersachen voll. Sein ganzes Leben hat er sich von stinkenden Fischen genährt und muß jetzt Zuckersachen essen! Aber es wäre ja möglich, ich würde nichts einwenden, aber warum schafft man nicht einen neuen Filz an, wie ich ihn seit einem Vierteljahr erbitte. Wie kann man ohne Ekel diesen Filz in den Mund nehmen, an dem mehr als hundert Männer im Sterben gesaugt und gebissen haben?«

Der Verurteilte hatte den Kopf niedergelegt und sah friedlich aus, der Soldat war damit beschäftigt, mit dem Hemd des Verurteilten die Maschine zu putzen. Der Offizier ging zum Reisenden, der in irgendeiner Ahnung einen Schritt zurücktrat, aber der Offizier faßte ihn bei der Hand und zog ihn zur Seite. »Ich will einige Worte im Vertrauen mit Ihnen sprechen«, sagte er, »ich darf das doch?« »Gewiß«, sagte der Reisende und hörte mit gesenkten Augen zu.

»Dieses Verfahren und diese Hinrichtung, die Sie jetzt zu bewundern Gelegenheit haben, hat gegenwärtig in unserer Kolonie keinen offenen Anhänger mehr. Ich bin ihr einziger Vertreter, gleichzeitig der einzige Vertreter des Erbes des alten Kommandanten. An einen weiteren Ausbau des Verfahrens kann ich nicht mehr denken, ich verbrauche alle meine Kräfte, um zu erhalten, was vorhanden ist. Als der alte Kommandant lebte, war die Kolonie von seinen Anhängern voll; die Überzeugungskraft des alten Kommandanten habe ich zum Teil, aber seine Macht fehlt mir ganz; infolgedessen haben sich die Anhänger verkrochen, es gibt noch viele, aber keiner gesteht es ein. Wenn Sie heute, also an einem Hinrichtungstag, ins Teehaus gehen und herumhorchen, werden Sie vielleicht nur zweideutige Äußerungen hören. Das sind lauter Anhänger, aber unter dem gegenwärtigen Kommandanten und bei seinen gegenwärtigen Anschauungen für mich ganz unbrauchbar. Und nun frage ich Sie: Soll wegen dieses Kommandanten und seiner Frauen, die ihn beeinflussen, ein solches Lebenswerk« – er zeigte auf die Maschine – »zugrunde gehen? Darf man das zulassen? Selbst wenn man nur als Fremder ein paar Tage auf unserer Insel ist? Es ist aber keine Zeit zu verlieren, man bereitet etwas gegen meine Gerichtsbarkeit vor; es finden schon Beratungen in der Kommandatur statt, zu denen ich nicht zugezogen werde; sogar

Ihr heutiger Besuch scheint mir für die ganze Lage bezeichnend; man ist feig und schickt Sie, einen Fremden, vor. – Wie war die Exekution anders in früherer Zeit! Schon einen Tag vor der Hinrichtung war das ganze Tal von Menschen überfüllt; alle kamen nur um zu sehen; früh am Morgen erschien der Kommandant mit seinen Damen; Fanfaren weckten den ganzen Lagerplatz; ich erstattete die Meldung, daß alles vorbereitet sei; die Gesellschaft – kein hoher Beamte durfte fehlen – ordnete sich um die Maschine; dieser Haufen Rohrsessel ist ein armseliges Überbleibsel aus jener Zeit. Die Maschine glänzte frisch geputzt, fast zu jeder Exekution nahm ich neue Ersatzstücke. Vor hunderten Augen – alle Zuschauer standen auf den Fußspitzen bis dort zu den Anhöhen – wurde der Verurteilte vom Kommandanten selbst unter die Egge gelegt. Was heute ein gemeiner Soldat tun darf, war damals meine, des Gerichtspräsidenten, Arbeit und ehrte mich. Und nun begann die Exekution! Kein Mißton störte die Arbeit der Maschine. Manche sahen nun gar nicht mehr zu, sondern lagen mit geschlossenen Augen im Sand; alle wußten: Jetzt geschieht Gerechtigkeit. In der Stille hörte man nur das Seufzen des Verurteilten, gedämpft durch den Filz. Heute gelingt es der Maschine nicht mehr, dem Verurteilten ein stärkeres Seufzen auszupressen, als der Filz noch ersticken kann; damals aber tropften die schreibenden Nadeln eine beizende Flüssigkeit aus, die heute nicht mehr verwendet werden darf. Nun, und dann kam die sechste Stunde! Es war unmöglich, allen die Bitte, aus der Nähe zuschauen zu dürfen, zu gewähren. Der Kommandant in seiner Einsicht ordnete an, daß vor allem die Kinder berücksichtigt werden sollten; ich allerdings durfte kraft meines Berufes immer dabeistehen; oft hockte ich dort, zwei kleine Kinder rechts und links in meinen Armen. Wie nahmen wir alle den Ausdruck der Verklärung von dem gemarterten Gesicht, wie hielten wir unsere Wangen in den Schein dieser endlich erreichten und schon vergehenden Gerechtigkeit! Was für Zeiten, mein Kamerad!« Der Offizier hatte offenbar vergessen, wer vor ihm stand; er hatte den Reisenden umarmt und den Kopf auf seine Schulter gelegt. Der Reisende war in großer Verlegenheit, ungeduldig sah er über den Offizier hinweg. Der Soldat hatte die Reinigungsarbeit beendet und jetzt noch aus einer Büchse Reisbrei in den Napf geschüttet. Kaum merkte dies der Verurteilte, der sich schon vollständig erholt zu haben schien, als er mit der Zunge nach dem Brei zu schnappen begann. Der Soldat stieß ihn immer wieder weg, denn der Brei war wohl für eine spätere Zeit bestimmt, aber ungehörig war es jedenfalls auch, daß der Soldat mit seinen schmutzigen Händen hineingriff und vor dem gierigen Verurteilten davon aß.

Der Offizier faßte sich schnell. »Ich wollte Sie nicht etwa rühren«, sagte er, »ich weiß, es ist unmöglich, jene Zeiten heute begreiflich zu machen. Im übrigen arbeitet die Maschine noch und wirkt für sich. Sie wirkt für sich, auch wenn sie allein in diesem Tale steht. Und die Leiche fällt zum Schluß noch immer in dem unbegreiflich sanften Flug in die Grube, auch wenn nicht, wie damals, Hunderte wie Fliegen um die Grube sich versammeln. Damals mußten wir ein starkes Geländer um die Grube anbringen, es ist längst weggerissen.«

Der Reisende wollte sein Gesicht dem Offizier entziehen und blickte ziellos herum. Der Offizier glaubte, er betrachte die Öde des Tales; er ergriff deshalb seine Hände, drehte sich um ihn, um seine Blicke zu fassen, und fragte: »Merken Sie die Schande?«

Aber der Reisende schwieg. Der Offizier ließ für ein Weilchen von ihm ab; mit auseinandergestellten Beinen, die Hände in den Hüften, stand er still und blickte zu Boden. Dann lächelte er dem Reisenden aufmunternd zu und sagte: »Ich war gestern in Ihrer Nähe, als der Kommandant Sie einlud. Ich hörte die Einladung. Ich kenne den Kommandanten. Ich verstand sofort, was er mit der Einladung bezweckte. Trotzdem seine Macht groß genug wäre, um gegen mich einzuschreiten, wagt er es noch nicht, wohl aber will er mich Ihrem, dem Urteil eines angesehenen Fremden aussetzen. Seine Berechnung ist sorgfältig; Sie sind den zweiten Tag auf der Insel, Sie kannten den alten Kommandanten und seinen Gedankenkreis nicht, Sie sind in europäischen Anschauungen befangen, vielleicht sind Sie ein grundsätzlicher Gegner der Todesstrafe im allgemeinen und einer derartigen maschinellen Hinrichtungsart im besonderen, Sie sehen überdies, wie die Hinrichtung ohne öffentliche Anteilnahme, traurig, auf einer bereits etwas beschädigten Maschine vor sich geht – wäre es nun, alles dieses zusammengenommen (so denkt der Kommandant), nicht sehr leicht möglich, daß Sie mein Verfahren nicht für richtig halten? Und wenn Sie es nicht für richtig halten, werden Sie dies (ich rede noch immer im Sinne des Kommandanten) nicht verschweigen, denn Sie vertrauen doch gewiß Ihren vielerprobten Überzeugungen. Sie haben allerdings viele Eigentümlichkeiten vieler Völker gesehen und achten gelernt, Sie werden daher wahrscheinlich sich nicht mit ganzer Kraft, wie Sie es vielleicht in Ihrer Heimat tun würden, gegen das Verfahren aussprechen. Aber dessen bedarf der Kommandant gar nicht. Ein flüchtiges, ein bloß unvorsichtiges Wort genügt. Es muß gar nicht Ihrer Überzeugung entsprechen, wenn es nur scheinbar seinem Wunsche entgegenkommt. Daß er Sie mit aller Schlauheit ausfragen wird, dessen bin ich gewiß. Und seine Damen werden im Kreis herumsitzen und die Ohren spitzen; Sie werden etwa sagen: ›Bei uns ist das Gerichtsverfahren ein anderes‹, oder ›Bei uns wird der Angeklagte vor dem Urteil verhört‹, oder ›Bei uns erfährt der Verurteilte das Urteil‹, oder ›Bei uns gibt es auch andere Strafen als Todesstrafen‹, oder ›Bei uns gab es Folterungen nur im Mittelalter‹. Das alles sind Bemerkungen, die ebenso richtig sind, als sie Ihnen selbstverständlich erscheinen, unschuldige Bemerkungen, die mein Verfahren nicht antasten. Aber wie wird sie der Kommandant aufnehmen? Ich sehe ihn, den guten Kommandanten, wie er sofort den Stuhl beiseite schiebt und auf den Balkon eilt, ich sehe seine Damen, wie sie ihm nachströmen, ich höre seine Stimme – die Damen nennen sie eine Donnerstimme –, nun, und er spricht: ›Ein großer Forscher des Abendlandes, dazu bestimmt, das Gerichtsverfahren in allen Ländern zu überprüfen, hat eben gesagt, daß unser Verfahren nach altem Brauch ein unmenschliches ist. Nach diesem Urteil einer solchen Persönlichkeit ist es mir natürlich nicht mehr möglich, dieses Verfahren zu dulden. Mit dem heutigen Tage also ordne ich an – usw.‹ Sie wollen eingreifen, Sie haben nicht das gesagt, was er verkündet, Sie haben mein Verfahren nicht unmenschlich genannt, im Gegenteil, Ihrer tiefen Einsicht entsprechend halten Sie es für das menschlichste und menschenwürdigste, Sie bewundern auch diese Maschinerie – aber es ist zu spät; Sie kommen gar nicht auf den Balkon, der schon voll Damen ist; Sie wollen sich bemerkbar machen; Sie wollen schreien; aber eine Damenhand hält Ihnen den Mund zu – und ich und das Werk des alten Kommandanten sind verloren.«

Der Reisende mußte ein Lächeln unterdrücken; so leicht war also die Aufgabe, die er für so schwer gehalten hatte. Er sagte ausweichend: »Sie überschätzen meinen Einfluß; der Kommandant hat mein Empfehlungsschreiben gelesen, er weiß, daß ich kein Kenner der gerichtlichen Verfahren bin. Wenn ich eine Meinung aussprechen würde, so wäre es die Meinung eines Privatmannes, um nichts bedeutender als die Meinung eines beliebigen anderen, und jedenfalls viel bedeutungsloser als die Meinung des Kommandanten, der in dieser Strafkolonie, wie ich zu wissen glaube, sehr ausgedehnte Rechte hat. Ist seine Meinung über dieses Verfahren eine so bestimmte, wie Sie glauben, dann, fürchte ich, ist allerdings das Ende dieses Verfahrens gekommen, ohne daß es meiner bescheidenen Mithilfe bedürfte.«

Begriff es schon der Offizier? Nein, er begriff noch nicht. Er schüttelte lebhaft den Kopf, sah kurz nach dem Verurteilten und dem Soldaten zurück, die zusammenzuckten und vom Reis abließen, ging ganz nahe an den Reisenden heran, blickte ihm nicht ins Gesicht, sondern irgendwohin auf seinen Rock und sagte leiser als früher: »Sie kennen den Kommandanten nicht; Sie stehen ihm und uns allen – verzeihen Sie den Ausdruck – gewissermaßen harmlos gegenüber; Ihr Einfluß, glauben Sie mir, kann nicht hoch genug eingeschätzt werden. Ich war ja glückselig, als ich hörte, daß Sie allein der Exekution beiwohnen sollten. Diese Anordnung des Kommandanten sollte mich treffen, nun aber wende ich sie zu meinen Gunsten. Unabgelenkt von falschen Einflüsterungen und verächtlichen Blicken – wie sie bei größerer Teilnahme an der Exekution nicht hätten vermieden werden können – haben Sie meine Erklärungen angehört, die Maschine gesehen und sind nun im Begriffe, die Exekution zu besichtigen. Ihr Urteil steht gewiß schon fest; sollten noch kleine Unsicherheiten bestehen, so wird sie der Anblick der Exekution beseitigen. Und nun stelle ich an Sie die Bitte: helfen Sie mir gegenüber dem Kommandanten!«

Der Reisende ließ ihn nicht weiter reden. »Wie könnte ich denn das«, rief er aus, »das ist ganz unmöglich. Ich kann Ihnen ebensowenig nützen als ich Ihnen schaden kann.«

»Sie können es«, sagte der Offizier. Mit einiger Befürchtung sah der Reisende, daß der Offizier die Fäuste ballte. »Sie können es«, wiederholte der Offizier noch dringender. »Ich habe einen Plan, der gelingen muß. Sie glauben, Ihr Einfluß genüge nicht. Ich weiß, daß er genügt. Aber zugestanden, daß Sie recht haben, ist es denn nicht notwendig, zur Erhaltung dieses Verfahrens alles, selbst das möglicherweise Unzureichende zu versuchen? Hören Sie also meinen Plan. Zu seiner Ausführung ist es vor allem nötig, daß Sie heute in der Kolonie mit Ihrem Urteil über das Verfahren möglichst zurückhalten. Wenn man Sie nicht geradezu fragt, dürfen Sie sich keinesfalls äußern; Ihre Äußerungen aber müssen kurz und unbestimmt sein; man soll merken, daß es Ihnen schwer wird, darüber zu sprechen, daß Sie verbittert sind, daß Sie, falls Sie offen reden sollten, geradezu in Verwünschungen ausbrechen müßten. Ich verlange nicht, daß Sie lügen sollen; keineswegs; Sie sollen nur kurz antworten, etwa: ›Ja, ich habe die Exekution gesehen‹, oder ›Ja, ich habe alle Erklärungen gehört‹. Nur das, nichts weiter. Für die Verbitterung, die man Ihnen anmerken soll, ist ja genügend Anlaß, wenn auch nicht im Sinne des Kommandanten. Er natürlich wird es vollständig mißverstehen und in seinem Sinne deuten. Darauf gründet sich mein Plan. Morgen findet in der Kommandatur unter dem Vorsitz des Kommandanten eine große Sitzung aller höheren Verwaltungsbeamten statt. Der Kommandant hat es natürlich verstanden, aus solchen Sitzungen eine Schaustellung zu machen. Es wurde eine Galerie gebaut, die mit Zuschauern immer besetzt ist. Ich bin gezwungen an den Beratungen teilzunehmen, aber der Widerwille schüttelt mich. Nun werden Sie gewiß auf jeden Fall zu der Sitzung eingeladen werden; wenn Sie sich heute meinem Plane gemäß verhalten, wird die Einladung zu einer dringenden Bitte werden. Sollten Sie aber aus irgendeinem unerfindlichen Grunde doch nicht eingeladen werden, so müßten Sie allerdings die Einladung verlangen; daß Sie sie dann erhalten, ist zweifellos. Nun sitzen Sie also morgen mit den Damen in der Loge des Kommandanten. Er versichert sich öfters durch Blicke nach oben, daß Sie da sind.

Nach verschiedenen gleichgültigen, lächerlichen, nur für die Zuhörer berechneten Verhandlungsgegenständen – meistens sind es Hafenbauten, immer wieder Hafenbauten! – kommt auch das Gerichtsverfahren zur Sprache. Sollte es von seiten des Kommandanten nicht oder nicht bald genug geschehen, so werde ich dafür sorgen, daß es geschieht. Ich werde aufstehen und die Meldung von der heutigen Exekution erstatten. Ganz kurz, nur diese Meldung. Eine solche Meldung ist zwar dort nicht üblich, aber ich tue es doch. Der Kommandant dankt mir, wie immer, mit freundlichem Lächeln und nun, er kann sich nicht zurückhalten, erfaßt er die gute Gelegenheit. ›Es wurde eben‹, so oder ähnlich wird er sprechen, ›die Meldung von der Exekution erstattet. Ich möchte dieser Meldung nur hinzufügen, daß gerade dieser Exekution der große Forscher beigewohnt hat, von dessen unsere Kolonie so außerordentlich ehrendem Besuch Sie alle wissen. Auch unsere heutige Sitzung ist durch seine Anwesenheit in ihrer Bedeutung erhöht. Wollen wir nun nicht an diesen großen Forscher die Frage richten, wie er die Exekution nach altem Brauch und das Verfahren, das ihr vorhergeht, beurteilt?‹ Natürlich überall Beifallklatschen, allgemeine Zustimmung, ich bin der lauteste. Der Kommandant verbeugt sich vor Ihnen und sagt: ›Dann stelle ich im Namen aller die Frage.‹ Und nun treten Sie an die Brüstung. Legen Sie die Hände für alle sichtbar hin, sonst fassen sie die Damen und spielen mit den Fingern. – Und jetzt kommt endlich Ihr Wort. Ich weiß nicht, wie ich die Spannung der Stunden bis dahin ertragen werde. In Ihrer Rede müssen Sie sich keine Schranken setzen, machen Sie mit der Wahrheit Lärm, beugen Sie sich über die Brüstung, brüllen Sie, aber ja, brüllen Sie dem Kommandanten Ihre Meinung, Ihre unerschütterliche Meinung zu. Aber vielleicht wollen Sie das nicht, es entspricht nicht Ihrem Charakter, in Ihrer Heimat verhält man sich vielleicht in solchen Lagen anders, auch das ist richtig, auch das genügt vollkommen, stehen Sie gar nicht auf, sagen Sie nur ein paar Worte, flüstern Sie sie, daß sie gerade noch die Beamten unter Ihnen hören, es genügt, Sie müssen gar nicht selbst von der mangelnden Teilnahme an der Exekution, von dem kreischenden Rad, dem zerrissenen Riemen, dem widerlichen Filz reden, nein, alles weitere übernehme ich, und glauben Sie, wenn meine Rede ihn nicht aus dem Saale jagt, so wird sie ihn auf die Knie zwingen, daß er bekennen muß: Alter Kommandant, vor dir beuge ich mich. – Das ist mein Plan; wollen Sie mir zu seiner Ausführung helfen? Aber natürlich wollen Sie, mehr als das, Sie müssen.« Und der Offizier faßte den Reisenden an beiden Armen und sah ihm schweratmend ins Gesicht. Die letzten Sätze hatte er so geschrien, daß selbst der Soldat und der Verurteilte aufmerksam geworden waren; trotzdem sie nichts verstehen konnten, hielten sie doch im Essen inne und sahen kauend zum Reisenden hinüber.

Die Antwort, die er zu geben hatte, war für den Reisenden von allem Anfang an zweifellos; er hatte in seinem Leben zu viel erfahren, als daß er hier hätte schwanken können; er war im Grunde ehrlich und hatte keine Furcht. Trotzdem zögerte er jetzt im Anblick des Soldaten und des Verurteilten einen Atemzug lang. Schließlich aber sagte er, wie er mußte: »Nein.« Der Offizier blinzelte mehrmals mit den Augen, ließ aber keinen Blick von ihm. »Wollen Sie eine Erklärung?« fragte der Reisende. Der Offizier nickte stumm. »Ich bin ein Gegner dieses Verfahrens«, sagte nun der Reisende, »noch ehe Sie mich ins Vertrauen zogen – dieses Vertrauen werde ich natürlich unter keinen Umständen mißbrauchen – habe ich schon überlegt, ob ich berechtigt wäre, gegen dieses Verfahren einzuschreiten und ob mein Einschreiten auch nur eine kleine Aussicht auf Erfolg haben könnte. An wen ich mich dabei zuerst wenden müßte, war mir klar: an den Kommandanten natürlich. Sie haben es mir noch klarer gemacht, ohne aber etwa meinen Entschluß erst befestigt zu haben, im Gegenteil, Ihre ehrliche Überzeugung geht mir nahe, wenn sie mich auch nicht beirren kann.«

Der Offizier blieb stumm, wendete sich der Maschine zu, faßte eine der Messingstangen und sah dann, ein wenig zurückgebeugt, zum Zeichner hinauf, als prüfe er, ob alles in Ordnung sei. Der Soldat und der Verurteilte schienen sich miteinander befreundet zu haben; der Verurteilte machte, so schwierig dies bei der festen Einschnallung durchzuführen war, dem Soldaten Zeichen; der Soldat beugte sich zu ihm; der Verurteilte flüsterte ihm etwas zu, und der Soldat nickte.

Der Reisende ging dem Offizier nach und sagte: »Sie wissen noch nicht, was ich tun will. Ich werde meine Ansicht über das Verfahren dem Kommandanten zwar sagen, aber nicht in einer Sitzung, sondern unter vier Augen; ich werde auch nicht so lange hier bleiben, daß ich irgendeiner Sitzung beigezogen werden könnte; ich fahre schon morgen früh weg oder schiffe mich wenigstens ein.«

Es sah nicht aus, als ob der Offizier zugehört hätte. »Das Verfahren hat Sie also nicht überzeugt«, sagte er für sich und lächelte, wie ein Alter über den Unsinn eines Kindes lächelt und hinter dem Lächeln sein eigenes wirkliches Nachdenken behält.

»Dann ist es also Zeit«, sagte er schließlich und blickte plötzlich mit hellen Augen, die irgendeine Aufforderung, irgendeinen Aufruf zur Beteiligung enthielten, den Reisenden an.

»Wozu ist es Zeit?« fragte der Reisende unruhig, bekam aber keine Antwort.

»Du bist frei«, sagte der Offizier zum Verurteilten in dessen Sprache. Dieser glaubte es zuerst nicht. »Nun, frei bist du«, sagte der Offizier. Zum erstenmal bekam das Gesicht des Verurteilten wirkliches Leben. War es Wahrheit? War es nur eine Laune des Offiziers, die vorübergehen konnte? Hatte der fremde Reisende ihm Gnade erwirkt? Was war es? So schien sein Gesicht zu fragen. Aber nicht lange. Was immer es sein mochte, er wollte, wenn er durfte, wirklich frei sein und er begann sich zu rütteln, soweit es die Egge erlaubte.

»Du zerreißt mir die Riemen«, schrie der Offizier, »sei ruhig! Wir öffnen sie schon.« Und er machte sich mit dem Soldaten, dem er ein Zeichen gab, an die Arbeit. Der Verurteilte lachte ohne Worte leise vor sich hin, bald wendete er das Gesicht links zum Offizier, bald rechts zum Soldaten, auch den Reisenden vergaß er nicht.

»Zieh ihn heraus«, befahl der Offizier dem Soldaten. Es mußte hiebei wegen der Egge einige Vorsicht angewendet werden. Der Verurteilte hatte schon infolge seiner Ungeduld einige kleine Rißwunden auf dem Rücken.

Von jetzt ab kümmerte sich aber der Offizier kaum mehr um ihn. Er ging auf den Reisenden zu, zog wieder die kleine Ledermappe hervor, blätterte in ihr, fand schließlich das Blatt, das er suchte, und zeigte es dem Reisenden. »Lesen Sie«, sagte er. »Ich kann nicht«, sagte der Reisende, »ich sagte schon, ich kann diese Blätter nicht lesen.« »Sehen Sie das Blatt doch genau an«, sagte der Offizier und trat neben den Reisenden, um mit ihm zu lesen. Als auch das nichts half, fuhr er mit dem kleinen Finger in großer Höhe, als dürfe das Blatt auf keinen Fall berührt werden, über das Papier hin, um auf diese Weise dem Reisenden das Lesen zu erleichtern. Der Reisende gab sich auch Mühe, um wenigstens darin dem Offizier gefällig sein zu können, aber es war ihm unmöglich. Nun begann der Offizier die Aufschrift zu buchstabieren und dann las er sie noch einmal im Zusammenhang. »›Sei gerecht!‹ – heißt es«, sagte er, »jetzt können Sie es doch lesen.« Der Reisende beugte sich so tief über das Papier, daß der Offizier aus Angst vor einer Berührung es weiter entfernte; nun sagte der Reisende zwar nichts mehr, aber es war klar, daß er es noch immer nicht hatte lesen können. »›Sei gerecht!‹ – heißt es«, sagte der Offizier nochmals. »Mag sein«, sagte der Reisende, »ich glaube es, daß es dort steht.« »Nun gut«, sagte der Offizier, wenigstens teilweise befriedigt, und stieg mit dem Blatt auf die Leiter; er bettete das Blatt mit großer Vorsicht im Zeichner und ordnete das Räderwerk scheinbar gänzlich um; es war eine sehr mühselige Arbeit, es mußte sich auch um ganz kleine Räder handeln, manchmal verschwand der Kopf des Offiziers völlig im Zeichner, so genau mußte er das Räderwerk untersuchen.

Der Reisende verfolgte von unten diese Arbeit ununterbrochen, der Hals wurde ihm steif, und die Augen schmerzten ihn von dem mit Sonnenlicht überschütteten Himmel. Der Soldat und der Verurteilte waren nur miteinander beschäftigt. Das Hemd und die Hose des Verurteilten, die schon in der Grube lagen, wurden vom Soldaten mit der Bajonettspitze herausgezogen. Das Hemd war entsetzlich schmutzig, und der Verurteilte wusch es in dem Wasserkübel. Als er dann Hemd und Hose anzog, mußte der Soldat wie der Verurteilte laut lachen, denn die Kleidungsstücke waren doch hinten entzweigeschnitten. Vielleicht glaubte der Verurteilte verpflichtet zu sein, den Soldaten zu unterhalten, er drehte sich in der zerschnittenen Kleidung im Kreise vor dem Soldaten, der auf dem Boden hockte und lachend auf seine Knie schlug. Immerhin bezwangen sie sich noch mit Rücksicht auf die Anwesenheit der Herren.

Als der Offizier oben endlich fertiggeworden war, überblickte er noch einmal lächelnd das Ganze in allen seinen Teilen, schlug diesmal den Deckel des Zeichners zu, der bisher offen gewesen war, stieg hinunter, sah in die Grube und dann auf den Verurteilten, merkte befriedigt, daß dieser seine Kleidung herausgenommen hatte, ging dann zu dem Wasserkübel, um die Hände zu waschen, erkannte zu spät den widerlichen Schmutz, war traurig darüber, daß er nun die Hände nicht waschen konnte, tauchte sie schließlich – dieser Ersatz genügte ihm nicht, aber er mußte sich fügen – in den Sand, stand dann auf und begann seinen Uniformrock aufzuknöpfen. Hiebei fielen ihm zunächst die zwei Damentaschentücher, die er hinter den Kragen gezwängt hatte, in die Hände. »Hier hast du deine Taschentücher«, sagte er und warf sie dem Verurteilten zu. Und zum Reisenden sagte er erklärend: »Geschenke der Damen.«

Trotz der offenbaren Eile, mit der er den Uniformrock auszog und sich dann vollständig entkleidete, behandelte er doch jedes Kleidungsstück sehr sorgfältig, über die Silberschnüre an seinem Waffenrock strich er sogar eigens mit den Fingern hin und schüttelte eine Troddel zurecht. Wenig paßte es allerdings zu dieser Sorgfalt, daß er, sobald er mit der Behandlung eines Stückes fertig war, es dann sofort mit einem unwilligen Ruck in die Grube warf. Das letzte, was ihm übrig blieb, war sein kurzer Degen mit dem Tragriemen. Er zog den Degen aus der Scheide, zerbrach ihn, faßte dann alles zusammen, die Degenstücke, die Scheide und den Riemen und warf es so heftig weg, daß es unten in der Grube aneinander klang.

Nun stand er nackt da. Der Reisende biß sich auf die Lippen und sagte nichts. Er wußte zwar, was geschehen würde, aber er hatte kein Recht, den Offizier an irgend etwas zu hindern. War das Gerichtsverfahren, an dem der Offizier hing, wirklich so nahe daran behoben zu werden – möglicherweise infolge des Einschreitens des Reisenden, zu dem sich dieser seinerseits verpflichtet fühlte – dann handelte jetzt der Offizier vollständig richtig; der Reisende hätte an seiner Stelle nicht anders gehandelt.

Der Soldat und der Verurteilte verstanden zuerst nichts, sie sahen anfangs nicht einmal zu. Der Verurteilte war sehr erfreut darüber, die Taschentücher zurückerhalten zu haben, aber er durfte sich nicht lange an ihnen freuen, denn der Soldat nahm sie ihm mit einem raschen, nicht vorherzusehenden Griff. Nun versuchte wieder der Verurteilte dem Soldaten die Tücher hinter dem Gürtel, hinter dem er sie verwahrt hatte, hervorzuziehen, aber der Soldat war wachsam. So stritten sie in halbem Scherz. Erst als der Offizier vollständig nackt war, wurden sie aufmerksam. Besonders der Verurteilte schien von der Ahnung irgendeines großen Umschwungs getroffen zu sein. Was ihm geschehen war, geschah nun dem Offizier. Vielleicht würde es so bis zum Äußersten gehen. Wahrscheinlich hatte der fremde Reisende den Befehl dazu gegeben. Das war also Rache. Ohne selbst bis zum Ende gelitten zu haben, wurde er doch bis zum Ende gerächt. Ein breites, lautloses Lachen erschien nun auf seinem Gesicht und verschwand nicht mehr.

Der Offizier aber hatte sich der Maschine zugewendet. Wenn es schon früher deutlich gewesen war, daß er die Maschine gut verstand, so konnte es jetzt einen fast bestürzt machen, wie er mit ihr umging und wie sie gehorchte. Er hatte die Hand der Egge nur genähert, und sie hob und senkte sich mehrmals, bis sie die richtige Lage erreicht hatte um ihn zu empfangen; er faßte das Bett nur am Rande, und es fing schon zu zittern an; der Filzstumpf kam seinem Mund entgegen, man sah, wie der Offizier ihn eigentlich nicht haben wollte, aber das Zögern dauerte nur einen Augenblick, gleich fügte er sich und nahm ihn auf. Alles war bereit, nur die Riemen hingen noch an den Seiten hinunter, aber sie waren offenbar unnötig, der Offizier mußte nicht angeschnallt sein. Da bemerkte der Verurteilte die losen Riemen, seiner Meinung nach war die Exekution nicht vollkommen, wenn die Riemen nicht festgeschnallt waren, er winkte eifrig dem Soldaten, und sie liefen hin, den Offizier anzuschnallen. Dieser hatte schon den einen Fuß ausgestreckt, um in die Kurbel zu stoßen, die den Zeichner in Gang bringen sollte; da sah er, daß die zwei gekommen waren; er zog daher den Fuß zurück und ließ sich anschnallen. Nun konnte er allerdings die Kurbel nicht mehr erreichen; weder der Soldat noch der Verurteilte würden sie auffinden, und der Reisende war entschlossen, sich nicht zu rühren. Es war nicht nötig; kaum waren die Riemen angebracht, fing auch schon die Maschine zu arbeiten an; das Bett zitterte, die Nadeln tanzten auf der Haut, die Egge schwebte auf und ab. Der Reisende hatte schon eine Weile hingestarrt, ehe er sich erinnerte, daß ein Rad im Zeichner hätte kreischen sollen; aber alles war still, nicht das geringste Surren war zu hören.

Durch diese stille Arbeit entschwand die Maschine förmlich der Aufmerksamkeit. Der Reisende sah zu dem Soldaten und dem Verurteilten hinüber. Der Verurteilte war der lebhaftere, alles an der Maschine interessierte ihn, bald beugte er sich nieder, bald streckte er sich, immerfort hatte er den Zeigefinger ausgestreckt, um dem Soldaten etwas zu zeigen. Dem Reisenden war es peinlich. Er war entschlossen, hier bis zum Ende zu bleiben, aber den Anblick der zwei hätte er nicht lange ertragen. »Geht nach Hause«, sagte er. Der Soldat wäre dazu vielleicht bereit gewesen, aber der Verurteilte empfand den Befehl geradezu als Strafe. Er bat flehentlich mit gefalteten Händen ihn hier zu lassen, und als der Reisende kopfschüttelnd nicht nachgeben wollte, kniete er sogar nieder. Der Reisende sah, daß Befehle hier nichts halfen, er wollte hinüber und die zwei vertreiben. Da hörte er oben im Zeichner ein Geräusch. Er sah hinauf. Störte also das eine Zahnrad doch? Aber es war etwas anderes. Langsam hob sich der Deckel des Zeichners und klappte dann vollständig auf. Die Zacken eines Zahnrades zeigten und hoben sich, bald erschien das ganze Rad, es war, als presse irgendeine große Macht den Zeichner zusammen, so daß für dieses Rad kein Platz mehr übrig blieb, das Rad drehte sich bis zum Rand des Zeichners, fiel hinunter, kollerte aufrecht ein Stück im Sand und blieb dann liegen. Aber schon stieg oben ein anderes auf, ihm folgten viele, große, kleine und kaum zu unterscheidende, mit allen geschah dasselbe, immer glaubte man, nun müsse der Zeichner jedenfalls schon entleert sein, da erschien eine neue, besonders zahlreiche Gruppe, stieg auf, fiel hinunter, kollerte im Sand und legte sich. Über diesem Vorgang vergaß der Verurteilte ganz den Befehl des Reisenden, die Zahnräder entzückten ihn völlig, er wollte immer eines fassen, trieb gleichzeitig den Soldaten an, ihm zu helfen, zog aber erschreckt die Hand zurück, denn es folgte gleich ein anderes Rad, das ihn, wenigstens im ersten Anrollen, erschreckte.

Der Reisende dagegen war sehr beunruhigt; die Maschine ging offenbar in Trümmer; ihr ruhiger Gang war eine Täuschung; er hatte das Gefühl, als müsse er sich jetzt des Offiziers annehmen, da dieser nicht mehr für sich selbst sorgen konnte. Aber während der Fall der Zahnräder seine ganze Aufmerksamkeit beanspruchte, hatte er versäumt, die übrige Maschine zu beaufsichtigen; als er jedoch jetzt, nachdem das letzte Zahnrad den Zeichner verlassen hatte, sich über die Egge beugte, hatte er eine neue, noch ärgere Überraschung. Die Egge schrieb nicht, sie stach nur, und das Bett wälzte den Körper nicht, sondern hob ihn nur zitternd in die Nadeln hinein. Der Reisende wollte eingreifen, möglicherweise das Ganze zum Stehen bringen, das war ja keine Folter, wie sie der Offizier erreichen wollte, das war unmittelbarer Mord. Er streckte die Hände aus. Da hob sich aber schon die Egge mit dem aufgespießten Körper zur Seite, wie sie es sonst erst in der zwölften Stunde tat. Das Blut floß in hundert Strömen, nicht mit Wasser vermischt, auch die Wasserröhrchen hatten diesmal versagt. Und nun versagte noch das letzte, der Körper löste sich von den langen Nadeln nicht, strömte sein Blut aus, hing aber über der Grube ohne zu fallen. Die Egge wollte schon in ihre alte Lage zurückkehren, aber als merke sie selbst, daß sie von ihrer Last noch nicht befreit sei, blieb sie doch über der Grube. »Helft doch!« schrie der Reisende zum Soldaten und zum Verurteilten hinüber und faßte selbst die Füße des Offiziers. Er wollte sich hier gegen die Füße drücken, die zwei sollten auf der anderen Seite den Kopf des Offiziers fassen, und so sollte er langsam von den Nadeln gehoben werden. Aber nun konnten sich die zwei nicht entschließen zu kommen; der Verurteilte drehte sich geradezu um; der Reisende mußte zu ihnen hinübergehen und sie mit Gewalt zu dem Kopf des Offiziers drängen. Hiebei sah er fast gegen Willen das Gesicht der Leiche. Es war, wie es im Leben gewesen war; kein Zeichen der versprochenen Erlösung war zu entdecken; was alle anderen in der Maschine gefunden hatten, der Offizier fand es nicht; die Lippen waren festzusammengedrückt, die Augen waren offen, hatten den Ausdruck des Lebens, der Blick war ruhig und überzeugt, durch die Stirn ging die Spitze des großen eisernen Stachels.

Als der Reisende, mit dem Soldaten und dem Verurteilten hinter sich, zu den ersten Häusern der Kolonie kam, zeigte der Soldat auf eines und sagte: »Hier ist das Teehaus.«

Im Erdgeschoß eines Hauses war ein tiefer, niedriger, höhlenartiger, an den Wänden und an der Decke verräucherter Raum. Gegen die Straße zu war er in seiner ganzen Breite offen. Trotzdem sich das Teehaus von den übrigen Häusern der Kolonie, die bis auf die Palastbauten der Kommandatur alle sehr verkommen waren, wenig unterschied, übte es auf den Reisenden doch den Eindruck einer historischen Erinnerung aus und er fühlte die Macht der früheren Zeiten. Er trat näher heran, ging, gefolgt von seinen Begleitern, zwischen den unbesetzten Tischen hindurch, die vor dem Teehaus auf der Straße standen, und atmete die kühle, dumpfige Luft ein, die aus dem Innern kam. »Der Alte ist hier begraben«, sagte der Soldat, »ein Platz auf dem Friedhof ist ihm vom Geistlichen verweigert worden. Man war eine Zeitlang unentschlossen, wo man ihn begraben sollte, schließlich hat man ihn hier begraben. Davon hat Ihnen der Offizier gewiß nichts erzählt, denn dessen hat er sich natürlich am meisten geschämt. Er hat sogar einigemal in der Nacht versucht, den Alten auszugraben, er ist aber immer verjagt worden.« »Wo ist das Grab?« fragte der Reisende, der dem Soldaten nicht glauben konnte. Gleich liefen beide, der Soldat wie der Verurteilte, vor ihm her und zeigten mit ausgestreckten Händen dorthin, wo sich das Grab befinden sollte. Sie führten den Reisenden bis zur Rückwand, wo an einigen Tischen Gäste saßen. Es waren wahrscheinlich Hafenarbeiter, starke Männer mit kurzen, glänzend schwarzen Vollbärten. Alle waren ohne Rock, ihre Hemden waren zerrissen, es war armes, gedemütigtes Volk. Als sich der Reisende näherte, erhoben sich einige, drückten sich an die Wand und sahen ihm entgegen. »Es ist ein Fremder«, flüsterte es um den Reisenden herum, »er will das Grab ansehen.« Sie schoben einen der Tische beiseite, unter dem sich wirklich ein Grabstein befand. Es war ein einfacher Stein, niedrig genug, um unter einem Tisch verborgen werden zu können. Er trug eine Aufschrift mit sehr kleinen Buchstaben, der Reisende mußte, um sie zu lesen, niederknien. Sie lautete: »Hier ruht der alte Kommandant. Seine Anhänger, die jetzt keinen Namen tragen dürfen, haben ihm das Grab gegraben und den Stein gesetzt. Es besteht eine Prophezeiung, daß der Kommandant nach einer bestimmten Anzahl von Jahren auferstehen und aus diesem Hause seine Anhänger zur Wiedereroberung der Kolonie führen wird. Glaubet und wartet!« Als der Reisende das gelesen hatte und sich erhob, sah er rings um sich die Männer stehen und lächeln, als hätten sie mit ihm die Aufschrift gelesen, sie lächerlich gefunden und forderten ihn auf, sich ihrer Meinung anzuschließen. Der Reisende tat, als merke er das nicht, verteilte einige Münzen unter sie, wartete noch, bis der Tisch über das Grab geschoben war, verließ das Teehaus und ging zum Hafen.

Der Soldat und der Verurteilte hatten im Teehaus Bekannte gefunden, die sie zurückhielten. Sie mußten sich aber bald von ihnen losgerissen haben, denn der Reisende befand sich erst in der Mitte der langen Treppe, die zu den Booten führte, als sie ihm schon nachliefen. Sie wollten wahrscheinlich den Reisenden im letzten Augenblick zwingen, sie mitzunehmen. Während der Reisende unten mit einem Schiffer wegen der Überfahrt zum Dampfer unterhandelte, rasten die zwei die Treppe hinab, schweigend, denn zu schreien wagten sie nicht. Aber als sie unten ankamen, war der Reisende schon im Boot, und der Schiffer löste es gerade vom Ufer. Sie hätten noch ins Boot springen können, aber der Reisende hob ein schweres geknotetes Tau vom Boden, drohte ihnen damit und hielt sie dadurch von dem Sprunge ab.

Ein Landarzt

Ich war in großer Verlegenheit: eine dringende Reise stand mir bevor; ein Schwerkranker wartete auf mich in einem zehn Meilen entfernten Dorfe; starkes Schneegestöber füllte den weiten Raum zwischen mir und ihm; einen Wagen hatte ich, leicht, großräderig, ganz wie er für unsere Landstraßen taugt; in den Pelz gepackt, die Instrumententasche in der Hand, stand ich reisefertig schon auf dem Hofe; aber das Pferd fehlte, das Pferd. Mein eigenes Pferd war in der letzten Nacht, infolge der Überanstrengung in diesem eisigen Winter, verendet; mein Dienstmädchen lief jetzt im Dorf umher, um ein Pferd geliehen zu bekommen; aber es war aussichtslos, ich wußte es, und immer mehr vom Schnee überhäuft, immer unbeweglicher werdend, stand ich zwecklos da. Am Tor erschien das Mädchen, allein, schwenkte die Laterne; natürlich, wer leiht jetzt sein Pferd her zu solcher Fahrt? Ich durchmaß noch einmal den Hof; ich fand keine Möglichkeit; zerstreut, gequält stieß ich mit dem Fuß an die brüchige Tür des schon seit Jahren unbenützten Schweinestalles. Sie öffnete sich und klappte in den Angeln auf und zu. Wärme und Geruch wie von Pferden kam hervor. Eine trübe Stallaterne schwankte drin an einem Seil. Ein Mann, zusammengekauert in dem niedrigen Verschlag, zeigte sein offenes blauäugiges Gesicht. »Soll ich anspannen?« fragte er, auf allen Vieren hervorkriechend. Ich wußte nichts zu sagen und beugte mich nur, um zu sehen, was es noch in dem Stalle gab. Das Dienstmädchen stand neben mir. »Man weiß nicht, was für Dinge man im eigenen Hause vorrätig hat«, sagte es, und wir beide lachten. »Hollah, Bruder, hollah, Schwester!« rief der Pferdeknecht, und zwei Pferde, mächtige flankenstarke Tiere schoben sich hintereinander, die Beine eng am Leib, die wohlgeformten Köpfe wie Kamele senkend, nur durch die Kraft der Wendungen ihres Rumpfes aus dem Türloch, das sie restlos ausfüllten. Aber gleich standen sie aufrecht, hochbeinig, mit dicht ausdampfendem Körper. »Hilf ihm«, sagte ich, und das willige Mädchen eilte, dem Knecht das Geschirr des Wagens zu reichen. Doch kaum war es bei ihm, umfaßt es der Knecht und schlägt sein Gesicht an ihres. Es schreit auf und flüchtet sich zu mir; rot eingedrückt sind zwei Zahnreihen in des Mädchens Wange. »Du Vieh«, schreie ich wütend, »willst du die Peitsche?«, besinne mich aber gleich, daß es ein Fremder ist; daß ich nicht weiß, woher er kommt, und daß er mir freiwillig aushilft, wo alle andern versagen. Als wisse er von meinen Gedanken, nimmt er meine Drohung nicht übel, sondern wendet sich nur einmal, immer mit den Pferden beschäftigt, nach mir um. »Steigt ein«, sagt er dann, und tatsächlich: alles ist bereit. Mit so schönem Gespann, das merke ich, bin ich noch nie gefahren und ich steige fröhlich ein. »Kutschieren werde aber ich, du kennst nicht den Weg«, sage ich. »Gewiß«, sagt er, »ich fahre gar nicht mit, ich bleibe bei Rosa.« »Nein«, schreit Rosa und läuft im richtigen Vorgefühl der Unabwendbarkeit ihres Schicksals ins Haus; ich höre die Türkette klirren, die sie vorlegt; ich höre das Schloß einspringen; ich sehe, wie sie überdies im Flur und weiterjagend durch die Zimmer alle Lichter verlöscht, um sich unauffindbar zu machen. »Du fährst mit«, sage ich zu dem Knecht, »oder ich verzichte auf die Fahrt, so dringend sie auch ist. Es fällt mir nicht ein, dir für die Fahrt das Mädchen als Kaufpreis hinzugeben.« »Munter!« sagt er; klatscht in die Hände; der Wagen wird fortgerissen, wie Holz in die Strömung; noch höre ich, wie die Tür meines Hauses unter dem Ansturm des Knechtes birst und splittert, dann sind mir Augen und Ohren von einem zu allen Sinnen gleichmäßig dringenden Sausen erfüllt. Aber auch das nur einen Augenblick, denn, als öffne sich unmittelbar vor meinem Hoftor der Hof meines Kranken, bin ich schon dort; ruhig stehen die Pferde; der Schneefall hat aufgehört; Mondlicht ringsum; die Eltern des Kranken eilen aus dem Haus; seine Schwester hinter ihnen; man hebt mich fast aus dem Wagen; den verwirrten Reden entnehme ich nichts; im Krankenzimmer ist die Luft kaum atembar; der vernachlässigte Herdofen raucht; ich werde das Fenster aufstoßen; zuerst aber will ich den Kranken sehen. Mager, ohne Fieber, nicht kalt, nicht warm, mit leeren Augen, ohne Hemd hebt sich der Junge unter dem Federbett, hängt sich an meinen Hals, flüstert mir ins Ohr: »Doktor, laß mich sterben.« Ich sehe mich um; niemand hat es gehört; die Eltern stehen stumm vorgebeugt und erwarten mein Urteil; die Schwester hat einen Stuhl für meine Handtasche gebracht. Ich öffne die Tasche und suche unter meinen Instrumenten; der Junge tastet immerfort aus dem Bett nach mir hin, um mich an seine Bitte zu erinnern; ich fasse eine Pinzette, prüfe sie im Kerzenlicht und lege sie wieder hin. »Ja«, denke ich lästernd, »in solchen Fällen helfen die Götter, schicken das fehlende Pferd, fügen der Eile wegen noch ein zweites hinzu, spenden zum Übermaß noch den Pferdeknecht –« Jetzt erst fällt mir wieder Rosa ein; was tue ich, wie rette ich sie, wie ziehe ich sie unter diesem Pferdeknecht hervor, zehn Meilen von ihr entfernt, unbeherrschbare Pferde vor meinem Wagen? Diese Pferde, die jetzt die Riemen irgendwie gelockert haben; die Fenster, ich weiß nicht wie, von außen aufstoßen; jedes durch ein Fenster den Kopf stecken und, unbeirrt durch den Aufschrei der Familie, den Kranken betrachten. »Ich fahre gleich wieder zurück«, denke ich, als forderten mich die Pferde zur Reise auf, aber ich dulde es, daß die Schwester, die mich durch die Hitze betäubt glaubt, den Pelz mir abnimmt. Ein Glas Rum wird mir bereitgestellt, der Alte klopft mir auf die Schulter, die Hingabe seines Schatzes rechtfertigt diese Vertraulichkeit. Ich schüttle den Kopf; in dem engen Denkkreis des Alten würde mir übel; nur aus diesem Grunde lehne ich es ab zu trinken. Die Mutter steht am Bett und lockt mich hin; ich folge und lege, während ein Pferd laut zur Zimmerdecke wiehert, den Kopf an die Brust des Jungen, der unter meinem nassen Bart erschauert. Es bestätigt sich, was ich weiß: der Junge ist gesund, ein wenig schlecht durchblutet, von der sorgenden Mutter mit Kaffee durchtränkt, aber gesund und am besten mit einem Stoß aus dem Bett zu treiben. Ich bin kein Weltverbesserer und lasse ihn liegen. Ich bin vom Bezirk angestellt und tue meine Pflicht bis zum Rand, bis dorthin, wo es fast zu viel wird. Schlecht bezahlt, bin ich doch freigebig und hilfsbereit gegenüber den Armen. Noch für Rosa muß ich sorgen, dann mag der Junge recht haben und auch ich will sterben. Was tue ich hier in diesem endlosen Winter! Mein Pferd ist verendet, und da ist niemand im Dorf, der mir seines leiht. Aus dem Schweinestall muß ich mein

Gespann ziehen; wären es nicht zufällig Pferde, müßte ich mit Säuen fahren. So ist es. Und ich nicke der Familie zu. Sie wissen nichts davon, und wenn sie es wüßten, würden sie es nicht glauben. Rezepte schreiben ist leicht, aber im übrigen sich mit den Leuten verständigen, ist schwer. Nun, hier wäre also mein Besuch zu Ende, man hat mich wieder einmal unnötig bemüht, daran bin ich gewöhnt, mit Hilfe meiner Nachtglocke martert mich der ganze Bezirk, aber daß ich diesmal auch noch Rosa hingeben mußte, dieses schöne Mädchen, das jahrelang, von mir kaum beachtet, in meinem Hause lebte – dieses Opfer ist zu groß, und ich muß es mir mit Spitzfindigkeiten aushilfsweise in meinem Kopf irgendwie zurechtlegen, um nicht auf diese Familie loszufahren, die mir ja beim besten Willen Rosa nicht zurückgeben kann. Als ich aber meine Handtasche schließe und nach meinem Pelz winke, die Familie beisammensteht, der Vater schnuppernd über dem Rumglas in seiner Hand, die Mutter, von mir wahrscheinlich enttäuscht – ja, was erwartet denn das Volk? – tränenvoll in die Lippen beißend und die Schwester ein schwer blutiges Handtuch schwenkend, bin ich irgendwie bereit, unter Umständen zuzugeben, daß der Junge doch vielleicht krank ist. Ich gehe zu ihm, er lächelt mir entgegen, als brächte ich ihm etwa die allerstärkste Suppe – ach, jetzt wiehern beide Pferde; der Lärm soll wohl, höhern Orts angeordnet, die Untersuchung erleichtern – und nun finde ich: ja, der Junge ist krank. In seiner rechten Seite, in der Hüftengegend hat sich eine handtellergroße Wunde aufgetan. Rosa, in vielen Schattierungen, dunkel in der Tiefe, hellwerdend zu den Rändern, zartkörnig, mit ungleichmäßig sich aufsammelndem Blut, offen wie ein Bergwerk obertags. So aus der Entfernung. In der Nähe zeigt sich noch eine Erschwerung. Wer kann das ansehen ohne leise zu pfeifen? Würmer, an Stärke und Länge meinem kleinen Finger gleich, rosig aus eigenem und außerdem blutbespritzt, winden sich, im Innern der Wunde festgehalten, mit weißen Köpfchen, mit vielen Beinchen ans Licht. Armer Junge, dir ist nicht zu helfen. Ich habe deine große Wunde aufgefunden; an dieser Blume in deiner Seite gehst du zugrunde. Die Familie ist glücklich, sie sieht mich in Tätigkeit; die Schwester sagt's der Mutter, die Mutter dem Vater, der Vater einigen

Gästen, die auf den Fußspitzen, mit ausgestreckten Armen balancierend, durch den Mondschein der offenen Tür hereinkommen. »Wirst du mich retten?« flüstert schluchzend der Junge, ganz geblendet durch das Leben in seiner Wunde. So sind die Leute in meiner Gegend. Immer das Unmögliche vom Arzt verlangen. Den alten Glauben haben sie verloren; der Pfarrer sitzt zu Hause und zerzupft die Meßgewänder, eines nach dem andern; aber der Arzt soll alles leisten mit seiner zarten chirurgischen Hand. Nun, wie es beliebt: ich habe mich nicht angeboten; verbraucht ihr mich zu heiligen Zwecken, lasse ich auch das mit mir geschehen; was will ich Besseres, alter Landarzt, meines Dienstmädchens beraubt! Und sie kommen, die Familie und die Dorfältesten, und entkleiden mich; ein Schulchor mit dem Lehrer an der Spitze steht vor dem Haus und singt eine äußerst einfache Melodie auf den Text:

»Entkleidet ihn, dann wird er heilen,
Und heilt er nicht, so tötet ihn!
'Sist nur ein Arzt, 'sist nur ein Arzt.«

Dann bin ich entkleidet und sehe, die Finger im Barte, mit geneigtem Kopf die Leute ruhig an. Ich bin durchaus gefaßt und allen überlegen und bleibe es auch, trotzdem es mir nichts hilft, denn jetzt nehmen sie mich beim Kopf und bei den Füßen und tragen mich ins Bett. Zur Mauer, an die Seite der Wunde legen sie mich. Dann gehen alle aus der Stube; die Tür wird zugemacht; der Gesang verstummt; Wolken treten vor den Mond; warm liegt das Bettzeug um mich; schattenhaft schwanken die Pferdeköpfe in den Fensterlöchern. »Weißt du«, höre ich, mir ins Ohr gesagt, »mein Vertrauen zu dir ist sehr gering. Du bist ja auch nur irgendwo abgeschüttelt, kommst nicht auf eigenen Füßen. Statt zu helfen, engst du mir mein Sterbebett ein. Am liebsten kratzte ich dir die Augen aus.« »Richtig«, sage ich, »es ist eine Schmach. Nun bin ich aber Arzt. Was soll ich tun? Glaube mir, es wird auch mir nicht leicht.« »Mit dieser Entschuldigung soll ich mich begnügen? Ach, ich muß wohl. Immer muß ich mich begnügen. Mit einer schönen Wunde kam ich auf die Welt; das war meine ganze Ausstattung.« »Junger Freund«, sage ich, »dein Fehler ist: du hast keinen Überblick. Ich, der ich schon in allen Krankenstuben, weit und breit, gewesen bin, sage dir: deine Wunde ist so übel nicht. Im spitzen Winkel mit zwei Hieben der Hacke geschaffen. Viele bieten ihre Seite an und hören kaum die Hacke im Forst, geschweige denn, daß sie ihnen näher kommt.« »Ist es wirklich so oder täuschest du mich im Fieber?« »Es ist wirklich so, nimm das Ehrenwort eines Amtsarztes mit hinüber.« Und er nahm's und wurde still. Aber jetzt war es Zeit, an meine Rettung zu denken. Noch standen treu die Pferde an ihren Plätzen. Kleider, Pelz und Tasche waren schnell zusammengerafft; mit dem Ankleiden wollte ich mich nicht aufhalten; beeilten sich die Pferde wie auf der Herfahrt, sprang ich ja gewissermaßen aus diesem Bett in meines. Gehorsam zog sich ein Pferd vom Fenster zurück; ich warf den Ballen in den Wagen; der Pelz flog zu weit, nur mit einem Ärmel hielt er sich an einem Haken fest. Gut genug. Ich schwang mich aufs Pferd. Die Riemen lose schleifend, ein Pferd kaum mit dem andern verbunden, der Wagen irrend hinterher, der Pelz als letzter im Schnee. »Munter!« sagte ich, aber munter ging's nicht; langsam wie alte Männer zogen wir durch die Schneewüste; lange klang hinter uns der neue, aber irrtümliche Gesang der Kinder:

»Freuet Euch, Ihr Patienten,
Der Arzt ist Euch ins Bett gelegt!«

Niemals komme ich so nach Hause; meine blühende Praxis ist verloren; ein Nachfolger bestiehlt mich, aber ohne Nutzen, denn er kann mich nicht ersetzen; in meinem Hause wütet der ekle Pferdeknecht; Rosa ist sein Opfer; ich will es nicht ausdenken. Nackt, dem Froste dieses unglückseligsten Zeitalters ausgesetzt, mit irdischem Wagen, unirdischen Pferden, treibe ich mich alter Mann umher. Mein Pelz hängt hinten am Wagen, ich kann ihn aber nicht erreichen, und keiner aus dem beweglichen Gesindel der Patienten rührt den Finger. Betrogen! Betrogen! Einmal dem Fehlläuten der Nachtglocke gefolgt – es ist niemals gutzumachen.

Auf der Galerie

Wenn irgendeine hinfällige, lungensüchtige Kunstreiterin in der Manege auf schwankendem Pferd vor einem unermüdlichen Publikum vom peitschenschwingenden erbarmungslosen Chef monatelang ohne Unterbrechung im Kreise rundum getrieben würde, auf dem Pferde schwirrend, Küsse werfend, in der Taille sich wiegend, und wenn dieses Spiel unter dem nichtaussetzenden Brausen des Orchesters und der Ventilatoren in die immerfort weiter sich öffnende graue Zukunft sich fortsetzte, begleitet vom vergehenden und neu anschwellenden Beifallsklatschen der Hände, die eigentlich Dampfhämmer sind – vielleicht eilte dann ein junger Galeriebesucher die lange Treppe durch alle Ränge hinab, stürzte in die Manege, riefe das: Halt! durch die Fanfaren des immer sich anpassenden Orchesters.

Da es aber nicht so ist; eine schöne Dame, weiß und rot, hereinfliegt, zwischen den Vorhängen, welche die stolzen Livrierten vor ihr öffnen; der Direktor, hingebungsvoll ihre Augen suchend, in Tierhaltung ihr entgegenatmet; vorsorglich sie auf den Apfelschimmel hebt, als wäre sie seine über alles geliebte Enkelin, die sich auf gefährliche Fahrt begibt; sich nicht entschließen kann, das Peitschenzeichen zu geben; schließlich in Selbstüberwindung es knallend gibt; neben dem Pferde mit offenem Munde einherläuft; die Sprünge der Reiterin scharfen Blickes verfolgt; ihre Kunstfertigkeit kaum begreifen kann; mit englischen Ausrufen zu warnen versucht; die reifenhaltenden Reitknechte wütend zu peinlichster Achtsamkeit ermahnt; vor dem großen Saltomortale das Orchester mit aufgehobenen Händen beschwört, es möge schweigen; schließlich die Kleine vom zitternden Pferde hebt, auf beide Backen küßt und keine Huldigung des Publikums für genügend erachtet; während sie selbst, von ihm gestützt, hoch auf den Fußspitzen, vom Staub umweht, mit ausgebreiteten Armen, zurückgelehntem Köpfchen ihr Glück mit dem ganzen Zirkus teilen will – da dies so ist, legt der Galeriebesucher das Gesicht auf die Brüstung und, im Schlußmarsch wie in einem schweren Traum versinkend, weint er, ohne es zu wissen.

Vor dem Gesetz

Vor dem Gesetz steht ein Türhüter. Zu diesem Türhüter kommt ein Mann vom Lande und bittet um Eintritt in das Gesetz. Aber der Türhüter sagt, daß er ihm jetzt den Eintritt nicht gewähren könne. Der Mann überlegt und fragt dann, ob er also später werde eintreten dürfen. »Es ist möglich«, sagt der Türhüter, »jetzt aber nicht.« Da das Tor zum Gesetz offensteht wie immer und der Türhüter beiseite tritt, bückt sich der Mann, um durch das Tor in das Innere zu sehn. Als der Türhüter das merkt, lacht er und sagt: »Wenn es dich so lockt, versuche es doch, trotz meines Verbotes hineinzugehn. Merke aber: Ich bin mächtig. Und ich bin nur der unterste Türhüter. Von Saal zu Saal stehn aber Türhüter, einer mächtiger als der andere. Schon den Anblick des dritten kann nicht einmal ich mehr ertragen.« Solche Schwierigkeiten hat der Mann vom Lande nicht erwartet; das Gesetz soll doch jedem und immer zugänglich sein, denkt er, aber als er jetzt den Türhüter in seinem Pelzmantel genauer ansieht, seine große Spitznase, den langen, dünnen, schwarzen tatarischen Bart, entschließt er sich, doch lieber zu warten, bis er die Erlaubnis zum Eintritt bekommt. Der Türhüter gibt ihm einen Schemel und läßt ihn seitwärts von der Tür sich niedersetzen. Dort sitzt er Tage und Jahre. Er macht viele Versuche, eingelassen zu werden, und ermüdet den Türhüter durch seine Bitten. Der Türhüter stellt öfters kleine Verhöre mit ihm an, fragt ihn über seine Heimat aus und nach vielem andern, es sind aber teilnahmslose Fragen, wie sie große Herren stellen, und zum Schlusse sagt er ihm immer wieder, daß er ihn noch nicht einlassen könne. Der Mann, der sich für seine Reise mit vielem ausgerüstet hat, verwendet alles, und sei es noch so wertvoll, um den Türhüter zu bestechen. Dieser nimmt zwar alles an, aber sagt dabei: »Ich nehme es nur an, damit du nicht glaubst, etwas versäumt zu haben.« Während der vielen Jahre beobachtet der Mann den Türhüter fast ununterbrochen. Er vergißt die andern Türhüter und dieser erste scheint ihm das einzige Hindernis für den Eintritt in das Gesetz. Er verflucht den unglücklichen Zufall, in den ersten Jahren rücksichtslos und laut, später, als er alt wird, brummt er nur noch vor sich hin. Er wird kindisch, und, da er in dem jahrelangen Studium des Türhüters auch die Flöhe in seinem Pelzkragen erkannt hat, bittet er auch die Flöhe, ihm zu helfen und den Türhüter umzustimmen. Schließlich wird sein Augenlicht schwach, und er weiß nicht, ob es um ihn wirklich dunkler wird, oder ob ihn nur seine Augen täuschen. Wohl aber erkennt er jetzt im Dunkel einen Glanz, der unverlöschlich aus der Türe des Gesetzes bricht. Nun lebt er nicht mehr lange. Vor seinem Tode sammeln sich in seinem Kopfe alle Erfahrungen der ganzen Zeit zu einer Frage, die er bisher an den Türhüter noch nicht gestellt hat. Er winkt ihm zu, da er seinen erstarrenden Körper nicht mehr aufrichten kann. Der Türhüter muß sich tief zu ihm hinunterneigen, denn der Größenunterschied hat sich sehr zu ungunsten des Mannes verändert. »Was willst du denn jetzt noch wissen?« fragt der Türhüter, »du bist unersättlich.« »Alle streben doch nach dem Gesetz«, sagt der Mann, »wieso kommt es, daß in den vielen Jahren niemand außer mir Einlaß verlangt hat?« Der Türhüter erkennt, daß der Mann schon an seinem Ende ist, und, um sein vergehendes Gehör noch zu erreichen, brüllt er ihn an: »Hier konnte niemand sonst Einlaß erhalten, denn dieser Eingang war nur für dich bestimmt. Ich gehe jetzt und schließe ihn.«

Die Sorge des Hausvaters

Die einen sagen, das Wort Odradek stamme aus dem Slawischen und sie suchen auf Grund dessen die Bildung des Wortes nachzuweisen. Andere wieder meinen, es stamme aus dem Deutschen, vom Slawischen sei es nur beeinflußt. Die Unsicherheit beider Deutungen aber läßt wohl mit Recht darauf schließen, daß keine zutrifft, zumal man auch mit keiner von ihnen einen Sinn des Wortes finden kann.

Natürlich würde sich niemand mit solchen Studien beschäftigen, wenn es nicht wirklich ein Wesen gäbe, das Odradek heißt. Es sieht zunächst aus wie eine flache sternartige Zwirnspule, und tatsächlich scheint es auch mit Zwirn bezogen; allerdings dürften es nur abgerissene, alte, aneinander geknotete, aber auch ineinander verfitzte Zwirnstücke von verschiedenster Art und Farbe sein. Es ist aber nicht nur eine Spule, sondern aus der Mitte des Sternes kommt ein kleines Querstäbchen hervor und an dieses Stäbchen fügt sich dann im rechten Winkel noch eines. Mit Hilfe dieses letzteren Stäbchens auf der einen Seite, und einer der Ausstrahlungen des Sternes auf der anderen Seite, kann das Ganze wie auf zwei Beinen aufrecht stehen.

Man wäre versucht zu glauben, dieses Gebilde hätte früher irgendeine zweckmäßige Form gehabt und jetzt sei es nur zerbrochen. Dies scheint aber nicht der Fall zu sein; wenigstens findet sich kein Anzeichen dafür; nirgends sind Ansätze oder Bruchstellen zu sehen, die auf etwas Derartiges hinweisen würden; das Ganze erscheint zwar sinnlos, aber in seiner Art abgeschlossen. Näheres läßt sich übrigens nicht darüber sagen, da Odradek außerordentlich beweglich und nicht zu fangen ist.

Er hält sich abwechselnd auf dem Dachboden, im Treppenhaus, auf den Gängen, im Flur auf. Manchmal ist er monatelang nicht zu sehen; da ist er wohl in andere Häuser übersiedelt; doch kehrt er dann unweigerlich wieder in unser Haus zurück. Manchmal, wenn man aus der Tür tritt und er lehnt gerade unten am Treppengeländer, hat man Lust, ihn anzusprechen. Natürlich stellt man an ihn keine schwierigen Fragen, sondern behandelt ihn – schon seine Winzigkeit verführt dazu – wie ein Kind. »Wie heißt du denn?« fragt man ihn. »Odradek«, sagt er. »Und wo wohnst du?« »Unbestimmter Wohnsitz«, sagt er und lacht; es ist aber nur ein Lachen, wie man es ohne Lungen hervorbringen kann. Es klingt etwa so, wie das Rascheln in gefallenen Blättern. Damit ist die Unterhaltung meist zu Ende. Übrigens sind selbst diese Antworten nicht immer zu erhalten; oft ist er lange stumm, wie das Holz, das er zu sein scheint.

Vergeblich frage ich mich, was mit ihm geschehen wird. Kann er denn sterben? Alles, was stirbt, hat vorher eine Art Ziel, eine Art Tätigkeit gehabt und daran hat es sich zerrieben; das trifft bei Odradek nicht zu. Sollte er also einstmals etwa noch vor den Füßen meiner Kinder und Kindeskinder mit nachschleifendem Zwirnsfaden die Treppe hinunterkollern? Er schadet ja offenbar niemandem; aber die Vorstellung, daß er mich auch noch überleben sollte, ist mir eine fast schmerzliche.

Ein Bericht für eine Akademie

Hohe Herren von der Akademie!

Sie erweisen mir die Ehre, mich aufzufordern, der Akademie einen Bericht über mein äffisches Vorleben einzureichen.

In diesem Sinne kann ich leider der Aufforderung nicht nachkommen. Nahezu fünf Jahre trennen mich vom Affentum, eine Zeit, kurz vielleicht am Kalender gemessen, unendlich lang aber durchzugaloppieren, so wie ich es getan habe, streckenweise begleitet von vortrefflichen Menschen, Ratschlägen, Beifall und Orchestralmusik, aber im Grunde allein, denn alle Begleitung hielt sich, um im Bilde zu bleiben, weit vor der Barriere. Diese Leistung wäre unmöglich gewesen, wenn ich eigensinnig hätte an meinem Ursprung, an den Erinnerungen der Jugend festhalten wollen. Gerade Verzicht auf jeden Eigensinn war das oberste Gebot, das ich mir auferlegt hatte; ich, freier Affe, fügte mich diesem Joch. Dadurch verschlossen sich mir aber ihrerseits die Erinnerungen immer mehr. War mir zuerst die Rückkehr, wenn die Menschen gewollt hätten, freigestellt durch das ganze Tor, das der Himmel über der Erde bildet, wurde es gleichzeitig mit meiner vorwärts gepeitschten Entwicklung immer niedriger und enger; wohler und eingeschlossener fühlte ich mich in der Menschenwelt; der Sturm, der mir aus meiner Vergangenheit nachblies, sänftigte sich; heute ist es nur ein Luftzug, der mir die Fersen kühlt; und das Loch in der Ferne, durch das er kommt und durch das ich einstmals kam, ist so klein geworden, daß ich, wenn überhaupt die Kräfte und der Wille hinreichen würden, um bis dorthin zurückzulaufen, das Fell vom Leib mir schinden müßte, um durchzukommen. Offen gesprochen, so gerne ich auch Bilder wähle für diese Dinge, offen gesprochen: Ihr Affentum, meine Herren, sofern Sie etwas Derartiges hinter sich haben, kann Ihnen nicht ferner sein als mir das meine. An der Ferse aber kitzelt es jeden, der hier auf Erden geht: den kleinen Schimpansen wie den großen Achilles.

In eingeschränktestem Sinn aber kann ich doch vielleicht Ihre Anfrage beantworten und ich tue es sogar mit großer Freude. Das erste, was ich lernte, war: den Handschlag geben; Handschlag bezeugt Offenheit; mag nun heute, wo ich auf dem Höhepunkte meiner Laufbahn stehe, zu jenem ersten Handschlag auch das offene Wort hinzukommen. Es wird für die Akademie nichts wesentlich Neues beibringen und weit hinter dem zurückbleiben, was man von mir verlangt hat und was ich beim besten Willen nicht sagen kann – immerhin, es soll die Richtlinie zeigen, auf welcher ein gewesener Affe in die Menschenwelt eingedrungen ist und sich dort festgesetzt hat. Doch dürfte ich selbst das Geringfügige, was folgt, gewiß nicht sagen, wenn ich meiner nicht völlig sicher wäre und meine Stellung auf allen großen Varietébühnen der zivilisierten Welt sich nicht bis zur Unerschütterlichkeit gefestigt hätte:

Ich stamme von der Goldküste. Darüber, wie ich eingefangen wurde, bin ich auf fremde Berichte angewiesen. Eine Jagdexpedition der Firma Hagenbeck – mit dem Führer habe ich übrigens seither schon manche gute Flasche Rotwein geleert – lag im Ufergebüsch auf dem Anstand, als ich am Abend inmitten eines Rudels zur Tränke lief. Man schoß; ich war der einzige, der getroffen wurde; ich bekam zwei Schüsse.

Einen in die Wange; der war leicht; hinterließ aber eine große ausrasierte rote Narbe, die mir den widerlichen, ganz und gar unzutreffenden, förmlich von einem Affen erfundenen Namen Rotpeter eingetragen hat, so als unterschiede ich mich von dem unlängst krepierten, hie und da bekannten, dressierten Affentier Peter nur durch den roten Fleck auf der Wange. Dies nebenbei.

Der zweite Schuß traf mich unterhalb der Hüfte. Er war schwer, er hat es verschuldet, daß ich noch heute ein wenig hinke. Letzthin las ich in einem Aufsatz irgendeines der zehntausend Windhunde, die sich in den Zeitungen über mich auslassen: meine Affennatur sei noch nicht ganz unterdrückt; Beweis dessen sei, daß ich, wenn Besucher kommen, mit Vorliebe die Hosen ausziehe, um die Einlaufstelle jenes Schusses zu zeigen. Dem Kerl sollte jedes Fingerchen seiner schreibenden Hand einzeln weggeknallt werden. Ich, ich darf meine

Hosen ausziehen, vor wem es mir beliebt; man wird dort nichts finden als einen wohlgepflegten Pelz und die Narbe nach einem – wählen wir hier zu einem bestimmten Zwecke ein bestimmtes Wort, das aber nicht mißverstanden werden wolle – die Narbe nach einem frevelhaften Schuß. Alles liegt offen zutage; nichts ist zu verbergen; kommt es auf Wahrheit an, wirft jeder Großgesinnte die allerfeinsten Manieren ab. Würde dagegen jener Schreiber die Hosen ausziehen, wenn Besuch kommt, so hätte dies allerdings ein anderes Ansehen und ich will es als Zeichen der Vernunft gelten lassen, daß er es nicht tut. Aber dann mag er mir auch mit seinem Zartsinn vom Halse bleiben!

Nach jenen Schüssen erwachte ich – und hier beginnt allmählich meine eigene Erinnerung – in einem Käfig im Zwischendeck des Hagenbeckschen Dampfers. Es war kein vierwandiger Gitterkäfig; vielmehr waren nur drei Wände an einer Kiste festgemacht; die Kiste also bildete die vierte Wand. Das Ganze war zu niedrig zum Aufrechtstehen und zu schmal zum Niedersitzen. Ich hockte deshalb mit eingebogenen, ewig zitternden Knien, und zwar, da ich zunächst wahrscheinlich niemanden sehen und immer nur im Dunkel sein wollte, zur Kiste gewendet, während sich mir hinten die Gitterstäbe ins Fleisch einschnitten. Man hält eine solche Verwahrung wilder Tiere in der allerersten Zeit für vorteilhaft, und ich kann heute nach meiner Erfahrung nicht leugnen, daß dies im menschlichen Sinn tatsächlich der Fall ist.

Daran dachte ich aber damals nicht. Ich war zum erstenmal in meinem Leben ohne Ausweg; zumindest geradeaus ging es nicht; geradeaus vor mir war die Kiste, Brett fest an Brett gefügt. Zwar war zwischen den Brettern eine durchlaufende Lücke, die ich, als ich sie zuerst entdeckte, mit dem glückseligen Heulen des Unverstandes begrüßte, aber diese Lücke reichte bei weitem nicht einmal zum Durchstecken des Schwanzes aus und war mit aller Affenkraft nicht zu verbreitern.

Ich soll, wie man mir später sagte, ungewöhnlich wenig Lärm gemacht haben, woraus man schloß, daß ich entweder bald eingehen müsse oder daß ich, falls es mir gelingt, die erste kritische Zeit zu überleben, sehr dressurfähig sein werde. Ich überlebte diese Zeit. Dumpfes Schluchzen, schmerzhaftes Flöhesuchen, müdes Lecken einer Kokosnuß, Beklopfen der Kistenwand mit dem Schädel, Zungen-Blecken, wenn mir jemand nahekam, – das waren die ersten Beschäftigungen in dem neuen Leben. In alledem aber doch nur das eine Gefühl: kein Ausweg. Ich kann natürlich das damals affenmäßig Gefühlte heute nur mit Menschenworten nachzeichnen und verzeichne es infolgedessen, aber wenn ich auch die alte Affenwahrheit nicht mehr erreichen kann, wenigstens in der Richtung meiner Schilderung liegt sie, daran ist kein Zweifel.

Ich hatte doch so viele Auswege bisher gehabt und nun keinen mehr. Ich war festgerannt. Hätte man mich angenagelt, meine Freizügigkeit wäre dadurch nicht kleiner geworden. Warum das? Kratz dir das Fleisch zwischen den Fußzehen auf, du wirst den Grund nicht finden. Drück dich hinten gegen die Gitterstange, bis sie dich fast zweiteilt, du wirst den Grund nicht finden. Ich hatte keinen Ausweg, mußte mir ihn aber verschaffen, denn ohne ihn konnte ich nicht leben. Immer an dieser Kistenwand – ich wäre unweigerlich verreckt. Aber Affen gehören bei Hagenbeck an die Kistenwand – nun, so hörte ich auf, Affe zu sein. Ein klarer, schöner Gedankengang, den ich irgendwie mit dem Bauch ausgeheckt haben muß, denn Affen denken mit dem Bauch.

Ich habe Angst, daß man nicht genau versteht, was ich unter Ausweg verstehe. Ich gebrauche das Wort in seinem gewöhnlichsten und vollsten Sinn. Ich sage absichtlich nicht Freiheit. Ich meine nicht dieses große Gefühl der Freiheit nach allen Seiten. Als Affe kannte ich es vielleicht und ich habe Menschen kennen gelernt, die sich danach sehnen. Was mich aber anlangt, verlangte ich Freiheit weder damals noch heute. Nebenbei: mit Freiheit betrügt man sich unter Menschen allzuoft. Und so wie die Freiheit zu den erhabensten Gefühlen zählt, so auch die entsprechende Täuschung zu den erhabensten. Oft habe ich in den Varietés vor meinem Auftreten irgendein Künstlerpaar oben an der Decke an Trapezen hantieren sehen. Sie schwangen sich, sie schaukelten, sie sprangen, sie schwebten einander in die Arme, einer trug den anderen an den Haaren mit dem Gebiß. »Auch das ist Menschenfreiheit«, dachte ich, »selbstherrliche Bewegung.« Du Verspottung der heiligen Natur! Kein Bau würde standhalten vor dem Gelächter des Affentums bei diesem Anblick.

Nein, Freiheit wollte ich nicht. Nur einen Ausweg; rechts, links, wohin immer; ich stellte keine anderen Forderungen; sollte der Ausweg auch nur eine Täuschung sein; die Forderung war klein, die Täuschung würde nicht größer sein. Weiterkommen, weiterkommen! Nur nicht mit aufgehobenen Armen stillestehn, angedrückt an eine Kistenwand.

Heute sehe ich klar: ohne größte innere Ruhe hätte ich nie entkommen können. Und tatsächlich verdanke ich vielleicht alles, was ich geworden bin, der Ruhe, die mich nach den ersten Tagen dort im Schiff überkam. Die Ruhe wiederum aber verdankte ich wohl den Leuten vom Schiff.

Es sind gute Menschen, trotz allem. Gerne erinnere ich mich noch heute an den Klang ihrer schweren Schritte, der damals in meinem Halbschlaf widerhallte. Sie hatten die Gewohnheit, alles äußerst langsam in Angriff zu nehmen. Wollte sich einer die Augen reiben, so hob er die Hand wie ein Hängegewicht. Ihre Scherze waren grob, aber herzlich. Ihr Lachen war immer mit einem gefährlich klingenden aber nichts bedeutenden Husten gemischt. Immer hatten sie im Mund etwas zum Ausspeien und wohin sie ausspieen war ihnen gleichgültig. Immer klagten sie, daß meine Flöhe auf sie überspringen; aber doch waren sie mir deshalb niemals ernstlich böse; sie wußten eben, daß in meinem Fell Flöhe gedeihen und daß Flöhe Springer sind; damit fanden sie sich ab. Wenn sie dienstfrei waren, setzten sich manchmal einige im Halbkreis um mich nieder; sprachen kaum, sondern gurrten einander nur zu; rauchten, auf Kisten ausgestreckt, die Pfeife; schlugen sich aufs Knie, sobald ich die geringste Bewegung machte; und hie und da nahm einer einen Stecken und kitzelte mich dort, wo es mir angenehm war. Sollte ich heute eingeladen werden, eine Fahrt auf diesem Schiffe mitzumachen, ich würde die Einladung gewiß ablehnen, aber ebenso gewiß ist, daß es nicht nur häßliche Erinnerungen sind, denen ich dort im Zwischendeck nachhängen könnte.

Die Ruhe, die ich mir im Kreise dieser Leute erwarb, hielt mich vor allem von jedem Fluchtversuch ab. Von heute aus gesehen scheint es mir, als hätte ich zumindest geahnt, daß ich einen Ausweg finden müsse, wenn ich leben wolle, daß dieser Ausweg aber nicht durch Flucht zu erreichen sei. Ich weiß nicht mehr, ob Flucht möglich war, aber ich glaube es; einem Affen sollte Flucht immer möglich sein. Mit meinen heutigen Zähnen muß ich schon beim gewöhnlichen Nüsseknacken vorsichtig sein, damals aber hätte es mir wohl im Lauf der Zeit gelingen müssen, das Türschloß durchzubeißen. Ich tat es nicht. Was wäre damit auch gewonnen gewesen? Man hätte mich, kaum war der Kopf hinausgesteckt, wieder eingefangen und in einen noch schlimmeren Käfig gesperrt; oder ich hätte mich unbemerkt zu anderen Tieren, etwa zu den Riesenschlangen mir gegenüber flüchten können und mich in ihren Umarmungen ausgehaucht; oder es wäre mir gar gelungen, mich bis aufs Deck zu stehlen und über Bord zu springen, dann hätte ich ein Weilchen auf dem Weltmeer geschaukelt und wäre ersoffen. Verzweiflungstaten. Ich rechnete nicht so menschlich, aber unter dem Einfluß meiner Umgebung verhielt ich mich so, wie wenn ich gerechnet hätte.

Ich rechnete nicht, wohl aber beobachtete ich in aller Ruhe. Ich sah diese Menschen auf und ab gehen, immer die gleichen Gesichter, die gleichen Bewegungen, oft schien es mir, als wäre es nur einer. Dieser Mensch oder diese Menschen gingen also unbehelligt. Ein hohes Ziel dämmerte mir auf. Niemand versprach mir, daß, wenn ich so wie sie werden würde, das Gitter aufgezogen werde. Solche Versprechungen für scheinbar unmögliche Erfüllungen werden nicht gegeben. Löst man aber die Erfüllungen ein, erscheinen nachträglich auch die Versprechungen genau dort, wo man sie früher vergeblich gesucht hat. Nun war an diesen Menschen an sich nichts, was mich sehr verlockte. Wäre ich ein Anhänger jener erwähnten Freiheit, ich hätte gewiß das Weltmeer dem Ausweg vorgezogen, der sich mir im trüben Blick dieser Menschen zeigte. Jedenfalls aber beobachtete ich sie schon lange vorher, ehe ich an solche Dinge dachte, ja die angehäuften Beobachtungen drängten mich erst in die bestimmte Richtung.

Es war so leicht, die Leute nachzuahmen. Spucken konnte ich

schon in den ersten Tagen. Wir spuckten einander dann gegenseitig ins Gesicht; der Unterschied war nur, daß ich mein Gesicht nachher reinleckte, sie ihres nicht. Die Pfeife rauchte ich bald wie ein Alter; drückte ich dann auch noch den Daumen in den Pfeifenkopf, jauchzte das ganze Zwischendeck; nur den Unterschied zwischen der leeren und der gestopften Pfeife verstand ich lange nicht.

Die meiste Mühe machte mir die Schnapsflasche. Der Geruch peinigte mich; ich zwang mich mit allen Kräften; aber es vergingen Wochen, ehe ich mich überwand. Diese inneren Kämpfe nahmen die Leute merkwürdigerweise ernster als irgend etwas sonst an mir. Ich unterscheide die Leute auch in meiner Erinnerung nicht, aber da war einer, der kam immer wieder, allein oder mit Kameraden, bei Tag, bei Nacht, zu den verschiedensten Stunden; stellte sich mit der Flasche vor mich hin und gab mir Unterricht. Er begriff mich nicht, er wollte das Rätsel meines Seins lösen. Er entkorkte langsam die Flasche und blickte mich dann an, um zu prüfen, ob ich verstanden habe; ich gestehe, ich sah ihm immer mit wilder, mit überstürzter Aufmerksamkeit zu; einen solchen Menschenschüler findet kein Menschenlehrer auf dem ganzen Erdenrund; nachdem die Flasche entkorkt war, hob er sie zum Mund; ich mit meinen Blicken ihm nach bis in die Gurgel; er nickt, zufrieden mit mir, und setzt die Flasche an die Lippen; ich, entzückt von allmählicher Erkenntnis, kratze mich quietschend der Länge und Breite nach, wo es sich trifft; er freut sich, setzt die Flasche an und macht einen Schluck; ich, ungeduldig und verzweifelt, ihm nachzueifern, verunreinige mich in meinem Käfig, was wieder ihm große Genugtuung macht; und nun weit die Flasche von sich streckend und im Schwung sie wieder hinaufführend, trinkt er sie, übertrieben lehrhaft zurückgebeugt, mit einem Zuge leer. Ich, ermattet von allzugroßem Verlangen, kann nicht mehr folgen und hänge schwach am Gitter, während er den theoretischen Unterricht damit beendet, daß er sich den Bauch streicht und grinst.

Nun erst beginnt die praktische Übung. Bin ich nicht schon allzu erschöpft durch das Theoretische? Wohl, allzu erschöpft. Das gehört zu meinem Schicksal. Trotzdem greife ich, so gut ich kann, nach der hingereichten Flasche; entkorke sie zitternd; mit dem Gelingen stellen sich allmählich neue Kräfte ein; ich hebe die Flasche, vom Original schon kaum zu unterscheiden; setze sie an und – und werfe sie mit Abscheu, mit Abscheu, trotzdem sie leer ist und nur noch der Geruch sie füllt, werfe sie mit Abscheu auf den Boden. Zur Trauer meines Lehrers, zur größeren Trauer meiner selbst; weder ihn, noch mich versöhne ich dadurch, daß ich auch nach dem Wegwerfen der Flasche nicht vergesse, ausgezeichnet meinen Bauch zu streichen und dabei zu grinsen.

Allzuoft nur verlief so der Unterricht. Und zur Ehre meines Lehrers: er war mir nicht böse; wohl hielt er mir manchmal die brennende Pfeife ans Fell, bis es irgendwo, wo ich nur schwer hinreichte, zu glimmen anfing, aber dann löschte er es selbst wieder mit seiner riesigen guten Hand; er war mir nicht böse, er sah ein, daß wir auf der gleichen Seite gegen die Affennatur kämpften und daß ich den schwereren Teil hatte.

Was für ein Sieg dann allerdings für ihn wie für mich, als ich eines Abends vor großem Zuschauerkreis – vielleicht war ein Fest, ein Grammophon spielte, ein Offizier erging sich zwischen den Leuten – als ich an diesem Abend, gerade unbeachtet, eine vor meinem Käfig versehentlich stehen gelassene Schnapsflasche ergriff, unter steigender Aufmerksamkeit der Gesellschaft sie schulgerecht entkorkte, an den Mund setzte und ohne Zögern, ohne Mundverziehen, als Trinker von Fach, mit rund gewälzten Augen, schwappender Kehle, wirklich und wahrhaftig leer trank; nicht mehr als Verzweifelter, sondern als Künstler die Flasche hinwarf; zwar vergaß den Bauch zu streichen; dafür aber, weil ich nicht anders konnte, weil es mich drängte, weil mir die Sinne rauschten, kurz und gut »Hallo!« ausrief, in Menschenlaut ausbrach, mit diesem Ruf in die Menschengemeinschaft sprang und ihr Echo: »Hört nur, er spricht!« wie einen Kuß auf meinem ganzen schweißtriefenden Körper fühlte.

Ich wiederhole: es verlockte mich nicht, die Menschen nachzuahmen; ich ahmte nach, weil ich einen Ausweg suchte, aus keinem anderen Grund. Auch war mit jenem Sieg noch wenig getan. Die Stimme versagte mir sofort wieder; stellte sich erst nach Monaten ein; der Widerwille gegen die Schnapsflasche kam sogar noch verstärkter. Aber meine Richtung allerdings war mir ein für allemal gegeben.

Als ich in Hamburg dem ersten Dresseur übergeben wurde, erkannte ich bald die zwei Möglichkeiten, die mir offen standen: Zoologischer Garten oder Varieté. Ich zögerte nicht. Ich sagte mir: setze alle Kraft an, um ins Varieté zu kommen; das ist der Ausweg; Zoologischer Garten ist nur ein neuer Gitterkäfig; kommst du in ihn, bist du verloren.

Und ich lernte, meine Herren. Ach, man lernt, wenn man muß; man lernt, wenn man einen Ausweg will; man lernt rücksichtslos. Man beaufsichtigt sich selbst mit der Peitsche; man zerfleischt sich beim geringsten Widerstand. Die Affennatur raste, sich überkugelnd, aus mir hinaus und weg, so daß mein erster Lehrer selbst davon fast äffisch wurde, bald den Unterricht aufgeben und in eine Heilanstalt gebracht werden mußte. Glücklicherweise kam er wieder bald hervor.

Aber ich verbrauchte viele Lehrer, ja sogar einige Lehrer gleichzeitig. Als ich meiner Fähigkeiten schon sicherer geworden war, die Öffentlichkeit meinen Fortschritten folgte, meine Zukunft zu leuchten begann, nahm ich selbst Lehrer auf, ließ sie in fünf aufeinanderfolgenden Zimmern niedersetzen und lernte bei allen zugleich, indem ich ununterbrochen aus einem Zimmer ins andere sprang.

Diese Fortschritte! Dieses Eindringen der Wissensstrahlen von allen Seiten ins erwachende Hirn! Ich leugne nicht: es beglückte mich. Ich gestehe aber auch ein: ich überschätzte es nicht, schon damals nicht, wieviel weniger heute. Durch eine Anstrengung, die sich bisher auf der Erde nicht wiederholt hat, habe ich die Durchschnittsbildung eines Europäers erreicht. Das wäre an sich vielleicht gar nichts, ist aber insofern doch etwas, als es mir aus dem Käfig half und mir diesen besonderen Ausweg, diesen Menschenausweg verschaffte. Es gibt eine ausgezeichnete deutsche Redensart: sich in die Büsche schlagen; das habe ich getan, ich habe mich in die Büsche geschlagen. Ich hatte keinen anderen Weg, immer vorausgesetzt, daß nicht die Freiheit zu wählen war.

Überblicke ich meine Entwicklung und ihr bisheriges Ziel, so klage ich weder, noch bin ich zufrieden. Die Hände in den Hosentaschen, die Weinflasche auf dem Tisch, liege ich halb, halb sitze ich im Schaukelstuhl und schaue aus dem Fenster. Kommt Besuch, empfange ich ihn, wie es sich gebührt. Mein Impresario sitzt im Vorzimmer; läute ich, kommt er und hört, was ich zu sagen habe. Am Abend ist fast immer Vorstellung, und ich habe wohl kaum mehr zu steigernde Erfolge. Komme ich spät nachts von Banketten, aus wissenschaftlichen Gesellschaften, aus gemütlichem Beisammensein nach Hause, erwartet mich eine kleine halbdressierte Schimpansin und ich lasse es mir nach Affenart bei ihr wohlgehen. Bei Tag will ich sie nicht sehen; sie hat nämlich den Irrsinn des verwirrten dressierten Tieres im Blick; das erkenne nur ich und ich kann es nicht ertragen.

Im Ganzen habe ich jedenfalls erreicht, was ich erreichen wollte. Man sage nicht, es wäre der Mühe nicht wert gewesen. Im übrigen will ich keines Menschen Urteil, ich will nur Kenntnisse verbreiten, ich berichte nur, auch Ihnen, hohe Herren von der Akademie, habe ich nur berichtet.

Ein Hungerkünstler

In den letzten Jahrzehnten ist das Interesse an Hungerkünstlern sehr zurückgegangen. Während es sich früher gut lohnte, große derartige Vorführungen in eigener Regie zu veranstalten, ist dies heute völlig unmöglich. Es waren andere Zeiten. Damals beschäftigte sich die ganze Stadt mit dem Hungerkünstler; von Hungertag zu Hungertag stieg die Teilnahme; jeder wollte den Hungerkünstler zumindest einmal täglich sehn; an den spätern Tagen gab es Abonnenten, welche tagelang vor dem kleinen Gitterkäfig saßen; auch in der Nacht fanden Besichtigungen statt, zur Erhöhung der Wirkung bei Fackelschein; an schönen Tagen wurde der Käfig ins Freie getragen, und nun waren es besonders die Kinder, denen der Hungerkünstler gezeigt wurde; während er für die Erwachsenen oft nur ein Spaß war, an dem sie der Mode halber teilnahmen, sahen die Kinder staunend, mit offenem Mund, der Sicherheit halber einander bei der Hand haltend, zu, wie er bleich, im schwarzen Trikot, mit mächtig vortretenden Rippen, sogar einen Sessel verschmähend, auf hingestreutem Stroh saß, einmal höflich nikkend, angestrengt lächelnd Fragen beantwortete, auch durch das Gitter den Arm streckte, um seine Magerkeit befühlen zu lassen, dann aber wieder ganz in sich selbst versank, um niemanden sich kümmerte, nicht einmal um den für ihn so wichtigen Schlag der Uhr, die das einzige Möbelstück des Käfigs war, sondern nur vor sich hinsah mit fast geschlossenen Augen und hie und da aus einem winzigen Gläschen Wasser nippte, um sich die Lippen zu feuchten.

Außer den wechselnden Zuschauern waren auch ständige, vom Publikum gewählte Wächter da, merkwürdigerweise gewöhnlich Fleischhauer, welche, immer drei gleichzeitig, die Aufgabe hatten, Tag und Nacht den Hungerkünstler zu beobachten, damit er nicht etwa auf irgendeine heimliche Weise doch Nahrung zu sich nehme. Es war das aber lediglich eine Formalität, eingeführt zur Beruhigung der Massen, denn die Eingeweihten wußten wohl, daß der Hungerkünstler während der Hungerzeit niemals, unter keinen Umständen, selbst unter Zwang nicht, auch das Geringste nur gegessen hätte; die Ehre seiner Kunst verbot dies. Freilich, nicht jeder Wächter konnte das begreifen, es fanden sich manchmal nächtliche Wachgruppen, welche die Bewachung sehr lax durchführten, absichtlich in eine ferne Ecke sich zusammensetzten und dort sich ins Kartenspiel vertieften, in der offenbaren Absicht, dem Hungerkünstler eine kleine Erfrischung zu gönnen, die er ihrer Meinung nach aus irgendwelchen geheimen Vorräten hervorholen konnte. Nichts war dem Hungerkünstler quälender als solche Wächter; sie machten ihn trübselig; sie machten ihm das Hungern entsetzlich schwer; manchmal überwand er seine Schwäche und sang während dieser Wachzeit, solange er es nur aushielt, um den Leuten zu zeigen, wie ungerecht sie ihn verdächtigten. Doch half das wenig; sie wunderten sich dann nur über seine Geschicklichkeit, selbst während des Singens zu essen. Viel lieber waren ihm die Wächter, welche sich eng zum Gitter setzten, mit der trüben Nachtbeleuchtung des Saales sich nicht begnügten, sondern ihn mit den elektrischen Taschenlampen bestrahlten, die ihnen der Impresario zur Verfügung stellte. Das grelle Licht störte ihn gar nicht, schlafen konnte er ja überhaupt nicht, und ein wenig hindämmern konnte er immer, bei jeder Beleuchtung und zu jeder Stunde, auch im übervollen, lärmenden Saal. Er war sehr gerne bereit, mit solchen Wächtern die Nacht gänzlich ohne Schlaf zu verbringen; er war bereit, mit ihnen zu scherzen, ihnen Geschichten aus seinem Wanderleben zu erzählen, dann wieder ihre Erzählungen anzuhören, alles nur um sie wachzuhalten, um ihnen immer wieder zeigen zu können, daß er nichts Eßbares im Käfig hatte und daß er hungerte, wie keiner von ihnen es könnte. Am glücklichsten aber war er, wenn dann der Morgen kam, und ihnen auf seine Rechnung ein überreiches Frühstück gebracht wurde, auf das sie sich warfen mit dem Appetit gesunder Männer nach einer mühevoll durchwachten Nacht. Es gab zwar sogar Leute, die in diesem Frühstück eine ungebührliche Beeinflussung der Wächter sehen wollten, aber das ging doch zu weit, und wenn man sie fragte, ob etwa sie nur um der Sache willen ohne Frühstück die Nachtwache übernehmen wollten, verzogen sie sich, aber bei ihren Verdächtigungen blieben sie dennoch.

Dieses allerdings gehörte schon zu den vom Hungern überhaupt nicht zu trennenden Verdächtigungen. Niemand war ja imstande, alle die Tage und Nächte beim Hungerkünstler ununterbrochen als Wächter zu verbringen, niemand also konnte aus eigener Anschauung wissen, ob wirklich ununterbrochen, fehlerlos gehungert worden war; nur der Hungerkünstler selbst konnte das wissen, nur er also gleichzeitig der von seinem Hungern vollkommen befriedigte Zuschauer sein. Er aber war wieder aus einem andern Grunde niemals befriedigt; vielleicht war er gar nicht vom Hungern so sehr abgemagert, daß manche zu ihrem Bedauern den Vorführungen fernbleiben mußten, weil sie seinen Anblick nicht ertrugen, sondern er war nur so abgemagert aus Unzufriedenheit mit sich selbst. Er allein nämlich wußte, auch kein Eingeweihter sonst wußte das, wie leicht das Hungern war. Es war die leichteste Sache von der Welt. Er verschwieg es auch nicht, aber man glaubte ihm nicht, hielt ihn günstigstenfalls für bescheiden, meist aber für reklamesüchtig oder gar für einen Schwindler, dem das Hungern allerdings leicht war, weil er es sich leicht zu machen verstand, und der auch noch die Stirn hatte, es halb zu gestehn. Das alles mußte er hinnehmen, hatte sich auch im Laufe der Jahre daran gewöhnt, aber innerlich nagte diese Unbefriedigtheit immer an ihm, und noch niemals, nach keiner Hungerperiode – dieses Zeugnis mußte man ihm ausstellen – hatte er freiwillig den Käfig verlassen. Als Höchstzeit für das Hungern hatte der Impresario vierzig Tage festgesetzt, darüber hinaus ließ er niemals hungern, auch in den Weltstädten nicht, und zwar aus gutem Grund. Vierzig Tage etwa konnte man erfahrungsgemäß durch allmählich sich steigernde Reklame das Interesse einer Stadt immer mehr aufstacheln, dann aber versagte das Publikum, eine wesentliche Abnahme des Zuspruchs war festzustellen; es bestanden natürlich in dieser Hinsicht kleine Unterschiede zwischen den Städten und Ländern, als Regel aber galt, daß vierzig Tage die Höchstzeit war. Dann also am vierzigsten Tage wurde die Tür des mit Blumen umkränzten Käfigs geöffnet, eine begeisterte Zuschauerschaft erfüllte das Amphitheater, eine Militärkapelle spielte, zwei Ärzte betraten den Käfig, um die nötigen Messungen am Hungerkünstler vorzunehmen, durch ein Megaphon wurden die Resultate dem Saale verkündet, und schließlich kamen zwei junge Damen, glücklich darüber, daß gerade sie ausgelost worden waren, und wollten den Hungerkünstler aus dem Käfig ein paar Stufen hinabführen, wo auf einem kleinen Tischchen eine sorgfältig ausgewählte Krankenmahlzeit serviert war. Und in diesem Augenblick wehrte sich der Hungerkünstler immer. Zwar legte er noch freiwillig seine Knochenarme in die hilfsbereit ausgestreckten Hände der zu ihm hinabgebeugten Damen, aber aufstehen wollte er nicht. Warum gerade jetzt nach vierzig Tagen aufhören? Er hätte es noch lange, unbeschränkt lange ausgehalten; warum gerade jetzt aufhören, wo er im besten, ja noch nicht einmal im besten Hungern war? Warum wollte man ihn des Ruhmes berauben, weiter zu hungern, nicht nur der größte Hungerkünstler aller Zeiten zu werden, der er ja wahrscheinlich schon war, aber auch noch sich selbst zu übertreffen bis ins Unbegreifliche, denn für seine Fähigkeit zu hungern fühlte er keine Grenzen. Warum hatte diese Menge, die ihn so sehr zu bewundern vorgab, so wenig Geduld mit ihm; wenn er es aushielt, noch weiter zu hungern, warum wollte sie es nicht aushalten? Auch war er müde, saß gut im Stroh und sollte sich nun hoch und lang aufrichten und zu dem Essen gehn, das ihm schon allein in der Vorstellung Übelkeiten verursachte, deren Äußerung er nur mit Rücksicht auf die Damen mühselig unterdrückte. Und er blickte empor in die Augen der scheinbar so freundlichen, in Wirklichkeit so grausamen Damen und schüttelte den auf dem schwachen Halse überschweren Kopf. Aber dann geschah, was immer geschah. Der Impresario kam, hob stumm – die Musik machte das Reden unmöglich – die Arme über dem Hungerkünstler, so, als lade er den Himmel ein, sich sein Werk hier auf dem Stroh einmal anzusehn, diesen bedauernswerten Märtyrer, welcher der Hungerkünstler allerdings war, nur in ganz anderem Sinn; faßte den Hungerkünstler um die dünne Taille, wobei er durch übertriebene Vorsicht glaubhaft machen wollte, mit einem wie gebrechlichen Ding er es hier zu tun habe; und übergab ihn – nicht ohne ihn im geheimen ein wenig zu schütteln, so daß der Hungerkünstler mit den Beinen und dem Oberkörper unbeherrscht hin und her schwankte – den inzwischen totenbleich gewordenen Damen. Nun duldete der Hungerkünstler alles; der Kopf lag auf der Brust, es war, als sei er hingerollt und halte sich dort unerklärlich; der Leib war ausgehöhlt; die Beine drückten sich im Selbsterhaltungstrieb fest in den Knien aneinander, scharrten aber doch den Boden, so, als sei es nicht der wirkliche, den wirklichen suchten sie erst; und die ganze, allerdings sehr kleine Last des Körpers lag auf einer der Damen, welche hilfesuchend, mit fliegendem Atem – so hatte sie sich dieses Ehrenamt nicht vorgestellt – zuerst den Hals möglichst streckte, um wenigstens das Gesicht vor der Berührung mit dem Hungerkünstler zu bewahren, dann aber, da ihr dies nicht gelang und ihre glücklichere Gefährtin ihr nicht zu Hilfe kam, sondern sich damit begnügte, zitternd die Hand des Hungerkünstlers, dieses kleine Knochenbündel, vor sich herzutragen, unter dem entzückten Gelächter des Saales in Weinen ausbrach und von einem längst bereitgestellten Diener abgelöst werden mußte. Dann kam das Essen, von dem der Impresario dem Hungerkünstler während eines ohnmachtähnlichen Halbschlafes ein wenig einflößte, unter lustigem Plaudern, das die Aufmerksamkeit vom Zustand des Hungerkünstlers ablenken sollte; dann wurde noch ein Trinkspruch auf das Publikum ausgebracht, welcher dem Impresario angeblich vom Hungerkünstler zugeflüstert worden war; das Orchester bekräftigte alles durch einen großen Tusch, man ging auseinander, und niemand hatte das Recht, mit dem Gesehenen unzufrieden zu sein, niemand, nur der Hungerkünstler, immer nur er.

So lebte er mit regelmäßigen kleinen Ruhepausen viele Jahre, in scheinbarem Glanz, von der Welt geehrt, bei alledem aber meist in trüber Laune, die immer noch trüber wurde dadurch, daß niemand sie ernst zu nehmen verstand. Womit sollte man ihn auch trösten? Was blieb ihm zu wünschen übrig? Und wenn sich einmal ein Gutmütiger fand, der ihn bedauerte und ihm erklären wollte, daß seine Traurigkeit wahrscheinlich von dem Hungern käme, konnte es, besonders bei vorgeschrittener Hungerzeit, geschehn, daß der Hungerkünstler mit einem Wutausbruch antwortete und zum Schrecken aller wie ein Tier an dem Gitter zu rütteln begann. Doch hatte für solche Zustände der Impresario ein Strafmittel, das er gern anwandte. Er entschuldigte den Hungerkünstler vor versammeltem Publikum, gab zu, daß nur die durch das Hungern hervorgerufene, für satte

Menschen nicht ohne weiteres begreifliche Reizbarkeit das Benehmen des Hungerkünstlers verzeihlich machen könne; kam dann im Zusammenhang damit auch auf die ebenso zu erklärende Behauptung des Hungerkünstlers zu sprechen, er könnte noch viel länger hungern, als er hungere; lobte das hohe Streben, den guten Willen, die große Selbstverleugnung, die gewiß auch in dieser Behauptung enthalten seien; suchte dann aber die Behauptung einfach genug durch Vorzeigen von Photographien, die gleichzeitig verkauft wurden, zu widerlegen, denn auf den Bildern sah man den Hungerkünstler an einem vierzigsten Hungertag, im Bett, fast verlöscht vor Entkräftung. Diese dem Hungerkünstler zwar wohlbekannte, immer aber von neuem ihn entnervende Verdrehung der Wahrheit war ihm zu viel. Was die Folge der vorzeitigen Beendigung des Hungerns war, stellte man hier als die Ursache dar! Gegen diesen Unverstand, gegen diese Welt des Unverstandes zu kämpfen, war unmöglich. Noch hatte er immer wieder in gutem Glauben begierig am Gitter dem Impresario zugehört, beim Erscheinen der Photographien aber ließ er das Gitter jedesmal los, sank mit Seufzen ins Stroh zurück, und das beruhigte Publikum konnte wieder herankommen und ihn besichtigen.

Wenn die Zeugen solcher Szenen ein paar Jahre später daran zurückdachten, wurden sie sich oft selbst unverständlich. Denn inzwischen war jener erwähnte Umschwung eingetreten; fast plötzlich war das geschehen; es mochte tiefere Gründe haben, aber wem lag daran, sie aufzufinden; jedenfalls sah sich eines Tages der verwöhnte Hungerkünstler von der vergnügungssüchtigen Menge verlassen, die lieber zu anderen Schaustellungen strömte. Noch einmal jagte der Impresario mit ihm durch halb Europa, um zu sehn, ob sich nicht noch hie und da das alte Interesse wiederfände; alles vergeblich; wie in einem geheimen Einverständnis hatte sich überall geradezu eine Abneigung gegen das Schauhungern ausgebildet. Natürlich hatte das in Wirklichkeit nicht plötzlich so kommen können, und man erinnerte sich jetzt nachträglich an manche zu ihrer Zeit im Rausch der Erfolge nicht genügend beachtete, nicht genügend unterdrückte Vorboten, aber jetzt etwas dagegen zu unternehmen, war zu spät. Zwar war es sicher, daß einmal auch für das Hungern wieder die Zeit kommen werde, aber für die Lebenden war das kein Trost. Was sollte nun der Hungerkünstler tun? Der, welchen Tausende umjubelt hatten, konnte sich nicht in Schaubuden auf kleinen Jahrmärkten zeigen, und um einen andern Beruf zu ergreifen, war der Hungerkünstler nicht nur zu alt, sondern vor allem dem Hungern allzu fanatisch ergeben. So verabschiedete er denn den Impresario, den Genossen einer Laufbahn ohnegleichen, und ließ sich von einem großen Zirkus engagieren; um seine Empfindlichkeit zu schonen, sah er die Vertragsbedingungen gar nicht an.

Ein großer Zirkus mit seiner Unzahl von einander immer wieder ausgleichenden und ergänzenden Menschen und Tieren und Apparaten kann jeden und zu jeder Zeit gebrauchen, auch einen Hungerkünstler, bei entsprechend bescheidenen Ansprüchen natürlich, und außerdem war es ja in diesem besonderen Fall nicht nur der Hungerkünstler selbst, der engagiert wurde, sondern auch sein alter berühmter Name, ja man konnte bei der Eigenart dieser im zunehmenden Alter nicht abnehmenden Kunst nicht einmal sagen, daß ein ausgedienter, nicht mehr auf der Höhe seines Könnens stehender Künstler sich in einen ruhigen Zirkusposten flüchten wolle, im Gegenteil, der Hungerkünstler versicherte, daß er, was durchaus glaubwürdig war, ebensogut hungere wie früher, ja er behauptete sogar, er werde, wenn man ihm seinen Willen lasse, und dies versprach man ihm ohne weiteres, eigentlich erst jetzt die Welt in berechtigtes Erstaunen setzen, eine Behauptung allerdings, die mit Rücksicht auf die Zeitstimmung, welche der Hungerkünstler im Eifer leicht vergaß, bei den Fachleuten nur ein Lächeln hervorrief.

Im Grunde aber verlor auch der Hungerkünstler den Blick für die wirklichen Verhältnisse nicht und nahm es als selbstverständlich hin, daß man ihn mit seinem Käfig nicht etwa als Glanznummer mitten in die Manege stellte, sondern draußen an einem im übrigen recht gut zugänglichen Ort in der Nähe der Stallungen unterbrachte. Große, bunt gemalte Aufschriften umrahmten den Käfig und verkündeten, was dort zu sehen war. Wenn das Publikum in den Pausen der Vorstellung zu den Ställen drängte, um die Tiere zu besichtigen, war es fast unvermeidlich, daß es beim Hungerkünstler vorüberkam und ein wenig dort haltmachte, man wäre vielleicht länger bei ihm geblieben, wenn nicht in dem schmalen Gang die Nachdrängenden, welche diesen Aufenthalt auf dem Weg zu den ersehnten Ställen nicht verstanden, eine längere ruhige Betrachtung unmöglich gemacht hätten. Dieses war auch der Grund, warum der Hungerkünstler vor diesen Besuchszeiten, die er als seinen Lebenszweck natürlich herbeiwünschte, doch auch wieder zitterte. In der ersten Zeit hatte er die Vorstellungspausen kaum erwarten können; entzückt hatte er der sich heranwälzenden Menge entgegengesehn, bis er sich nur zu bald – auch die hartnäckigste, fast bewußte Selbsttäuschung hielt den Erfahrungen nicht stand – davon überzeugte, daß es zumeist der Absicht nach, immer wieder, ausnahmslos, lauter Stallbesucher waren. Und dieser Anblick von der Ferne blieb noch immer der schönste. Denn wenn sie bis zu ihm herangekommen waren, umtobte ihn sofort Geschrei und Schimpfen der ununterbrochen neu sich bildenden Parteien, jener, welche – sie wurde dem Hungerkünstler bald die peinlichere – ihn bequem ansehen wollte, nicht etwa aus Verständnis, sondern aus Laune und Trotz, und jener zweiten, die zunächst nur nach den Ställen verlangte. War der große Haufe vorüber, dann kamen die Nachzügler, und diese allerdings, denen es nicht mehr verwehrt war, stehen zu bleiben, solange sie nur Lust hatten, eilten mit langen Schritten, fast ohne Seitenblick, vorüber, um rechtzeitig zu den Tieren zu kommen. Und es war kein allzu häufiger Glücksfall, daß ein Familienvater mit seinen Kindern kam, mit dem Finger auf den Hungerkünstler zeigte, ausführlich erklärte, um was es sich hier handelte, von früheren Jahren erzählte, wo er bei ähnlichen, aber unvergleichlich großartigeren Vorführungen gewesen war, und dann die Kinder, wegen ihrer ungenügenden Vorbereitung von Schule und Leben her, zwar immer noch verständnislos blieben – was war ihnen Hungern? – aber doch in dem Glanz ihrer forschenden Augen etwas von neuen, kommenden, gnädigeren Zeiten verrieten. Vielleicht, so sagte sich der Hungerkünstler dann manchmal, würde alles doch ein wenig besser werden, wenn sein Standort nicht gar so nahe bei den Ställen wäre. Den Leuten wurde dadurch die Wahl zu leicht gemacht, nicht zu reden davon, daß ihn die Ausdünstungen der Ställe, die Unruhe der Tiere in der Nacht, das Vorübertragen der rohen Fleischstücke für die Raubtiere, die Schreie bei der Fütterung sehr verletzten und dauernd bedrückten. Aber bei der Direktion vorstellig zu werden, wagte er nicht; immerhin verdankte er ja den Tieren die Menge der Besucher, unter denen sich hie und da auch ein für ihn Bestimmter finden konnte, und wer wußte, wohin man ihn verstecken würde, wenn er an seine Existenz erinnern wollte und damit auch daran, daß er, genau genommen, nur ein Hindernis auf dem Weg zu den Ställen war.

Ein kleines Hindernis allerdings, ein immer kleiner werdendes Hindernis. Man gewöhnte sich an die Sonderbarkeit, in den heutigen Zeiten Aufmerksamkeit für einen Hungerkünstler beanspruchen zu wollen, und mit dieser Gewöhnung war das Urteil über ihn gesprochen. Er mochte so gut hungern, als er nur konnte, und er tat es, aber nichts konnte ihn mehr retten, man ging an ihm vorüber. Versuche, jemandem die Hungerkunst zu erklären! Wer es nicht fühlt, dem kann man es nicht begreiflich machen. Die schönen Aufschriften wurden schmutzig und unleserlich, man riß sie herunter, niemandem fiel es ein, sie zu ersetzen; das Täfelchen mit der Ziffer der abgeleisteten Hungertage, das in der ersten Zeit sorgfältig täglich erneut worden war, blieb schon längst immer das gleiche, denn nach den ersten Wochen war das Personal selbst dieser kleinen Arbeit überdrüssig geworden; und so hungerte zwar der Hungerkünstler weiter, wie er es früher einmal erträumt hatte, und es gelang ihm ohne Mühe ganz so, wie er es damals vorausgesagt hatte, aber niemand zählte die Tage, niemand, nicht einmal der Hungerkünstler selbst wußte, wie groß die Leistung schon war, und sein Herz wurde schwer. Und wenn einmal in der Zeit ein Müßiggänger stehen blieb, sich über die alte Ziffer lustig machte und von Schwindel sprach, so war das in diesem Sinn die dümmste Lüge, welche Gleichgültigkeit und eingeborene Bösartigkeit erfinden konnte, denn nicht der Hungerkünstler betrog, er arbeitete ehrlich, aber die Welt betrog ihn um seinen Lohn.

Doch vergingen wieder viele Tage, und auch das nahm ein Ende. Einmal fiel einem Aufseher der Käfig auf, und er fragte die Diener, warum man hier diesen gut brauchbaren Käfig mit dem verfaulten Stroh drinnen unbenützt stehen lasse; niemand wußte es, bis sich einer mit Hilfe der Ziffertafel an den Hungerkünstler erinnerte. Man rührte mit Stangen das Stroh auf und fand den Hungerkünstler darin. »Du hungerst noch immer?« fragte der Aufseher, »wann wirst du denn endlich aufhören?« »Verzeiht mir alle«, flüsterte der Hungerkünstler; nur der Aufseher, der das Ohr ans Gitter hielt, verstand ihn. »Gewiß«, sagte der Aufseher und legte den Finger an die Stirn, um damit den Zustand des Hungerkünstlers dem Personal anzudeuten, »wir verzeihen dir.« »Immerfort wollte ich, daß ihr mein Hungern bewundert«, sagte der Hungerkünstler. »Wir bewundern es auch«, sagte der Aufseher entgegenkommend. »Ihr sollt es aber nicht bewundern«, sagte der Hungerkünstler. »Nun, dann bewundern wir es also nicht«, sagte der Aufseher, »warum sollen wir es denn nicht bewundern?« »Weil ich hungern muß, ich kann nicht anders«, sagte der Hungerkünstler. »Da sieh mal einer«, sagte der Aufseher, »warum kannst du denn nicht anders?« »Weil ich«, sagte der Hungerkünstler, hob das Köpfchen ein wenig und sprach mit wie zum Kuß gespitzten Lippen gerade in das Ohr des Aufsehers hinein, damit nichts verloren ginge, »weil ich nicht die Speise finden konnte, die mir schmeckt. Hätte ich sie gefunden, glaube mir, ich hätte kein Aufsehen gemacht und mich vollgegessen wie du und alle.« Das waren die letzten Worte, aber noch in seinen gebrochenen Augen war die feste, wenn auch nicht mehr stolze Überzeugung, daß er weiterhungre.

»Nun macht aber Ordnung!« sagte der Aufseher, und man begrub den Hungerkünstler samt dem Stroh. In den Käfig aber gab man einen jungen Panther. Es war eine selbst dem stumpfsten Sinn fühlbare Erholung, in dem so lange öden Käfig dieses wilde Tier sich herumwerfen zu sehn. Ihm fehlte nichts. Die Nahrung, die ihm schmeckte, brachten ihm ohne langes Nachdenken die Wächter; nicht einmal die Freiheit schien er zu vermissen; dieser edle, mit allem Nötigen bis knapp zum Zerreißen ausgestattete Körper schien auch die Freiheit mit sich herumzutragen; irgendwo im Gebiß schien sie zu stecken; und die Freude am Leben kam mit derart starker Glut aus seinem Rachen, daß es für die Zuschauer nicht leicht war, ihr standzuhalten. Aber sie überwanden sich, umdrängten den Käfig und wollten sich gar nicht fortrühren.

Josefine, die Sängerin
oder
Das Volk der Mäuse

Unsere Sängerin heißt Josefine. Wer sie nicht gehört hat, kennt nicht die Macht des Gesanges. Es gibt niemanden, den ihr Gesang nicht fortreißt, was umso höher zu bewerten ist, als unser Geschlecht im ganzen Musik nicht liebt. Stiller Frieden ist uns die liebste Musik; unser Leben ist schwer, wir können uns, auch wenn wir einmal alle Tagessorgen abzuschütteln versucht haben, nicht mehr zu solchen, unserem sonstigen Leben so fernen Dingen erheben, wie es die Musik ist. Doch beklagen wir es nicht sehr; nicht einmal so weit kommen wir; eine gewisse praktische Schlauheit, die wir freilich auch äußerst dringend brauchen, halten wir für unsern größten Vorzug, und mit dem Lächeln dieser Schlauheit pflegen wir uns über alles hinwegzutrösten, auch wenn wir einmal – was aber nicht geschieht – das Verlangen nach dem Glück haben sollten, das von der Musik vielleicht ausgeht. Nur Josefine macht eine Ausnahme; sie liebt die Musik und weiß sie auch zu vermitteln; sie ist die einzige; mit ihrem Hingang wird die Musik – wer weiß wie lange – aus unserem Leben verschwinden.

Ich habe oft darüber nachgedacht, wie es sich mit dieser Musik eigentlich verhält. Wir sind doch ganz unmusikalisch; wie kommt es, daß wir Josefinens Gesang verstehn oder, da Josefine unser Verständnis leugnet, wenigstens zu verstehen glauben. Die einfachste Antwort wäre, daß die Schönheit dieses Gesanges so groß ist, daß auch der stumpfste Sinn ihr nicht widerstehen kann, aber diese Antwort ist nicht befriedigend. Wenn es wirklich so wäre, müßte man vor diesem Gesang zunächst und immer das Gefühl des Außerordentlichen haben, das Gefühl, aus dieser Kehle erklinge etwas, was wir nie vorher gehört haben und das zu hören wir auch gar nicht die Fähigkeit haben, etwas, was zu hören uns nur diese eine Josefine und niemand sonst befähigt. Gerade das trifft aber meiner Meinung nach nicht zu, ich fühle es nicht und habe auch bei andern nichts dergleichen bemerkt. Im vertrauten Kreise gestehen wir einander offen, daß Josefinens Gesang als Gesang nichts Außerordentliches darstellt.

Ist es denn überhaupt Gesang? Trotz unserer Unmusikalität haben wir Gesangsüberlieferungen; in den alten Zeiten unseres Volkes gab es Gesang; Sagen erzählen davon und sogar Lieder sind erhalten, die freilich niemand mehr singen kann. Eine Ahnung dessen, was Gesang ist, haben wir also und dieser Ahnung nun entspricht Josefinens Kunst eigentlich nicht. Ist es denn überhaupt Gesang? Ist es nicht vielleicht doch nur ein Pfeifen? Und Pfeifen allerdings kennen wir alle, es ist die eigentliche Kunstfertigkeit unseres Volkes, oder vielmehr gar keine Fertigkeit, sondern eine charakteristische Lebensäußerung. Alle pfeifen wir, aber freilich denkt niemand daran, das als Kunst auszugeben, wir pfeifen, ohne darauf zu achten, ja, ohne es zu merken und es gibt sogar viele unter uns, die gar nicht wissen, daß das Pfeifen zu unsern Eigentümlichkeiten gehört. Wenn es also wahr wäre, daß Josefine nicht singt, sondern nur pfeift und vielleicht gar, wie es mir wenigstens scheint, über die Grenzen des üblichen Pfeifens kaum hinauskommt – ja vielleicht reicht ihre Kraft für dieses übliche Pfeifen nicht einmal ganz hin, während es ein gewöhnlicher Erdarbeiter ohne Mühe den ganzen Tag über neben seiner Arbeit zustandebringt – wenn das alles wahr wäre, dann wäre zwar Josefinens angebliche Künstlerschaft widerlegt, aber es wäre dann erst recht das Rätsel ihrer großen Wirkung zu lösen.

Es ist aber eben doch nicht nur Pfeifen, was sie produziert. Stellt man sich recht weit von ihr hin und horcht, oder noch besser, läßt man sich in dieser Hinsicht prüfen, singt also Josefine etwa unter andern Stimmen und setzt man sich die Aufgabe, ihre Stimme zu erkennen, dann wird man unweigerlich nichts anderes heraushören, als ein gewöhnliches, höchstens durch Zartheit oder Schwäche ein wenig auffallendes Pfeifen. Aber steht man vor ihr, ist es doch nicht nur ein Pfeifen; es ist zum Verständnis ihrer Kunst notwendig, sie nicht nur zu hören sondern auch zu sehn. Selbst wenn es nur unser tagtägliches Pfeifen wäre, so besteht hier doch schon zunächst die Sonderbarkeit, daß jemand sich feierlich hinstellt, um nichts anderes als das Übliche zu tun. Eine Nuß aufknacken ist wahrhaftig keine Kunst, deshalb wird es auch niemand wagen, ein Publikum zusammenzurufen und vor ihm, um es zu unterhalten, Nüsse knacken. Tut er es dennoch und gelingt seine Absicht, dann kann es sich eben doch nicht nur um bloßes Nüsseknacken handeln. Oder es handelt sich um Nüsseknacken, aber es stellt sich heraus, daß wir über diese Kunst hinweggesehen haben, weil wir sie glatt beherrschten und daß uns dieser neue Nußknacker erst ihr eigentliches Wesen zeigt, wobei es dann für die Wirkung sogar nützlich sein könnte, wenn er etwas weniger tüchtig im Nüsseknacken ist als die Mehrzahl von uns.

Vielleicht verhält es sich ähnlich mit Josefinens Gesang; wir bewundern an ihr das, was wir an uns gar nicht bewundern; übrigens stimmt sie in letzterer Hinsicht mit uns völlig überein. Ich war einmal zugegen, als sie jemand, wie dies natürlich öfters geschieht, auf das allgemeine Volkspfeifen aufmerksam machte und zwar nur ganz bescheiden, aber für Josefine war es schon zu viel. Ein so freches, hochmütiges Lächeln, wie sie es damals aufsetzte, habe ich noch nicht gesehn; sie, die äußerlich eigentlich vollendete Zartheit ist, auffallend zart selbst in unserem an solchen Frauengestalten reichen Volk, erschien damals geradezu gemein; sie mochte es übrigens in ihrer großen Empfindlichkeit auch gleich selbst fühlen und faßte sich. Jedenfalls leugnet sie also jeden Zusammenhang zwischen ihrer Kunst und dem Pfeifen. Für die, welche gegenteiliger Meinung sind, hat sie nur Verachtung und wahrscheinlich uneingestandenen Haß. Das ist nicht gewöhnliche Eitelkeit, denn diese Opposition, zu der auch ich halb gehöre, bewundert sie gewiß nicht weniger als es die Menge tut, aber Josefine will nicht nur bewundert, sondern genau in der von ihr bestimmten Art bewundert sein, an Bewunderung allein liegt ihr nichts. Und wenn man vor ihr sitzt, versteht man sie; Opposition treibt man nur in der Ferne; wenn man vor ihr sitzt, weiß man: was sie hier pfeift, ist kein Pfeifen.

Da Pfeifen zu unseren gedankenlosen Gewohnheiten gehört, könnte man meinen, daß auch in Josefinens Auditorium gepfiffen wird; es wird uns wohl bei ihrer Kunst und wenn uns wohl ist, pfeifen wir; aber ihr Auditorium pfeift nicht, es ist mäuschenstill, so als wären wir des ersehnten Friedens teilhaftig geworden, von dem uns zumindest unser eigenes Pfeifen abhält, schweigen wir. Ist es ihr Gesang, der uns entzückt oder nicht vielmehr die feierliche Stille, von der das schwache Stimmchen umgeben ist? Einmal geschah es, daß irgendein törichtes kleines Ding während Josefinens Gesang in aller Unschuld auch zu pfeifen anfing. Nun, es war ganz dasselbe, was wir auch von Josefine hörten; dort vorne das trotz aller Routine immer noch schüchterne Pfeifen und hier im Publikum das selbstvergessene kindliche Gepfeife; den Unterschied zu bezeichnen, wäre unmöglich gewesen; aber doch zischten und pfiffen wir gleich die Störerin nieder, trotzdem es gar nicht nötig gewesen wäre, denn sie hätte sich gewiß auch sonst in Angst und Scham verkrochen, während Josefine ihr Triumphpfeifen anstimmte und ganz außer sich war mit ihren ausgespreizten Armen und dem gar nicht mehr höher dehnbaren Hals.

So ist sie übrigens immer, jede Kleinigkeit, jeden Zufall, jede Widerspenstigkeit, ein Knacken im Parkett, ein Zähneknirschen, eine Beleuchtungsstörung hält sie für geeignet, die Wirkung ihres Gesanges zu erhöhen; sie singt ja ihrer Meinung nach vor tauben Ohren; an Begeisterung und Beifall fehlt es nicht, aber auf wirkliches Verständnis, wie sie es meint, hat sie längst verzichten gelernt. Da kommen ihr denn alle Störungen sehr gelegen; alles, was sich von außen her der Reinheit ihres Gesanges entgegenstellt, in leichtem Kampf, ja ohne Kampf, bloß durch die Gegenüberstellung besiegt wird, kann dazu beitragen, die Menge zu erwecken, sie zwar nicht Verständnis, aber ahnungsvollen Respekt zu lehren.

Wenn ihr aber nun das Kleine so dient, wie erst das Große. Unser Leben ist sehr unruhig, jeder Tag bringt Überraschungen, Beängstigungen, Hoffnungen und Schrecken, daß der Einzelne unmöglich dies alles ertragen könnte, hätte er nicht jederzeit bei Tag und Nacht den Rückhalt der Genossen; aber selbst so wird es oft recht schwer; manchmal zittern selbst tausend Schultern unter der Last, die eigentlich nur für einen bestimmt war. Dann hält Josefine ihre Zeit für gekommen. Schon steht sie da, das zarte Wesen, besonders unterhalb der Brust beängstigend vibrierend, es ist, als hätte sie alle ihre Kraft im Gesang versammelt, als sei allem an ihr, was nicht dem Gesange unmittelbar diene, jede Kraft, fast jede Lebensmöglichkeit entzogen, als sei sie entblößt, preisgegeben, nur dem Schutze guter Geister überantwortet, als könne sie, während sie so, sich völlig entzogen, im Gesange wohnt, ein kalter Hauch im Vorüberwehn töten. Aber gerade bei solchem Anblick pflegen wir angeblichen Gegner uns zu sagen: »Sie kann nicht einmal pfeifen; so entsetzlich muß sie sich anstrengen, um nicht Gesang – reden wir nicht von Gesang – aber um das landesübliche Pfeifen einigermaßen sich abzuzwingen.« So scheint es uns, doch ist dies, wie erwähnt, ein zwar unvermeidlicher, aber flüchtiger, schnell vorübergehender Eindruck. Schon tauchen auch wir in das Gefühl der Menge, die warm, Leib an Leib, scheu atmend horcht.

Und um diese Menge unseres fast immer in Bewegung befindlichen, wegen oft nicht sehr klarer Zwecke hin- und herschießenden Volkes um sich zu versammeln, muß Josefine meist nichts anderes tun, als mit zurückgelegtem Köpfchen, halboffenem Mund, der Höhe zugewandten Augen jene Stellung einnehmen, die darauf hindeutet, daß sie zu singen beabsichtigt. Sie kann dies tun, wo sie will, es muß kein weithin sichtbarer Platz sein, irgendein verborgener, in zufälliger Augenblickslaune gewählter Winkel ist ebensogut brauchbar. Die Nachricht, daß sie singen will, verbreitet sich gleich, und bald zieht es in Prozessionen hin. Nun, manchmal treten doch Hindernisse ein, Josefine singt mit Vorliebe gerade in aufgeregten Zeiten, vielfache Sorgen und Nöte zwingen uns dann zu vielerlei Wegen, man kann sich beim besten Willen nicht so schnell versammeln, wie es Josefine wünscht, und sie steht dort diesmal in ihrer großen Haltung vielleicht eine Zeitlang ohne genügende Hörerzahl – dann freilich wird sie wütend, dann stampft sie mit den Füßen, flucht ganz unmädchenhaft, ja sie beißt sogar. Aber selbst ein solches Verhalten schadet ihrem Rufe nicht; statt ihre übergroßen Ansprüche ein wenig einzudämmen, strengt man sich an, ihnen zu entsprechen; es werden Boten ausgeschickt, um Hörer herbeizuholen; es wird vor ihr geheim gehalten, daß das geschieht; man sieht dann auf den Wegen im Umkreis Posten aufgestellt, die den Herankommenden zuwinken, sie möchten sich beeilen; dies alles so lange, bis dann schließlich doch eine leidliche Anzahl beisammen ist.

Was treibt das Volk dazu, sich für Josefine so zu bemühen? Eine Frage, nicht leichter zu beantworten als die nach Josefinens Gesang, mit der sie ja auch zusammenhängt. Man könnte sie streichen und gänzlich mit der zweiten Frage vereinigen, wenn sich etwa behaupten ließe, daß das Volk wegen des Gesanges Josefine bedingungslos ergeben ist. Dies ist aber eben nicht der Fall; bedingungslose Ergebenheit kennt unser Volk kaum; dieses Volk, das über alles die freilich harmlose Schlauheit liebt, das kindliche Wispern, den freilich unschuldigen, bloß die Lippen bewegenden Tratsch, ein solches Volk kann immerhin nicht bedingungslos sich hingeben, das fühlt wohl auch Josefine, das ist es, was sie bekämpft mit aller Anstrengung ihrer schwachen Kehle.

Nur darf man freilich bei solchen allgemeinen Urteilen nicht zu weit gehn, das Volk ist Josefine doch ergeben, nur nicht bedingungslos. Es wäre z. B. nicht fähig, über Josefine zu lachen. Man kann es sich eingestehn: an Josefine fordert manches zum Lachen auf; und an und für sich ist uns das Lachen immer nah; trotz allem Jammer unseres Lebens ist ein leises Lachen bei uns gewissermaßen immer zu Hause; aber über Josefine lachen wir nicht. Manchmal habe ich den Eindruck, das Volk fasse sein Verhältnis zu Josefine derart auf, daß sie, dieses zerbrechliche, schonungsbedürftige, irgendwie ausgezeichnete, ihrer Meinung nach durch Gesang ausgezeichnete Wesen ihm anvertraut sei und es müsse für sie sorgen; der Grund dessen ist niemandem klar, nur die Tatsache scheint festzustehn. Über das aber, was einem anvertraut ist, lacht man nicht; darüber zu lachen, wäre Pflichtverletzung; es ist das Äußerste an Boshaftigkeit, was die Boshaftesten unter uns Josefine zufügen, wenn sie manchmal sagen: »Das Lachen vergeht uns, wenn wir Josefine sehn.«

So sorgt also das Volk für Josefine in der Art eines Vaters, der sich eines Kindes annimmt, das sein Händchen – man weiß nicht recht, ob bittend oder fordernd – nach ihm ausstreckt. Man sollte meinen, unser Volk tauge nicht zur Erfüllung solcher väterlicher Pflichten, aber in Wirklichkeit versieht es sie, wenigstens in diesem Falle, musterhaft; kein Einzelner könnte es, was in dieser Hinsicht das Volk als Ganzes zu tun imstande ist. Freilich, der Kraftunterschied zwischen dem Volk und dem Einzelnen ist so ungeheuer, es genügt, daß es den Schützling in die Wärme seiner Nähe zieht, und er ist beschützt genug. Zu Josefine wagt man allerdings von solchen Dingen nicht zu reden. »Ich pfeife auf eueren Schutz«, sagt sie dann. »Ja, ja, du pfeifst«, denken wir. Und außerdem ist es wahrhaftig keine Widerlegung, wenn sie rebelliert, vielmehr ist das durchaus Kindesart und Kindesdankbarkeit, und Art des Vaters ist es, sich nicht daran zu kehren.

Nun spricht aber doch noch anderes mit herein, das schwerer aus diesem Verhältnis zwischen Volk und Josefine zu erklären ist. Josefine ist nämlich der gegenteiligen Meinung, sie glaubt, sie sei es, die das Volk beschütze. Aus schlimmer politischer oder wirtschaftlicher Lage rettet uns angeblich ihr Gesang, nichts weniger als das bringt er zuwege, und wenn er das Unglück nicht vertreibt, so gibt er uns wenigstens die Kraft, es zu ertragen. Sie spricht es nicht so aus und auch nicht anders, sie spricht überhaupt wenig, sie ist schweigsam unter den Plappermäulern, aber aus ihren Augen blitzt es, von ihrem geschlossenen Mund – bei uns können nur wenige den Mund geschlossen halten, sie kann es – ist es abzulesen. Bei jeder schlechten Nachricht – und an manchen Tagen überrennen sie einander, falsche und halbrichtige darunter – erhebt sie sich sofort, während es sie sonst müde zu Boden zieht, erhebt sich und streckt den Hals und sucht den Überblick über ihre Herde wie der Hirt vor dem Gewitter. Gewiß, auch Kinder stellen ähnliche Forderungen in ihrer wilden, unbeherrschten Art, aber bei Josefine sind sie doch nicht so unbegründet wie bei jenen. Freilich, sie rettet uns nicht und gibt uns keine Kräfte, es ist leicht, sich als Retter dieses Volkes aufzuspielen, das leidensgewohnt, sich nicht schonend, schnell in Entschlüssen, den Tod wohl kennend, nur dem Anscheine nach ängstlich in der Atmosphäre von Tollkühnheit, in der es ständig lebt, und überdies ebenso fruchtbar wie wagemutig – es ist leicht, sage ich, sich nachträglich als Retter dieses Volkes aufzuspielen, das sich noch immer irgendwie selbst gerettet hat, sei es auch unter Opfern, über die der Geschichtsforscher – im allgemeinen vernachlässigen wir Geschichtsforschung gänzlich – vor Schrecken erstarrt. Und doch ist es wahr, daß wir gerade in Notlagen noch besser als sonst auf Josefinens Stimme horchen. Die Drohungen, die über uns stehen, machen uns stiller, bescheidener, für Josefinens Befehlshaberei gefügiger; gern kommen wir zusammen, gern drängen wir uns aneinander, besonders weil es bei einem Anlaß geschieht, der ganz abseits liegt von der quälenden Hauptsache; es ist, als tränken wir noch schnell – ja, Eile ist nötig, das vergißt Josefine allzuoft – gemeinsam einen Becher des Friedens vor dem Kampf. Es ist nicht so sehr eine Gesangsvorführung als vielmehr eine Volksversammlung, und zwar eine Versammlung, bei der es bis auf das kleine Pfeifen vorne völlig still ist; viel zu ernst ist die Stunde, als daß man sie verschwätzen wollte.

Ein solches Verhältnis könnte nun freilich Josefine gar nicht befriedigen. Trotz all ihres nervösen Mißbehagens, welches Josefine wegen ihrer niemals ganz geklärten Stellung erfüllt, sieht sie doch, verblendet von ihrem Selbstbewußtsein, manches nicht und kann ohne große Anstrengung dazu gebracht werden, noch viel mehr zu übersehen, ein Schwarm von Schmeichlern ist in diesem Sinne, also eigentlich in einem allgemein nützlichen Sinne, immerfort tätig, – aber nur nebenbei, unbeachtet, im Winkel einer Volksversammlung zu singen, dafür würde sie, trotzdem es an sich gar nicht wenig wäre, ihren Gesang gewiß nicht opfern.

Aber sie muß es auch nicht, denn ihre Kunst bleibt nicht unbeachtet. Trotzdem wir im Grunde mit ganz anderen Dingen beschäftigt sind und die Stille durchaus nicht nur dem Gesange zuliebe herrscht und mancher gar nicht aufschaut, sondern das Gesicht in den Pelz des Nachbars drückt und Josefine also dort oben sich vergeblich abzumühen scheint, dringt doch – das ist nicht zu leugnen – etwas von ihrem Pfeifen unweigerlich auch zu uns. Dieses Pfeifen, das sich erhebt, wo allen anderen Schweigen auferlegt ist, kommt fast wie eine Botschaft des Volkes zu dem Einzelnen; das dünne Pfeifen Josefinens mitten in den schweren Entscheidungen ist fast wie die armselige Existenz unseres Volkes mitten im Tumult der feindlichen Welt. Josefine behauptet sich, dieses Nichts an Stimme, dieses Nichts an Leistung behauptet sich und schafft sich den Weg zu uns, es tut wohl, daran zu denken. Einen wirklichen Gesangskünstler, wenn einer einmal sich unter uns finden sollte, würden wir in solcher Zeit gewiß nicht ertragen und die Unsinnigkeit einer solchen Vorführung einmütig abweisen. Möge Josefine beschützt werden vor der Erkenntnis, daß die Tatsache, daß wir ihr zuhören, ein Beweis gegen ihren Gesang ist. Eine Ahnung dessen hat sie wohl, warum würde sie sonst so leidenschaftlich leugnen, daß wir ihr zuhören, aber immer wieder singt sie, pfeift sie sich über diese Ahnung hinweg.

Aber es gäbe auch sonst noch immer einen Trost für sie: wir hören ihr doch auch gewissermaßen wirklich zu, wahrscheinlich ähnlich, wie man einem Gesangskünstler zuhört; sie erreicht Wirkungen, die ein Gesangskünstler vergeblich bei uns anstreben würde und die nur gerade ihren unzureichenden Mitteln verliehen sind. Dies hängt wohl hauptsächlich mit unserer Lebensweise zusammen.

In unserem Volke kennt man keine Jugend, kaum eine winzige Kinderzeit. Es treten zwar regelmäßig Forderungen auf, man möge den Kindern eine besondere Freiheit, eine besondere Schonung gewährleisten, ihr Recht auf ein wenig Sorglosigkeit, ein wenig sinnloses Sichherumtummeln, auf ein wenig Spiel, dieses Recht möge man anerkennen und ihm zur Erfüllung verhelfen; solche Forderungen treten auf und fast jedermann billigt sie, es gibt nichts, was mehr zu billigen wäre, aber es gibt auch nichts, was in der Wirklichkeit unseres Lebens weniger zugestanden werden könnte, man billigt die Forderungen, man macht Versuche in ihrem Sinn, aber bald ist wieder alles beim Alten. Unser Leben ist eben derart, daß ein Kind, sobald es nur ein wenig läuft und die Umwelt ein wenig unterscheiden kann, ebenso für sich sorgen muß wie ein Erwachsener; die Gebiete, auf denen wir aus wirtschaftlichen Rücksichten zerstreut leben müssen, sind zu groß, unserer Feinde sind zu viele, die uns überall bereiteten Gefahren zu unberechenbar – wir können die Kinder vom Existenzkampfe nicht fernhalten, täten wir es, es wäre ihr vorzeitiges Ende. Zu diesen traurigen Gründen kommt freilich auch ein erhebender: die Fruchtbarkeit unseres Stammes. Eine Generation – und jede ist zahlreich – drängt die andere, die Kinder haben nicht Zeit, Kinder zu sein. Mögen bei anderen Völkern die Kinder sorgfältig gepflegt werden, mögen dort Schulen für die Kleinen errichtet sein, mögen dort aus diesen Schulen täglich die Kinder strömen, die Zukunft des Volkes, so sind es doch immer lange Zeit Tag für Tag die gleichen Kinder, die dort hervorkommen. Wir haben keine Schulen, aber aus unserem Volke strömen in allerkürzesten Zwischenräumen die unübersehbaren Scharen unserer Kinder, fröhlich zischend oder piepsend, solange sie noch nicht pfeifen können, sich wälzend oder kraft des Druckes weiterrollend, solange sie noch nicht laufen können, täppisch durch ihre Masse alles mit sich fortreißend, solange sie noch nicht sehen können, unsere Kinder! Und nicht wie in jenen Schulen die gleichen Kinder, nein, immer, immer wieder neue, ohne Ende, ohne Unterbrechung, kaum erscheint ein Kind, ist es nicht mehr Kind, aber schon drängen hinter ihm die neuen Kindergesichter ununterscheidbar in ihrer Menge und Eile, rosig vor Glück. Freilich, wie schön dies auch sein mag und wie sehr uns andere darum auch mit Recht beneiden mögen, eine wirkliche Kinderzeit können wir eben unseren Kindern nicht geben. Und das hat seine Folgewirkungen. Eine gewisse unerstorbene, unausrottbare Kindlichkeit durchdringt unser Volk; im geraden Widerspruch zu unserem Besten, dem untrüglichen praktischen Verstande, handeln wir manchmal ganz und gar töricht, und zwar eben in der Art, wie Kinder töricht handeln, sinnlos, verschwenderisch, großzügig, leichtsinnig und dies alles oft einem kleinen Spaß zuliebe. Und wenn unsere Freude darüber natürlich nicht mehr die volle Kraft der Kinderfreude haben kann, etwas von dieser lebt darin noch gewiß. Von dieser Kindlichkeit unseres Volkes profitiert seit jeher auch Josefine.

Aber unser Volk ist nicht nur kindlich, es ist gewissermaßen auch vorzeitig alt, Kindheit und Alter machen sich bei uns anders als bei anderen. Wir haben keine Jugend, wir sind gleich Erwachsene, und Erwachsene sind wir dann zu lange, eine gewisse Müdigkeit und Hoffnungslosigkeit durchzieht von da aus mit breiter Spur das im ganzen doch so zähe und hoffnungsstarke Wesen unseres Volkes. Damit hängt wohl auch unsere Unmusikalität zusammen; wir sind zu alt für Musik, ihre Erregung, ihr Aufschwung paßt nicht für unsere Schwere, müde winken wir ihr ab; wir haben uns auf das Pfeifen zurückgezogen; ein wenig Pfeifen hie und da, das ist das Richtige für uns. Wer weiß, ob es nicht Musiktalente unter uns gibt; wenn es sie aber gäbe, der Charakter der Volksgenossen müßte sie noch vor ihrer Entfaltung unterdrücken. Dagegen mag Josefine nach ihrem Belieben pfeifen oder singen oder wie sie es nennen will, das stört uns nicht, das entspricht uns, das können wir wohl vertragen; wenn darin etwas von Musik enthalten sein sollte, so ist es auf die möglichste Nichtigkeit reduziert; eine gewisse Musiktradition wird gewahrt, aber ohne daß uns dies im geringsten beschweren würde.

Aber Josefine bringt diesem so gestimmten Volke noch mehr. Bei ihren Konzerten, besonders in ernster Zeit, haben nur noch die ganz Jungen Interesse an der Sängerin als solcher, nur sie sehen mit Staunen zu, wie sie ihre Lippen kräuselt, zwischen den niedlichen Vorderzähnen die Luft ausstößt, in Bewunderung der Töne, die sie selbst hervorbringt, erstirbt und dieses Hinsinken benützt, um sich zu neuer, ihr immer unverständlicher werdender Leistung anzufeuern, aber die eigentliche Menge hat sich – das ist deutlich zu erkennen – auf sich selbst zurückgezogen. Hier in den dürftigen Pausen zwischen den Kämpfen träumt das Volk, es ist, als lösten sich dem Einzelnen die Glieder, als dürfte sich der Ruhelose einmal nach seiner Lust im großen warmen Bett des Volkes dehnen und strecken. Und in diese Träume klingt hie und da Josefinens Pfeifen; sie nennt es perlend, wir nennen es stoßend; aber jedenfalls ist es hier an seinem Platze, wie nirgends sonst, wie Musik kaum jemals den auf sie wartenden Augenblick findet. Etwas von der armen kurzen Kindheit ist darin, etwas von verlorenem, nie wieder aufzufindendem Glück, aber auch etwas vom tätigen heutigen Leben ist darin, von seiner kleinen, unbegreiflichen und dennoch bestehenden und nicht zu ertötenden Munterkeit. Und dies alles ist wahrhaftig nicht mit großen Tönen gesagt, sondern leicht, flüsternd, vertraulich, manchmal ein wenig heiser. Natürlich ist es ein Pfeifen. Wie denn nicht? Pfeifen ist die Sprache unseres Volkes, nur pfeift mancher sein Leben lang und weiß es nicht, hier aber ist das Pfeifen freigemacht von den Fesseln des täglichen Lebens und befreit auch uns für eine kurze Weile. Gewiß, diese Vorführungen wollten wir nicht missen.

Aber von da bis zu Josefinens Behauptung, sie gebe uns in solchen Zeiten neue Kräfte usw. usw., ist noch ein sehr weiter Weg. Für gewöhnliche Leute allerdings, nicht für Josefinens Schmeichler. »Wie könnte es anders sein« – sagen sie in recht unbefangener Keckheit – »wie könnte man anders den großen Zulauf, besonders unter unmittelbar drängender Gefahr, erklären, der schon manchmal sogar die genügende, rechtzeitige Abwehr eben dieser Gefahr verhindert hat.« Nun, dies letztere ist leider richtig, gehört aber doch nicht zu den Ruhmestiteln Josefinens, besonders wenn man hinzufügt, daß, wenn solche Versammlungen unerwartet vom Feind gesprengt wurden, und mancher der unserigen dabei sein Leben lassen mußte, Josefine, die alles verschuldet, ja, durch ihr Pfeifen den Feind vielleicht angelockt hatte, immer im Besitz des sichersten Plätzchens war und unter dem Schutze ihres Anhanges sehr still und eiligst als erste verschwand. Aber auch dieses wissen im Grunde alle, und dennoch eilen sie wieder hin, wenn Josefine nächstens nach ihrem Belieben irgendwo, irgendwann zum Gesange sich erhebt. Daraus könnte man schließen, daß Josefine fast außerhalb des Gesetzes steht, daß sie tun darf, was sie will, selbst wenn es die Gesamtheit gefährdet, und daß ihr alles verziehen wird. Wenn dies so wäre, dann wären auch Josefinens Ansprüche völlig verständlich, ja, man könnte gewissermaßen in dieser Freiheit, die ihr das Volk geben würde, in diesem außerordentlichen, niemand sonst gewährten, die Gesetze eigentlich widerlegenden Geschenk ein Eingeständnis dessen sehen, daß das Volk Josefine, wie sie es behauptet, nicht versteht, ohnmächtig ihre Kunst anstaunt, sich ihrer nicht würdig fühlt, dieses Leid, das es Josefine tut, durch eine geradezu verzweifelte Leistung auszugleichen strebt und, so wie ihre Kunst außerhalb seines Fassungsvermögens ist, auch ihre Person und deren Wünsche außerhalb seiner Befehlsgewalt stellt. Nun, das ist allerdings ganz und gar nicht richtig, vielleicht kapituliert im einzelnen das Volk zu schnell vor Josefine, aber wie es bedingungslos vor niemandem kapituliert, also auch nicht vor ihr.

Schon seit langer Zeit, vielleicht schon seit Beginn ihrer Künstlerlaufbahn, kämpft Josefine darum, daß sie mit Rücksicht auf ihren Gesang von jeder Arbeit befreit werde; man solle ihr also die Sorge um das tägliche Brot und alles, was sonst mit unserem Existenzkampf verbunden ist, abnehmen und es – wahrscheinlich – auf das Volk als

Ganzes überwälzen. Ein schnell Begeisterter – es fanden sich auch solche – könnte schon allein aus der Sonderbarkeit dieser Forderung, aus der Geistesverfassung, die eine solche Forderung auszudenken imstande ist, auf deren innere Berechtigung schließen. Unser Volk zieht aber andere Schlüsse, und lehnt ruhig die Forderung ab. Es müht sich auch mit der Widerlegung der Gesuchsbegründung nicht sehr ab. Josefine weist z. B. darauf hin, daß die Anstrengung bei der Arbeit ihrer Stimme schade, daß zwar die Anstrengung bei der Arbeit gering sei im Vergleich zu jener beim Gesang, daß sie ihr aber doch die Möglichkeit nehme, nach dem Gesang sich genügend auszuruhen und für neuen Gesang sich zu stärken, sie müsse sich dabei gänzlich erschöpfen und könne trotzdem unter diesen Umständen ihre Höchstleistung niemals erreichen. Das Volk hört sie an und geht darüber hinweg. Dieses so leicht zu rührende Volk ist manchmal gar nicht zu rühren. Die Abweisung ist manchmal so hart, daß selbst Josefine stutzt, sie scheint sich zu fügen, arbeitet wie sichs gehört, singt so gut sie kann, aber das alles nur eine Weile, dann nimmt sie den Kampf mit neuen Kräften – dafür scheint sie unbeschränkt viele zu haben – wieder auf.

Nun ist es ja klar, daß Josefine nicht eigentlich das anstrebt, was sie wörtlich verlangt. Sie ist vernünftig, sie scheut die Arbeit nicht, wie ja Arbeitsscheu überhaupt bei uns unbekannt ist, sie würde auch nach Bewilligung ihrer Forderung gewiß nicht anders leben als früher, die Arbeit würde ihrem Gesang gar nicht im Wege stehn, und der Gesang allerdings würde auch nicht schöner werden – was sie anstrebt, ist also nur die öffentliche, eindeutige, die Zeiten überdauernde, über alles bisher Bekannte sich weit erhebende Anerkennung ihrer Kunst. Während ihr aber fast alles andere erreichbar scheint, versagt sich ihr dieses hartnäckig. Vielleicht hätte sie den Angriff gleich anfangs in andere Richtung lenken sollen, vielleicht sieht sie jetzt selbst den Fehler ein, aber nun kann sie nicht mehr zurück, ein Zurückgehen hieße sich selbst untreu werden, nun muß sie schon mit dieser Forderung stehen oder fallen.

Hätte sie wirklich Feinde, wie sie sagt, sie könnten diesem Kampfe, ohne selbst den Finger rühren zu müssen, belustigt zusehen.

Aber sie hat keine Feinde, und selbst wenn mancher hie und da Einwände gegen sie hat, dieser Kampf belustigt niemanden. Schon deshalb nicht, weil sich hier das Volk in seiner kalten richterlichen Haltung zeigt, wie man es sonst bei uns nur sehr selten sieht. Und wenn einer auch diese Haltung in diesem Falle billigen mag, so schließt doch die bloße Vorstellung, daß sich einmal das Volk ähnlich gegen ihn selbst verhalten könnte, jede Freude aus. Es handelt sich eben auch bei der Abweisung, ähnlich wie bei der Forderung, nicht um die Sache selbst, sondern darum, daß sich das Volk gegen einen Volksgenossen derart undurchdringlich abschließen kann und um so undurchdringlicher, als es sonst für eben diesen Genossen väterlich und mehr als väterlich, demütig sorgt.

Stünde hier an Stelle des Volkes ein Einzelner: man könnte glauben, dieser Mann habe die ganze Zeit über Josefine nachgegeben unter dem fortwährenden brennenden Verlangen endlich der Nachgiebigkeit ein Ende zu machen; er habe übermenschlich viel nachgegeben im festen Glauben, daß das Nachgeben trotzdem seine richtige Grenze finden werde; ja, er habe mehr nachgegeben als nötig war, nur um die Sache zu beschleunigen, nur, um Josefine zu verwöhnen und zu immer neuen Wünschen zu treiben, bis sie dann wirklich diese letzte Forderung erhob; da habe er nun freilich, kurz, weil längst vorbereitet, die endgültige Abweisung vorgenommen. Nun, so verhält es sich ganz gewiß nicht, das Volk braucht solche Listen nicht, außerdem ist seine Verehrung für Josefine aufrichtig und erprobt und Josefinens Forderung ist allerdings so stark, daß jedes unbefangene Kind ihr den Ausgang hätte voraussagen können; trotzdem mag es sein, daß in der Auffassung, die Josefine von der Sache hat, auch solche Vermutungen mitspielen und dem Schmerz der Abgewiesenen eine Bitternis hinzufügen.

Aber mag sie auch solche Vermutungen haben, vom Kampf abschrecken läßt sie sich dadurch nicht. In letzter Zeit verschärft sich sogar der Kampf, hat sie ihn bisher nur durch Worte geführt, fängt sie jetzt an, andere Mittel anzuwenden, die ihrer Meinung nach wirksamer, unserer Meinung nach für sie selbst gefährlicher sind.

Manche glauben, Josefine werde deshalb so dringlich, weil sie sich alt werden fühle, die Stimme Schwächen zeige, und es ihr daher höchste Zeit zu sein scheine, den letzten Kampf um ihre Anerkennung zu führen. Ich glaube daran nicht. Josefine wäre nicht Josefine, wenn dies wahr wäre. Für sie gibt es kein Altern und keine Schwächen ihrer Stimme. Wenn sie etwas fordert, so wird sie nicht durch äußere Dinge, sondern durch innere Folgerichtigkeit dazu gebracht. Sie greift nach dem höchsten Kranz, nicht, weil er im Augenblick gerade ein wenig tiefer hängt, sondern weil es der höchste ist; wäre es in ihrer Macht, sie würde ihn noch höher hängen.

Diese Mißachtung äußerer Schwierigkeiten hindert sie allerdings nicht, die unwürdigsten Mittel anzuwenden. Ihr Recht steht ihr außer Zweifel; was liegt also daran, wie sie es erreicht; besonders da doch in dieser Welt, so wie sie sich ihr darstellt, gerade die würdigen Mittel versagen müssen. Vielleicht hat sie sogar deshalb den Kampf um ihr Recht aus dem Gebiet des Gesanges auf ein anderes ihr wenig teures verlegt. Ihr Anhang hat Aussprüche von ihr in Umlauf gebracht, nach denen sie sich durchaus fähig fühlt, so zu singen, daß es dem Volk in allen seinen Schichten bis in die versteckteste Opposition hinein eine wirkliche Lust wäre, wirkliche Lust nicht im Sinne des Volkes, welches ja behauptet, diese Lust seit jeher bei Josefinens Gesang zu fühlen, sondern Lust im Sinne von Josefinens Verlangen. Aber, fügt sie hinzu, da sie das Hohe nicht fälschen und dem Gemeinen nicht schmeicheln könne, müsse es eben bleiben, wie es sei. Anders aber ist es bei ihrem Kampf um die Arbeitsbefreiung, zwar ist es auch ein Kampf um ihren Gesang, aber hier kämpft sie nicht unmittelbar mit der kostbaren Waffe des Gesanges, jedes Mittel, das sie anwendet, ist daher gut genug.

So wurde z. B. das Gerücht verbreitet, Josefine beabsichtige, wenn man ihr nicht nachgebe, die Koloraturen zu kürzen. Ich weiß nichts von Koloraturen, habe in ihrem Gesange niemals etwas von Koloraturen bemerkt. Josefine aber will die Koloraturen kürzen, vorläufig nicht beseitigen, sondern nur kürzen. Sie hat angeblich ihre Drohung wahr gemacht, mir allerdings ist kein Unterschied gegenüber ihren früheren Vorführungen aufgefallen. Das Volk als Ganzes hat zugehört wie immer, ohne sich über die Koloraturen zu äußern, und auch die

Behandlung von Josefinens Forderung hat sich nicht geändert. Übrigens hat Josefine, wie in ihrer Gestalt, unleugbar auch in ihrem Denken manchmal etwas recht Graziöses. So hat sie z. B. nach jener Vorführung, so als sei ihr Entschluß hinsichtlich der Koloraturen gegenüber dem Volk zu hart oder zu plötzlich gewesen, erklärt, nächstens werde sie die Koloraturen doch wieder vollständig singen. Aber nach dem nächsten Konzert besann sie sich wieder anders, nun sei es endgültig zu Ende mit den großen Koloraturen, und vor einer für Josefine günstigen Entscheidung kämen sie nicht wieder. Nun, das Volk hört über alle diese Erklärungen, Entschlüsse und Entschlußänderungen hinweg, wie ein Erwachsener in Gedanken über das Plaudern eines Kindes hinweghört, grundsätzlich wohlwollend, aber unerreichbar.

Josefine aber gibt nicht nach. So behauptete sie z. B. neulich, sie habe sich bei der Arbeit eine Fußverletzung zugezogen, die ihr das Stehen während des Gesanges beschwerlich mache; da sie aber nur stehend singen könne, müsse sie jetzt sogar die Gesänge kürzen. Trotzdem sie hinkt und sich von ihrem Anhang stützen läßt, glaubt niemand an eine wirkliche Verletzung. Selbst die besondere Empfindlichkeit ihres Körperchens zugegeben, sind wir doch ein Arbeitsvolk und auch Josefine gehört zu ihm; wenn wir aber wegen jeder Hautabschürfung hinken wollten, dürfte das ganze Volk mit Hinken gar nicht aufhören. Aber mag sie sich wie eine Lahme führen lassen, mag sie sich in diesem bedauernswerten Zustand öfters zeigen als sonst, das Volk hört ihren Gesang dankbar und entzückt wie früher, aber wegen der Kürzung macht es nicht viel Aufhebens.

Da sie nicht immerfort hinken kann, erfindet sie etwas anderes, sie schützt Müdigkeit vor, Mißstimmung, Schwäche. Wir haben nun außer dem Konzert auch ein Schauspiel. Wir sehen hinter Josefine ihren Anhang, wie er sie bittet und beschwört zu singen. Sie wollte gern, aber sie kann nicht. Man tröstet sie, umschmeichelt sie, trägt sie fast auf den schon vorher ausgesuchten Platz, wo sie singen soll. Endlich gibt sie mit undeutbaren Tränen nach, aber wie sie mit offenbar letztem Willen zu singen anfangen will, matt, die Arme nicht wie sonst ausgebreitet, sondern am Körper leblos herunterhängend, wobei man den Eindruck erhält, daß sie vielleicht ein wenig zu kurz sind

– wie sie so anstimmen will, nun, da geht es doch wieder nicht, ein unwilliger Ruck des Kopfes zeigt es an und sie sinkt vor unseren Augen zusammen. Dann allerdings rafft sie sich doch wieder auf und singt, ich glaube, nicht viel anders als sonst, vielleicht wenn man für feinste Nuancen das Ohr hat, hört man ein wenig außergewöhnliche Erregung heraus, die der Sache aber nur zugute kommt. Und am Ende ist sie sogar weniger müde als vorher, mit festem Gang, soweit man ihr huschendes Trippeln so nennen kann, entfernt sie sich, jede Hilfe des Anhangs ablehnend und mit kalten Blicken die ihr ehrfurchtsvoll ausweichende Menge prüfend.

So war es letzthin, das Neueste aber ist, daß sie zu einer Zeit, wo ihr Gesang erwartet wurde, verschwunden war. Nicht nur der Anhang sucht sie, viele stellen sich in den Dienst des Suchens, es ist vergeblich; Josefine ist verschwunden, sie will nicht singen, sie will nicht einmal darum gebeten werden, sie hat uns diesmal völlig verlassen.

Sonderbar, wie falsch sie rechnet, die Kluge, so falsch, daß man glauben sollte, sie rechne gar nicht, sondern werde nur weiter getrieben von ihrem Schicksal, das in unserer Welt nur ein sehr trauriges werden kann. Selbst entzieht sie sich dem Gesang, selbst zerstört sie die Macht, die sie über die Gemüter erworben hat. Wie konnte sie nur diese Macht erwerben, da sie diese Gemüter so wenig kennt. Sie versteckt sich und singt nicht, aber das Volk, ruhig, ohne sichtbare Enttäuschung, herrisch, eine in sich ruhende Masse, die förmlich, auch wenn der Anschein dagegen spricht, Geschenke nur geben, niemals empfangen kann, auch von Josefine nicht, dieses Volk zieht weiter seines Weges.

Mit Josefine aber muß es abwärts gehn. Bald wird die Zeit kommen, wo ihr letzter Pfiff ertönt und verstummt. Sie ist eine kleine Episode in der ewigen Geschichte unseres Volkes und das Volk wird den Verlust überwinden. Leicht wird es uns ja nicht werden; wie werden die Versammlungen in völliger Stummheit möglich sein? Freilich, waren sie nicht auch mit Josefine stumm? War ihr wirkliches Pfeifen nennenswert lauter und lebendiger, als die Erinnerung daran sein wird? War es denn noch bei ihren Lebzeiten mehr als eine bloße Erinnerung? Hat nicht vielmehr das Volk in seiner Weisheit Josefinens Gesang, eben deshalb, weil er in dieser Art unverlierbar war, so hoch gestellt?

Vielleicht werden wir also gar nicht sehr viel entbehren, Josefine aber, erlöst von der irdischen Plage, die aber ihrer Meinung nach Auserwählten bereitet ist, wird fröhlich sich verlieren in der zahllosen Menge der Helden unseres Volkes, und bald, da wir keine Geschichte treiben, in gesteigerter Erlösung vergessen sein wie alle ihre Brüder.

Aus den Romanen

Der Proceß
[Im Dom]

K. bekam den Auftrag, einem italienischen Geschäftsfreund der Bank, der für sie sehr wichtig war und sich zum ersten Mal in dieser Stadt aufhielt, einige Kunstdenkmäler zu zeigen. Es war ein Auftrag, den er zu anderer Zeit gewiß für ehrend gehalten hätte, den er aber jetzt, da er nur mit großer Anstrengung sein Ansehen in der Bank noch wahren konnte, widerwillig übernahm. Jede Stunde, die er dem Bureau entzogen wurde machte ihm Kummer; er konnte zwar die Bureauzeit beiweitem nicht mehr so ausnützen wie früher, er brachte manche Stunden nur unter dem notdürftigsten Anschein wirklicher Arbeit hin, aber desto größer waren seine Sorgen, wenn er nicht im Bureau war. Er glaubte dann zu sehn, wie der Direktor-Stellvertreter, der ja immer auf der Lauer gewesen war, von Zeit zu Zeit in sein Bureau kam, sich an seinen Schreibtisch setzte, seine Schriftstücke durchsuchte, Parteien, mit denen K. seit Jahren fast befreundet gewesen war, empfieng und ihm abspenstig machte, ja vielleicht sogar Fehler aufdeckte, von denen sich K. während der Arbeit jetzt immer aus tausend Richtungen bedroht sah und die er nicht mehr vermeiden konnte. Wurde er daher einmal sei es in noch so auszeichnender Weise zu einem Geschäftsweg oder gar zu einer kleinen Reise beauftragt – solche Aufträge hatten sich in der letzten Zeit ganz zufällig gehäuft – dann lag immerhin die Vermutung nahe, daß man ihn für ein Weilchen aus dem Bureau entfernen und seine Arbeit überprüfen wolle oder wenigstens daß man ihn im Bureau für leicht entbehrlich halte. Die meisten dieser Aufträge hätte er ohne Schwierigkeit ablehnen können, aber er wagte es nicht, denn, wenn seine Befürchtung auch nur im geringsten begründet war, bedeutete die Ablehnung des Auftrags Geständnis seiner Angst. Aus diesem Grunde nahm er solche Aufträge scheinbar gleichmütig hin und verschwieg sogar, als er eine anstrengende zweitägige Geschäftsreise machen sollte, eine ernstliche Verkühlung, um sich nur nicht der Gefahr auszusetzen, mit

Berufung auf das gerade herrschende regnerische Herbstwetter von der Reise abgehalten zu werden. Als er von dieser Reise mit wütenden Kopfschmerzen zurückkehrte, erfuhr er, daß er dazu bestimmt sei, am nächsten Tag den italienischen Geschäftsfreund zu begleiten. Die Verlockung, sich wenigstens dieses eine Mal zu weigern, war sehr groß, vor allem war das was man ihm hier zugedacht hatte, keine unmittelbar mit dem Geschäft zusammenhängende Arbeit, die Erfüllung dieser gesellschaftlichen Pflicht gegenüber dem Geschäftsfreund war an sich zweifellos wichtig genug, nur nicht für K., der wohl wußte, daß er sich nur durch Arbeitserfolge erhalten könne und daß es, wenn ihm das nicht gelingen würde, vollständig wertlos war, wenn er diesen Italiener unerwarteter Weise sogar bezaubern sollte; er wollte nicht einmal für einen Tag aus dem Bereich der Arbeit geschoben werden, denn die Furcht nicht mehr zurückgelassen zu werden, war zu groß, eine Furcht, die er sehr genau als übertrieben erkannte, die ihn aber doch beengte. In diesem Fall allerdings war es fast unmöglich einen annehmbaren Einwand zu erfinden, K.'s Kenntnis des Italienischen war zwar nicht sehr groß, aber immerhin genügend; das Entscheidende aber war, daß K. aus früherer Zeit einige kunsthistorische Kenntnisse besaß, was in äußerst übertriebener Weise dadurch in der Bank bekannt geworden war, daß K. eine Zeitlang, übrigens auch nur aus geschäftlichen Gründen, Mitglied des Vereins zur Erhaltung der städtischen Kunstdenkmäler gewesen war. Nun war aber der Italiener, wie man gerüchtweise erfahren hatte, ein Kunstliebhaber und die Wahl K.'s zu seinem Begleiter war daher selbstverständlich.

Es war ein sehr regnerischer stürmischer Morgen, als K. voll Ärger über den Tag der ihm bevorstand schon um sieben Uhr ins Bureau kam, um wenigstens einige Arbeit noch fertigzubringen, ehe der Besuch ihn allem entziehen würde. Er war sehr müde, denn er hatte die halbe Nacht mit dem Studium einer italienischen Grammatik verbracht, um sich ein wenig vorzubereiten, das Fenster an dem er in der letzten Zeit viel zu oft zu sitzen pflegte, lockte ihn mehr als der Schreibtisch, aber er widerstand und setzte sich zur Arbeit. Leider trat gerade der Diener ein und meldete, der Herr Direktor habe ihn geschickt, um nachzusehn, ob der Herr Prokurist schon hier sei; sei er hier, dann möge er so freundlich sein und ins Empfangszimmer hinüberkommen, der Herr aus Italien sei schon da. »Ich komme schon«, sagte K., steckte ein kleines Wörterbuch in die Tasche, nahm ein Album der städtischen Sehenswürdigkeiten, das er für den Fremden vorbereitet hatte unter den Arm, und gieng durch das Bureau des Direktor-Stellvertreters in das Direktionszimmer. Er war glücklich darüber, so früh ins Bureau gekommen zu sein und sofort zur Verfügung stehn zu können, was wohl niemand ernstlich erwartet hatte. Das Bureau des Direktor-Stellvertreters war natürlich noch leer, wie in tiefer Nacht, wahrscheinlich hatte der Diener auch ihn ins Empfangszimmer berufen sollen, es war aber erfolglos gewesen. Als K. ins Empfangszimmer eintrat erhoben sich die zwei Herren aus den tiefen Fauteuils. Der Direktor lächelte freundlich, offenbar war er sehr erfreut über K.'s Kommen, er besorgte sofort die Vorstellung, der Italiener schüttelte K. kräftig die Hand und nannte lachend irgendjemanden einen Frühaufsteher, K. verstand nicht genau wen er meinte, es war überdies ein sonderbares Wort, dessen Sinn K. erst nach einem Weilchen erriet. Er antwortete mit einigen glatten Sätzen, die der Italiener wieder lachend hinnahm, wobei er mehrmals mit nervöser Hand über seinen graublauen buschigen Schnurrbart fuhr. Dieser Bart war offenbar parfümiert, man war fast versucht, sich zu nähern und zu riechen. Als sich alle gesetzt hatten und ein kleines einleitendes Gespräch begann, bemerkte K. mit großem Unbehagen, daß er den Italiener nur bruchstückweise verstand. Wenn er ganz ruhig sprach, verstand er ihn fast vollständig, das waren aber nur seltene Ausnahmen, meistens quoll förmlich ihm die Rede aus dem Mund, er schüttelte den Kopf wie vor Lust darüber. Bei solchen Reden aber verwickelte er sich regelmäßig in irgendeinen Dialekt, der für K. nichts Italienisches mehr hatte, den aber der Direktor nicht nur verstand sondern auch sprach, was K. allerdings hätte voraussehn können, denn der Italiener stammte aus Süditalien, wo auch der Direktor einige Jahre gewesen war. Jedenfalls erkannte K. daß ihm die Möglichkeit sich mit dem Italiener zu verständigen, zum größten Teil genommen war, denn auch dessen Französisch war nur schwer verständlich, auch verdeckte der Bart die Lippenbewegungen, deren Anblick vielleicht zum Verständnis geholfen hätte. K. begann viele Unannehmlichkeiten vorauszusehn, vorläufig gab er es auf, den Italiener verstehen zu wollen – in der Gegenwart des Direktors, der ihn so leicht verstand, wäre es unnötige Anstrengung gewesen – und er beschränkte sich darauf, ihn verdrießlich zu beobachten, wie er tief und doch leicht in dem Fauteuil ruhte, wie er öfters an seinem kurzen, scharf geschnittenen Röckchen zupfte und wie er einmal mit erhobenen Armen und lose in den Gelenken bewegten Händen irgendetwas darzustellen versuchte das K. nicht begreifen konnte, trotzdem er vorgebeugt die Hände nicht aus den Augen ließ. Schließlich machte sich bei K., der sonst unbeschäftigt nur mechanisch mit den Blicken dem Hin und Her der Reden folgte, die frühere Müdigkeit geltend und er ertappte sich einmal zu seinem Schrecken, glücklicherweise noch rechtzeitig, darauf, daß er in der Zerstreutheit gerade hatte aufstehen, sich umdrehn und weggehn wollen. Endlich sah der Italiener auf die Uhr und sprang auf. Nachdem er sich vom Direktor verabschiedet hatte, drängte er sich an K. undzwar so dicht, daß K. sein Fauteuil zurückschieben mußte, um sich bewegen zu können. Der Direktor, der gewiß an K.'s Augen die Not erkannte, in der er sich gegenüber diesem Italienisch befand, mischte sich in das Gespräch undzwar so klug und so zart, daß es den Anschein hatte als füge er nur kleine Ratschläge bei, während er in Wirklichkeit alles was der Italiener, unermüdlich ihm in die Rede fallend vorbrachte, in aller Kürze K. verständlich machte. K. erfuhr von ihm, daß der Italiener vorläufig noch einige Geschäfte zu besorgen habe, daß er leider auch im Ganzen nur wenig Zeit haben werde, daß er auch keinesfalls beabsichtige in Eile alle Sehenswürdigkeiten abzulaufen, daß er sich vielmehr – allerdings nur wenn K. zustimme, bei ihm allein liege die Entscheidung – entschlossen habe nur den Dom, diesen aber gründlich zu besichtigen. Er freue sich ungemein diese Besichtigung in Begleitung eines so gelehrten und liebenswürdigen Mannes – damit war K. gemeint, der mit nichts anderem beschäftigt war, als den Italiener zu überhören und die Worte des Direktors schnell aufzufassen – vornehmen zu können und er bitte ihn, wenn ihm die Stunde gelegen sei, in zwei Stunden etwa um zehn Uhr sich im Dom einzufinden. Er selbst hoffe um diese Zeit schon bestimmt dort sein zu können. K. antwortete einiges Entsprechende, der Italiener drückte zuerst dem Direktor, dann K., dann nochmals dem Direktor die Hand und gieng von beiden gefolgt, nur noch halb ihnen zugewendet, im Reden aber noch immer nicht aussetzend, zur Tür. K. blieb dann noch ein Weilchen mit dem Direktor beisammen, der heute besonders leidend aussah. Er glaubte sich bei K. irgendwie entschuldigen zu müssen und sagte – sie standen vertraulich nahe beisammen – zuerst hätte er beabsichtigt, selbst mit dem Italiener zu gehn, dann aber – er gab keinen nähern Grund an habe er sich entschlossen, lieber K. zu schicken. Wenn er den Italiener nicht gleich im Anfang verstehe, so müsse er sich dadurch nicht verblüffen lassen, das Verständnis komme sehr rasch und wenn er auch viel überhaupt nicht verstehen sollte, so sei es auch nicht so schlimm, denn für den Italiener sei es nicht gar so wichtig verstanden zu werden. Übrigens sei K.'s Italienisch überraschend gut und er werde sich gewiß ausgezeichnet mit der Sache abfinden. Damit war K. verabschiedet. Die Zeit, die ihm noch freiblieb verbrachte er damit seltene Vokabeln, die er zur Führung im Dom benötigte, aus dem Wörterbuch herauszuschreiben. Es war eine äußerst lästige Arbeit, Diener brachten die Post, Beamte kamen mit verschiedenen Anfragen und blieben, da sie K. beschäftigt sahen, bei der Tür stehn, rührten sich aber nicht weg, bis sie K. angehört hatte, der Direktor-Stellvertreter ließ es sich nicht entgehn K. zu stören, kam öfters herein, nahm ihm das Wörterbuch aus der Hand und blätterte offenbar ganz sinnlos darin, selbst Parteien tauchten wenn sich die Türe öffnete im Halbdunkel des Vorzimmers auf und verbeugten sich zögernd, sie wollten auf sich aufmerksam machen, waren aber dessen nicht sicher ob sie gesehen wurden – das alles bewegte sich um K. als um seinen Mittelpunkt, während er selbst die Wörter die er brauchte, zusammenstellte, dann im Wörterbuch suchte, dann herausschrieb, dann sich in ihrer Aussprache übte und schließlich auswendig zu lernen versuchte. Sein früheres gutes Gedächtnis schien ihn aber ganz verlassen zu haben, manchmal wurde er auf den Italiener, der ihm diese Anstrengung verursachte, so wütend, daß er das Wörterbuch unter Papieren vergrub mit der festen Absicht sich nicht mehr vorzubereiten, dann aber sah er ein, daß er doch nicht stumm mit dem Italiener vor den Kunstwerken im Dom auf und abgehn könne und er zog mit noch größerer Wut das Wörterbuch wieder hervor.

Gerade um halb zehn als er weggehn wollte, erfolgte ein telephonischer Anruf, Leni wünschte ihm guten Morgen und fragte nach seinem Befinden, K. dankte eilig und bemerkte er könne sich jetzt unmöglich in ein Gespräch einlassen, denn er müsse in den Dom. »In den Dom?« fragte Leni. »Nun ja, in den Dom.« »Warum denn in den Dom?« fragte Leni. K. suchte es ihr in Kürze zu erklären, aber kaum hatte er damit angefangen, sagte Leni plötzlich: »Sie hetzen Dich.« Bedauern, das er nicht herausgefordert und nicht erwartet hatte, vertrug K. nicht, er verabschiedete sich mit zwei Worten, sagte aber doch, während er den Hörer an seinen Platz hängte, halb zu sich, halb zu dem fernen Mädchen, das er nicht mehr hörte: »Ja, sie hetzen mich.«

Nun war es aber schon spät, es bestand schon fast die Gefahr, daß er nicht rechtzeitig ankam. Im Automobil fuhr er hin, im letzten Augenblick hatte er sich noch an das Album erinnert, das er früh zu übergeben keine Gelegenheit gefunden hatte und das er deshalb jetzt mitnahm. Er hielt es auf seinen Knien und trommelte darauf unruhig während der ganzen Fahrt. Der Regen war schwächer geworden, aber es war feucht, kühl und dunkel, man würde im Dom wenig sehn, wohl aber würde sich dort infolge des langen Stehns auf den kalten Fliesen K.'s Verkühlung sehr verschlimmern.

Der Domplatz war ganz leer, K. erinnerte sich, daß es ihm schon als kleinem Kind aufgefallen war, daß in den Häusern dieses engen Platzes immer fast alle Fenstervorhänge herabgelassen waren. Bei dem heutigen Wetter war es allerdings verständlicher als sonst. Auch im Dom schien es leer zu sein, es fiel natürlich niemandem ein, jetzt hierherzukommen. K. durchlief beide Seitenschiffe, er traf nur ein altes Weib, das eingehüllt in ein warmes Tuch vor einem Marienbild kniete und es anblickte. Von weitem sah er dann noch einen hinkenden Diener in einer Mauertür verschwinden. K. war pünktlich gekommen, gerade bei seinem Eintritt hatte es elf geschlagen, der Italiener war aber noch nicht hier. K. gieng zum Haupteingang zurück, stand dort eine Zeitlang unentschlossen und machte dann im Regen einen Rundgang um den Dom, um nachzusehn, ob der Italiener nicht vielleicht bei irgendeinem Seiteneingang warte. Er war nirgends zu finden. Sollte der Direktor etwa die Zeitangabe mißverstanden haben? Wie konnte man auch diesen Menschen richtig verstehn. Wie es aber auch sein mochte, jedenfalls mußte K. zumindest eine halbe Stunde auf ihn warten. Da er müde war, wollte er sich setzen, er gieng wieder in den Dom, fand auf einer Stufe einen kleinen teppichartigen Fetzen, zog ihn mit der Fußspitze vor eine nahe Bank, wickelte sich fester in seinen Mantel, schlug den Kragen in die Höhe und setzte sich. Um sich zu zerstreuen schlug er das Album auf, blätterte darin ein wenig, mußte aber bald aufhören, denn es wurde so dunkel, daß er, als er aufblickte, in dem nahen Seitenschiff kaum eine Einzelheit unterscheiden konnte.

In der Ferne funkelte auf dem Hauptaltar ein großes Dreieck von Kerzenlichtern, K. hätte nicht mit Bestimmtheit sagen können, ob er sie schon früher gesehen hatte. Vielleicht waren sie erst jetzt angezündet worden. Die Kirchendiener sind berufsmäßige Schleicher, man bemerkt sie nicht. Als sich K. zufällig umdrehte, sah er nicht weit hinter sich eine hohe starke an einer Säule befestigte Kerze gleichfalls brennen. So schön das war, zur Beleuchtung der Altarbilder, die meistens in der Finsternis der Seitenaltäre hiengen, war das gänzlich unzureichend, es vermehrte vielmehr die Finsternis. Es war vom Italiener ebenso vernünftig als unhöflich gehandelt, daß er nicht gekommen war, es wäre nichts zu sehn gewesen, man hätte sich damit begnügen müssen mit K.'s elektrischer Taschenlampe einige Bilder zollweise abzusuchen. Um zu versuchen, was man davon erwarten könnte, gieng K. zu einer nahen kleinen Seitenkapelle, stieg paar Stufen bis zu einer niedrigen Marmorbrüstung und über sie vorgebeugt beleuchtete er mit der Lampe das Altarbild. Störend schwebte das ewige Licht davor. Das erste was K. sah und zum Teil erriet, war ein großer gepanzerter Ritter, der am äußersten Rande des Bildes dargestellt war. Er stützte sich auf sein Schwert, das er in den kahlen Boden vor sich – nur einige Grashalme kamen hie und da hervor – gestoßen hatte. Er schien aufmerksam einen Vorgang zu beobachten, der sich vor ihm abspielte. Es war erstaunlich, daß er so stehen blieb und sich nicht näherte. Vielleicht war er dazu bestimmt, Wache zu stehn. K., der schon lange keine Bilder gesehen hatte, betrachtete den Ritter längere Zeit, trotzdem er immerfort mit den Augen zwinkern mußte, da er das grüne Licht der Lampe nicht vertrug. Als er dann das Licht über den übrigen Teil des Bildes streichen ließ, fand er eine Grablegung Christi in gewöhnlicher Auffassung, es war übrigens ein neueres Bild. Er steckte die Lampe ein und kehrte wieder zu seinem Platz zurück.

Es war nun schon wahrscheinlich unnötig auf den Italiener zu warten, draußen war aber gewiß strömender Regen und da es hier nicht so kalt war, wie K. erwartet hatte, beschloß er vorläufig hier zu bleiben. In seiner Nachbarschaft war die große Kanzel, auf ihrem kleinen runden Dach waren halb liegend zwei leere goldene Kreuze angebracht, die sich mit ihrer äußersten Spitze überquerten. Die Außenwand der Brüstung und ihr Übergang zur tragenden Säule war von grünem Laubwerk gebildet in das kleine Engel griffen, bald lebhaft bald ruhend. K. trat vor die Kanzel und untersuchte sie von allen Seiten, die Bearbeitung des Steines war überaus sorgfältig, das tiefe Dunkel zwischen dem Laubwerk und hinter ihm schien wie eingefangen und festgehalten, K. legte seine Hand in eine solche Lücke und tastete dann den Stein vorsichtig ab, von dem Dasein dieser Kanzel hatte er bisher gar nicht gewußt. Da bemerkte er zufällig hinter der nächsten Bankreihe einen Kirchendiener, der dort in einem hängenden faltigen schwarzen Rock stand, in der linken Hand eine Schnupftabakdose hielt und ihn betrachtete. »Was will denn der Mann?« dachte K. »Bin ich ihm verdächtig? Will er ein Trinkgeld?« Als sich aber nun der Kirchendiener von K. bemerkt sah, zeigte er mit der Rechten, zwischen zwei Fingern hielt er noch eine Prise Tabak, in irgendeiner unbestimmten Richtung. Sein Benehmen war fast unverständlich, K. wartete noch ein Weilchen, aber der Kirchendiener hörte nicht auf mit der Hand etwas zu zeigen und bekräftigte es noch durch Kopfnicken. »Was will er denn?« fragte K. leise, er wagte es nicht hier zu rufen; dann aber zog er die Geldtasche und drängte sich durch die nächste Bank, um zu dem Mann zu kommen. Doch dieser machte sofort eine abwehrende Bewegung mit der Hand, zuckte die Schultern und hinkte davon. Mit einer ähnlichen Gangart wie es dieses eilige Hinken war, hatte K. als Kind das Reiten auf Pferden nachzuahmen versucht. »Ein kindischer Alter«, dachte K., »sein Verstand reicht nur noch zum Kirchendienst aus. Wie er stehn bleibt wenn ich stehe und wie er lauert, ob ich weitergehen will.« Lächelnd folgte K. dem Alten durch das ganze Seitenschiff fast bis zur Höhe des Hauptaltars, der Alte hörte nicht auf, etwas zu zeigen, aber K. drehte sich absichtlich nicht um, das Zeigen hatte keinen andern Zweck als ihn von der Spur des Alten abzubringen. Schließlich ließ er wirklich von ihm, er wollte ihn nicht zu sehr ängstigen, auch wollte er die Erscheinung, für den Fall, daß der Italiener doch noch kommen sollte, nicht ganz verscheuchen.

Als er in das Hauptschiff trat, um seinen Platz zu suchen, auf dem er das Album liegengelassen hatte, bemerkte er an einer Säule fast angrenzend an die Bänke des Altarchors eine kleine Nebenkanzel, ganz einfach aus kahlem bleichem Stein. Sie war so klein, daß sie aus der Ferne wie eine noch leere Nische erschien, die für die Aufnahme einer Statue bestimmt war. Der Prediger könnte gewiß keinen vollen Schritt von der Brüstung zurücktreten. Außerdem begann die steinerne Einwölbung der Kanzel ungewöhnlich tief und stieg zwar ohne jeden Schmuck aber derartig geschweift in die Höhe, daß ein mittelgroßer Mann dort nicht aufrecht stehn konnte, sondern sich dauernd über die Brüstung vorbeugen mußte. Das Ganze war wie zur Qual des Predigers bestimmt, es war unverständlich wozu man diese Kanzel benötigte, da man doch die andere große und so kunstvoll geschmückte zur Verfügung hatte.

K. wäre auch diese kleine Kanzel gewiß nicht aufgefallen, wenn nicht oben eine Lampe befestigt gewesen wäre, wie man sie kurz vor einer Predigt bereitzustellen pflegt. Sollte jetzt etwa eine Predigt stattfinden? In der leeren Kirche? K. sah an der Treppe hinab, die an die Säule sich anschmiegend zur Kanzel führte und so schmal war, als solle sie nicht für Menschen, sondern nur zum Schmuck der Säule dienen. Aber unten an der Kanzel, K. lächelte vor Staunen, stand wirklich der Geistliche, hielt die Hand am Geländer, bereit aufzusteigen und sah auf K. hin. Dann nickte er ganz leicht mit dem Kopf, worauf K. sich bekreuzigte und verbeugte, was er schon früher hätte tun sollen. Der Geistliche gab sich einen kleinen Aufschwung und stieg mit kurzen, schnellen Schritten die Kanzel hinauf. Sollte wirklich eine Predigt beginnen? War vielleicht der Kirchendiener doch nicht so ganz vom Verstand verlassen und hatte K. dem Prediger zutreiben wollen, was allerdings in der leeren Kirche äußerst notwendig gewesen war. Übrigens gab es ja noch irgendwo vor einem Marienbild ein altes Weib, das auch hätte kommen sollen. Und wenn es schon eine Predigt sein sollte, warum wurde sie nicht von der Orgel eingeleitet. Aber die blieb still und blinkte nur schwach aus der Finsternis ihrer großen Höhe.

K. dachte daran, ob er sich jetzt nicht eiligst entfernen sollte, wenn er es jetzt nicht tat, war keine Aussicht, daß er es während der Predigt tun könnte, er mußte dann bleiben, solange sie dauerte, im Bureau verlor er so viel Zeit, auf den Italiener zu warten war er längst nicht mehr verpflichtet, er sah auf seine Uhr, es war elf. Aber konnte denn wirklich gepredigt werden? Konnte K. allein die Gemeinde darstellen? Wie, wenn er ein Fremder gewesen wäre, der nur die Kirche besichtigen wollte? Im Grunde war er auch nichts anderes. Es war unsinnig daran zu denken daß gepredigt werden sollte, jetzt um elf Uhr, an einem Werketag bei graulichstem Wetter. Der Geistliche – ein Geistlicher war es zweifellos, ein junger Mann mit glattem dunklem Gesicht – gieng offenbar nur hinauf um die Lampe zu löschen, die irrtümlich angezündet worden war.

Es war aber nicht so, der Geistliche prüfte vielmehr das Licht und schraubte es noch ein wenig auf, dann drehte er sich langsam der Brüstung zu, die er vorn an der kantigen Einfassung mit beiden Händen erfaßte. So stand er eine Zeitlang und blickte ohne den Kopf zu rühren umher. K. war ein großes Stück zurückgewichen und lehnte mit den Elbogen an der vordersten Kirchenbank. Mit unsichern Augen sah er irgendwo, ohne den Ort genau zu bestimmen, den Kirchendiener mit krummem Rücken friedlich wie nach beendeter Aufgabe sich zusammenkauern. Was für eine Stille herrschte jetzt im Dom! Aber K. mußte sie stören, er hatte nicht die Absicht hierzubleiben; wenn es die Pflicht des Geistlichen war zu einer bestimmten Stunde ohne Rücksicht auf die Umstände zu predigen, so mochte er es tun, es würde auch ohne K.'s Beistand gelingen, ebenso wie die Anwesenheit K.'s die Wirkung gewiß nicht steigern würde. Langsam setzte sich also K. in Gang, tastete sich auf den Fußspitzen an der Bank hin, kam dann in den breiten Hauptweg und gieng auch dort ganz ungestört, nur daß der steinerne Boden unter dem leisesten Schritt erklang und die Wölbungen schwach aber ununterbrochen, in vielfachem gesetzmäßigem Fortschreiten davon widerhallten. K. fühlte sich ein wenig verlassen, als er dort vom Geistlichen vielleicht beobachtet zwischen den leeren Bänken allein hindurchgieng, auch schien ihm die Größe des Doms gerade an der Grenze des für Menschen noch Erträglichen zu liegen. Als er zu seinem frühern Platz kam, haschte er förmlich ohne weitern Aufenthalt nach dem dort liegen gelassenen Album und nahm es an sich. Fast hatte er schon das Gebiet der Bänke verlassen und näherte sich dem freien Raum, der zwischen ihnen und dem Ausgang lag, als er zum ersten Mal die Stimme des Geistlichen hörte. Eine mächtige geübte Stimme. Wie durchdrang sie den zu ihrer Aufnahme bereiten Dom! Es war aber nicht die Gemeinde, die der Geistliche anrief, es war ganz eindeutig und es gab keine Ausflüchte, er rief. »Josef K.!«

K. stockte und sah vor sich auf den Boden. Vorläufig war er noch frei, er konnte noch weitergehn und durch eine der drei kleinen dunklen Holztüren, die nicht weit vor ihm waren, sich davon machen. Es würde eben bedeuten, daß er nicht verstanden hatte oder daß er zwar verstanden hatte, sich aber darum nicht kümmern wollte. Falls er sich aber umdrehte, war er festgehalten, denn dann hatte er das Geständnis gemacht, daß er gut verstanden hatte, daß er wirklich der Angerufene war und daß er auch folgen wollte. Hätte der Geistliche nochmals gerufen, wäre K. gewiß fortgegangen, aber da alles still blieb, solange K. auch wartete, drehte er doch ein wenig den Kopf, denn er wollte sehn, was der Geistliche jetzt mache. Er stand ruhig auf der Kanzel wie früher, es war aber deutlich zu sehn, daß er

K.'s Kopfwendung bemerkt hatte: Es wäre ein kindliches Versteckenspiel gewesen, wenn sich jetzt K. nicht vollständig umgedreht hätte. Er tat es und wurde vom Geistlichen durch ein Winken des Fingers näher gerufen. Da jetzt alles offen geschehen konnte, lief er – er tat es auch aus Neugierde und um die Angelegenheit abzukürzen – mit langen fliegenden Schritten der Kanzel entgegen. Bei den ersten Bänken machte er halt, aber dem Geistlichen schien die Entfernung noch zu groß, er streckte die Hand aus und zeigte mit dem scharf gesenkten Zeigefinger auf eine Stelle knapp vor der Kanzel. K. folgte auch darin, er mußte auf diesem Platz den Kopf schon weit zurückbeugen um den Geistlichen noch zu sehn. »Du bist Josef K.«, sagte der Geistliche und erhob eine Hand auf der Brüstung in einer unbestimmten Bewegung. »Ja«, sagte K., er dachte daran wie offen er früher immer seinen Namen genannt hatte, seit einiger Zeit war er ihm eine Last, auch kannten jetzt seinen Namen Leute, mit denen er zum ersten Mal zusammenkam, wie schön war es sich zuerst vorzustellen und dann erst gekannt zu werden. »Du bist angeklagt«, sagte der Geistliche besonders leise. »Ja«, sagte K., »man hat mich davon verständigt.« »Dann bist Du der, den ich suche«, sagte der Geistliche. »Ich bin der Gefängniskaplan.« »Ach so«, sagte K. »Ich habe Dich hierherrufen lassen«, sagte der Geistliche, »um mit Dir zu sprechen.« »Ich wußte es nicht«, sagte K. »Ich bin hierhergekommen, um einem Italiener den Dom zu zeigen.« »Laß das Nebensächliche«, sagte der Geistliche. »Was hältst Du in der Hand? Ist es ein Gebetbuch?« »Nein«, antwortete K., »es ist ein Album der städtischen Sehenswürdigkeiten.« »Leg es aus der Hand«, sagte der Geistliche. K. warf es so heftig weg, daß es aufklappte und mit zerdrückten Blättern ein Stück über den Boden schleifte. »Weißt Du, daß Dein Proceß schlecht steht?« fragte der Geistliche. »Es scheint mir auch so«, sagte K. »Ich habe mir alle Mühe gegeben, bisher aber ohne Erfolg. Allerdings habe ich die Eingabe noch nicht fertig.« »Wie stellst Du Dir das Ende vor«, fragte der Geistliche. »Früher dachte ich es müsse gut enden«, sagte K., »jetzt zweifle ich daran manchmal selbst. Ich weiß nicht, wie es enden wird. Weißt Du es?« »Nein«, sagte der Geistliche, »aber ich fürchte es wird schlecht enden. Man hält Dich für schuldig. Dein

Proceß wird vielleicht über ein niedriges Gericht gar nicht hinauskommen. Man hält wenigstens vorläufig Deine Schuld für erwiesen.« »Ich bin aber nicht schuldig«, sagte K. »Es ist ein Irrtum. Wie kann denn ein Mensch überhaupt schuldig sein. Wir sind hier doch alle Menschen, einer wie der andere.« »Das ist richtig«, sagte der Geistliche, »aber so pflegen die Schuldigen zu reden.« »Hast auch Du ein Vorurteil gegen mich?« fragte K. »Ich habe kein Vorurteil gegen Dich«, sagte der Geistliche. »Ich danke Dir«, sagte K. »Alle andern aber, die an dem Verfahren beteiligt sind haben ein Vorurteil gegen mich. Sie flößen es auch den Unbeteiligten ein. Meine Stellung wird immer schwieriger.« »Du mißverstehst die Tatsachen«, sagte der Geistliche. »Das Urteil kommt nicht mit einemmal, das Verfahren geht allmählich ins Urteil über.« »So ist es also«, sagte K. und senkte den Kopf. »Was willst Du nächstens in Deiner Sache tun?« fragte der Geistliche. »Ich will noch Hilfe suchen«, sagte K. und hob den Kopf um zu sehn wie der Geistliche es beurteile. »Es gibt noch gewisse Möglichkeiten, die ich nicht ausgenützt habe.« »Du suchst zuviel fremde Hilfe«, sagte der Geistliche mißbilligend, »und besonders bei Frauen. Merkst Du denn nicht, daß es nicht die wahre Hilfe ist.« »Manchmal und sogar oft könnte ich Dir recht geben«, sagte K., »aber nicht immer. Die Frauen haben eine große Macht. Wenn ich einige Frauen, die ich kenne, dazu bewegen könnte, gemeinschaftlich für mich zu arbeiten, müßte ich durchdringen. Besonders bei diesem Gericht, das fast nur aus Frauenjägern besteht. Zeig dem Untersuchungsrichter eine Frau aus der Ferne und er überrennt um nur rechtzeitig hinzukommen, den Gerichtstisch und den Angeklagten.« Der Geistliche neigte den Kopf zur Brüstung, jetzt erst schien die Überdachung der Kanzel ihn niederzudrücken. Was für ein Unwetter mochte draußen sein? Das war kein trüber Tag mehr, das war schon tiefe Nacht. Keine Glasmalerei der großen Fenster war imstande, die dunkle Wand auch nur mit einem Schimmer zu unterbrechen. Und gerade jetzt begann der Kirchendiener die Kerzen auf dem Hauptaltar eine nach der andern auszulöschen. »Bist Du mir böse«, fragte K. den Geistlichen. »Du weißt vielleicht nicht, was für einem Gericht Du dienst.« Er bekam keine Antwort. »Es sind doch nur meine Erfahrungen«, sagte K. Oben blieb es noch immer still. »Ich wollte Dich nicht beleidigen«, sagte K. Da schrie der Geistliche zu K. hinunter: »Siehst Du denn nicht zwei Schritte weit?« Es war im Zorn geschrien, aber gleichzeitig wie von einem, der jemanden fallen sieht und weil er selbst erschrocken ist, unvorsichtig, ohne Willen schreit.

Nun schwiegen beide lange. Gewiß konnte der Geistliche in dem Dunkel das unten herrschte, K. nicht genau erkennen, während K. den Geistlichen im Licht der kleinen Lampe deutlich sah. Warum kam der Geistliche nicht herunter? Eine Predigt hatte er ja nicht gehalten, sondern K. nur einige Mitteilungen gemacht, die ihm, wenn er sie genau beachten würde, wahrscheinlich mehr schaden als nützen würden. Wohl aber schien K. die gute Absicht des Geistlichen zweifellos zu sein, es war nicht unmöglich, daß er sich mit ihm, wenn er herunterkäme, einigen würde, es war nicht unmöglich, daß er von ihm einen entscheidenden und annehmbaren Rat bekäme, der ihm z. B. zeigen würde, nicht etwa wie der Proceß zu beeinflussen war, sondern wie man aus dem Proceß ausbrechen, wie man ihn umgehen, wie man außerhalb des Processes leben könnte. Diese Möglichkeit mußte bestehn, K. hatte in der letzten Zeit öfters an sie gedacht. Wußte aber der Geistliche eine solche Möglichkeit, würde er sie vielleicht, wenn man ihn darum bat, verraten, trotzdem er selbst zum Gericht gehörte und trotzdem er, als K. das Gericht angegriffen hatte, sein sanftes Wesen unterdrückt und K. sogar angeschrien hatte.

»Willst Du nicht hinunterkommen?« sagte K. »Es ist doch keine Predigt zu halten. Komm zu mir hinunter.« »Jetzt kann ich schon kommen«, sagte der Geistliche, er bereute vielleicht sein Schreien. Während er die Lampe von ihrem Haken löste, sagte er: »Ich mußte zuerst aus der Entfernung mit Dir sprechen. Ich lasse mich sonst zu leicht beeinflussen und vergesse meinen Dienst.«

K. erwartete ihn unten an der Treppe. Der Geistliche streckte ihm schon von einer obern Stufe im Hinuntergehn die Hand entgegen. »Hast Du ein wenig Zeit für mich?« fragte K. »Soviel Zeit als Du brauchst«, sagte der Geistliche und reichte K. die kleine Lampe damit er sie trage. Auch in der Nähe verlor sich eine gewisse Feierlichkeit aus seinem Wesen nicht. »Du bist sehr freundlich zu mir«, sagte K. Sie giengen nebeneinander im dunklen Seitenschiff auf und ab. »Du bist eine Ausnahme unter allen, die zum Gericht gehören. Ich habe mehr Vertrauen zu Dir, als zu irgendjemanden von ihnen, soviele ich schon kenne. Mit Dir kann ich offen reden.« »Täusche Dich nicht«, sagte der Geistliche. »Worin sollte ich mich denn täuschen?« fragte K. »In dem Gericht täuschst Du Dich«, sagte der Geistliche, »in den einleitenden Schriften zum Gesetz heißt es von dieser Täuschung: Vor dem Gesetz steht ein Türhüter. Zu diesem Türhüter kommt ein Mann vom Lande und bittet um Eintritt in das Gesetz. Aber der Türhüter sagt, daß er ihm jetzt den Eintritt nicht gewähren könne. Der Mann überlegt und fragt dann, ob er also später werde eintreten dürfen. ›Es ist möglich‹, sagt der Türhüter, ›jetzt aber nicht.‹ Da das Tor zum Gesetz offensteht wie immer und der Türhüter beiseite tritt, bückt sich der Mann, um durch das Tor in das Innere zu sehn. Als der Türhüter das merkt, lacht er und sagt: ›Wenn es Dich so lockt, versuche es doch trotz meines Verbotes hineinzugehn. Merke aber: Ich bin mächtig. Und ich bin nur der unterste Türhüter. Von Saal zu Saal stehn aber Türhüter einer mächtiger als der andere. Schon den Anblick des dritten kann nicht einmal ich mehr ertragen.‹ Solche Schwierigkeiten hat der Mann vom Lande nicht erwartet, das Gesetz soll doch jedem und immer zugänglich sein denkt er, aber als er jetzt den Türhüter in seinem Pelzmantel genauer ansieht, seine große Spitznase, den langen dünnen schwarzen tartarischen Bart, entschließt er sich doch lieber zu warten bis er die Erlaubnis zum Eintritt bekommt. Der Türhüter gibt ihm einen Schemel und läßt ihn seitwärts von der Tür sich niedersetzen. Dort sitzt er Tage und Jahre. Er macht viele Versuche eingelassen zu werden und ermüdet den Türhüter durch seine Bitten. Der Türhüter stellt öfters kleine Verhöre mit ihm an, fragt ihn über seine Heimat aus und nach vielem andern, es sind aber teilnahmslose Fragen wie sie große Herren stellen und zum Schlusse sagt er ihm immer wieder, daß er ihn noch nicht einlassen könne. Der Mann, der sich für seine Reise mit vielem ausgerüstet hat, verwendet alles und sei es noch so wertvoll um den Türhüter zu bestechen. Dieser nimmt zwar alles an, aber sagt dabei: ›Ich nehme es nur an, damit Du nicht glaubst, etwas versäumt zu haben.‹

Während der vielen Jahre beobachtet der Mann den Türhüter fast ununterbrochen. Er vergißt die andern Türhüter und dieser erste scheint ihm das einzige Hindernis für den Eintritt in das Gesetz. Er verflucht den unglücklichen Zufall, in den ersten Jahren laut, später als er alt wird brummt er nur noch vor sich hin. Er wird kindisch und da er in dem jahrelangen Studium des Türhüters auch die Flöhe in seinem Pelzkragen erkannt hat, bittet er auch die Flöhe ihm zu helfen und den Türhüter umzustimmen. Schließlich wird sein Augenlicht schwach und er weiß nicht ob es um ihn wirklich dunkler wird oder ob ihn nur seine Augen täuschen. Wohl aber erkennt er jetzt im Dunkel einen Glanz, der unverlöschlich aus der Türe des Gesetzes bricht. Nun lebt er nicht mehr lange. Vor seinem Tode sammeln sich in seinem Kopfe alle Erfahrungen der ganzen Zeit zu einer Frage die er bisher an den Türhüter noch nicht gestellt hat. Er winkt ihm zu, da er seinen erstarrenden Körper nicht mehr aufrichten kann. Der Türhüter muß sich tief zu ihm hinunterneigen, denn die Größenunterschiede haben sich sehr zuungunsten des Mannes verändert. ›Was willst Du denn jetzt noch wissen‹, fragt der Türhüter, ›Du bist unersättlich.‹ ›Alle streben doch nach dem Gesetz‹, sagt der Mann, ›wie so kommt es, daß in den vielen Jahren niemand außer mir Einlaß verlangt hat.‹ Der Türhüter erkennt, daß der Mann schon am Ende ist und um sein vergehendes Gehör noch zu erreichen brüllt er ihn an: ›Hier konnte niemand sonst Einlaß erhalten, denn dieser Eingang war nur für Dich bestimmt. Ich gehe jetzt und schließe ihn.‹«

»Der Türhüter hat also den Mann getäuscht«, sagte K. sofort, von der Geschichte sehr stark angezogen. »Sei nicht übereilt«, sagte der Geistliche, »übernimm nicht die fremde Meinung ungeprüft. Ich habe Dir die Geschichte im Wortlaut der Schrift erzählt. Von Täuschung steht darin nichts.« »Es ist aber klar«, sagte K., »und Deine erste Deutung war ganz richtig. Der Türhüter hat die erlösende Mitteilung erst dann gemacht, als sie dem Manne nichts mehr helfen konnte.« »Er wurde nicht früher gefragt«, sagte der Geistliche, »bedenke auch daß er nur Türhüter war und als solcher hat er seine Pflicht erfüllt.« »Warum glaubst Du daß er seine Pflicht erfüllt hat?« fragte K., »er hat sie nicht erfüllt. Seine Pflicht war es vielleicht alle

Fremden abzuwehren, diesen Mann aber, für den der Eingang bestimmt war, hätte er einlassen müssen.« »Du hast nicht genug Achtung vor der Schrift und veränderst die Geschichte«, sagte der Geistliche. »Die Geschichte enthält über den Einlaß ins Gesetz zwei wichtige Erklärungen des Türhüters, eine am Anfang, eine am Ende. Die eine Stelle lautet: ›daß er ihm jetzt den Eintritt nicht gewähren könne‹ und die andere: ›dieser Eingang war nur für Dich bestimmt.‹ Bestände zwischen diesen Erklärungen ein Widerspruch dann hättest Du recht und der Türhüter hätte den Mann getäuscht. Nun besteht aber kein Widerspruch. Im Gegenteil die erste Erklärung deutet sogar auf die zweite hin. Man könnte fast sagen der Türhüter gieng über seine Pflicht hinaus, indem er dem Mann eine zukünftige Möglichkeit des Einlasses in Aussicht stellte. Zu jener Zeit scheint es nur seine Pflicht gewesen zu sein, den Mann abzuweisen. Und tatsächlich wundern sich viele Erklärer der Schrift darüber, daß der Türhüter jene Andeutung überhaupt gemacht hat, denn er scheint die Genauigkeit zu lieben und wacht streng über sein Amt. Durch viele Jahre verläßt er seinen Posten nicht und schließt das Tor erst ganz zuletzt, er ist sich der Wichtigkeit seines Dienstes sehr bewußt, denn er sagt ›ich bin mächtig‹, er hat Ehrfurcht vor den Vorgesetzten, denn er sagt ›ich bin nur der unterste Türhüter‹, er ist wo es um Pflichterfüllung geht weder zu rühren noch zu erbittern, denn es heißt von dem Mann ›er ermüdet den Türhüter durch seine Bitten‹, er ist nicht geschwätzig, denn während der vielen Jahre stellt er nur wie es heißt ›teilnahmslose Fragen‹, er ist nicht bestechlich, denn er sagt über ein Geschenk ›ich nehme es nur an, damit Du nicht glaubst etwas versäumt zu haben‹, schließlich deutet auch sein Äußeres auf einen pedantischen Charakter hin, die große Spitznase und der lange dünne schwarze tartarische Bart. Kann es einen pflichttreueren Türhüter geben? Nun mischen sich aber in den Türhüter noch andere Wesenszüge ein, die für den, der Einlaß verlangt, sehr günstig sind und welche es immerhin begreiflich machen, daß er in jener Andeutung einer zukünftigen Möglichkeit über seine Pflicht etwas hinausgehn konnte. Es ist nämlich nicht zu leugnen, daß er ein wenig einfältig und im Zusammenhang damit ein wenig eingebildet ist. Wenn auch seine Äußerungen über seine Macht und über die Macht der andern Türhüter und über deren sogar für ihn unerträglichen Anblick – ich sage wenn auch alle diese Äußerungen an sich richtig sein mögen, so zeigt doch die Art wie er diese Äußerungen vorbringt, daß seine Auffassung durch Einfalt und Überhebung getrübt ist. Die Erklärer sagen hiezu: Richtiges Auffassen einer Sache und Mißverstehn der gleichen Sache schließen einander nicht vollständig aus. Jedenfalls aber muß man annehmen, daß jene Einfalt und Überhebung, so geringfügig sie sich vielleicht auch äußern, doch die Bewachung des Einganges schwächen, es sind Lücken im Charakter des Türhüters. Hiezu kommt noch daß der Türhüter seiner Naturanlage nach freundlich zu sein scheint, er ist durchaus nicht immer Amtsperson. Gleich in den ersten Augenblikken macht er den Spaß, daß er den Mann trotz des ausdrücklich aufrecht erhaltenen Verbotes zum Eintritt einladet, dann schickt er ihn nicht etwa fort, sondern gibt ihm wie es heißt einen Schemel und läßt ihn seitwärts von der Tür sich niedersetzen. Die Geduld mit der er durch alle die Jahre die Bitten des Mannes erträgt, die kleinen Verhöre, die Annahme der Geschenke, die Vornehmheit, mit der er es zuläßt, daß der Mann neben ihm laut den unglücklichen Zufall verflucht, der den Türhüter hier aufgestellt hat – alles dieses läßt auf Regungen des Mitleids schließen. Nicht jeder Türhüter hätte so gehandelt. Und schließlich beugt er sich noch auf einen Wink hin tief zu dem Mann hinab, um ihm Gelegenheit zur letzten Frage zu geben. Nur eine schwache Ungeduld – der Türhüter weiß ja daß alles zuende ist – spricht sich in den Worten aus: ›Du bist unersättlich‹. Manche gehn sogar in dieser Art der Erklärung noch weiter und meinen, die Worte ›Du bist unersättlich‹ drücken eine Art freundschaftlicher Bewunderung aus, die allerdings von Herablassung nicht frei ist. Jedenfalls schließt sich so die Gestalt des Türhüters anders ab, als Du es glaubst.« »Du kennst die Geschichte genauer als ich und längere Zeit«, sagte K. Sie schwiegen ein Weilchen. Dann sagte K.: »Du glaubst also der Mann wurde nicht getäuscht?« »Mißverstehe mich nicht«, sagte der Geistliche, »ich zeige Dir nur die Meinungen, die darüber bestehn. Du mußt nicht zuviel auf Meinungen achten. Die Schrift ist unveränderlich und die Meinungen sind oft nur ein Ausdruck der Verzweiflung darüber. In diesem Falle gibt es sogar eine Meinung nach welcher gerade der Türhüter der Getäuschte ist.« »Das ist eine weitgehende Meinung«, sagte K. »Wie wird sie begründet?« »Die Begründung«, antwortete der Geistliche, »geht von der Einfalt des Türhüters aus. Man sagt, daß er das Innere des Gesetzes nicht kennt, sondern nur den Weg, den er vor dem Eingang immer wieder abgehn muß. Die Vorstellungen die er von dem Innern hat werden für kindlich gehalten und man nimmt an, daß er das wovor er dem Manne Furcht machen will, selbst fürchtet. Ja er fürchtet es mehr als der Mann, denn dieser will ja nichts anderes als eintreten, selbst als er von den schrecklichen Türhütern des Innern gehört hat, der Türhüter dagegen will nicht eintreten, wenigstens erfährt man nichts darüber. Andere sagen zwar, daß er bereits im Innern gewesen sein muß, denn er ist doch einmal in den Dienst des Gesetzes aufgenommen worden und das könne nur im Innern geschehen sein. Darauf ist zu antworten, daß er wohl auch durch einen Ruf aus dem Innern zum Türhüter bestellt worden sein könne und daß er zumindest tief im Innern nicht gewesen sein dürfte, da er doch schon den Anblick des dritten Türhüters nicht mehr ertragen kann. Außerdem aber wird auch nicht berichtet, daß er während der vielen Jahre außer der Bemerkung über die Türhüter irgendetwas von dem Innern erzählt hätte. Es könnte ihm verboten sein, aber auch vom Verbot hat er nichts erzählt. Aus alledem schließt man, daß er über das Aussehn und die Bedeutung des Innern nichts weiß und sich darüber in Täuschung befindet. Aber auch über den Mann vom Lande soll er sich in Täuschung befinden, denn er ist diesem Mann untergeordnet und weiß es nicht. Daß er den Mann als einen Untergeordneten behandelt, erkennt man an vielem, das Dir noch erinnerlich sein dürfte. Daß er ihm aber tatsächlich untergeordnet ist, soll nach dieser Meinung ebenso deutlich hervorgehn. Vor allem ist der Freie dem Gebundenen übergeordnet. Nun ist der Mann tatsächlich frei, er kann hingehn wohin er will, nur der Eingang in das Gesetz ist ihm verboten und überdies nur von einem Einzelnen, vom Türhüter. Wenn er sich auf den Schemel seitwärts vom Tor niedersetzt und dort sein Leben lang bleibt, so geschieht dies freiwillig, die Geschichte erzählt von keinem Zwang. Der Türhüter dagegen ist durch sein Amt an seinen Posten gebunden, er darf sich nicht auswärts entfernen, allem Anschein nach aber auch nicht in das Innere gehn, selbst wenn er es wollte. Außerdem ist er zwar im Dienst des Gesetzes, dient aber nur für diesen Eingang, also auch nur für diesen Mann für den dieser Eingang allein bestimmt ist. Auch aus diesem Grunde ist er ihm untergeordnet. Es ist anzunehmen, daß er durch viele Jahre, durch ein ganzes Mannesalter gewissermaßen nur leeren Dienst geleistet hat, denn es wird gesagt, daß ein Mann kommt, also jemand im Mannesalter, daß also der Türhüter lange warten mußte ehe sich sein Zweck erfüllte undzwar solange warten mußte, als es dem Mann beliebte, der doch freiwillig kam. Aber auch das Ende des Dienstes wird durch das Lebensende des Mannes bestimmt, bis zum Ende also bleibt er ihm untergeordnet. Und immer wieder wird betont, daß von alledem der Türhüter nichts zu wissen scheint. Daran wird aber nichts auffälliges gesehn, denn nach dieser Meinung befindet sich der Türhüter noch in einer viel schwerern Täuschung, sie betrifft seinen Dienst. Zuletzt spricht er nämlich vom Eingang und sagt ›Ich gehe jetzt und schließe ihn‹, aber am Anfang heißt es, daß das Tor zum Gesetz offensteht wie immer, steht es aber immer offen, immer d. h. unabhängig von der Lebensdauer des Mannes für den es bestimmt ist, dann wird es auch der Türhüter nicht schließen können. Darüber gehn die Meinungen auseinander, ob der Türhüter mit der Ankündigung daß er das Tor schließen wird, nur eine Antwort geben oder seine Dienstpflicht betonen oder den Mann noch im letzten Augenblick in Reue und Trauer setzen will. Darin aber sind viele einig, daß er das Tor nicht wird schließen können. Sie glauben sogar, daß er wenigstens am Ende auch in seinem Wissen dem Manne untergeordnet ist, denn dieser sieht den Glanz der aus dem Eingang des Gesetzes bricht, während der Türhüter als solcher wohl mit dem Rücken zum Eingang steht und auch durch keine Äußerung zeigt, daß er eine Veränderung bemerkt hätte.« »Das ist gut begründet«, sagte K., der einzelne Stellen aus der Erklärung des Geistlichen halblaut für sich wiederholt hatte. »Es ist gut begründet und ich glaube nun auch daß der Türhüter getäuscht ist. Dadurch bin ich aber von meiner frühern Meinung nicht abgekommen, denn beide decken sich teilweise. Es ist unentscheidend, ob der Türhüter klar sieht oder getäuscht wird. Ich sagte, der Mann wird getäuscht. Wenn der Türhüter klar sieht, könnte man daran zweifeln, wenn der Türhüter aber getäuscht ist, dann muß sich seine Täuschung notwendig auf den Mann übertragen. Der Türhüter ist dann zwar kein Betrüger, aber so einfältig, daß er sofort aus dem Dienst gejagt werden müßte. Du mußt doch bedenken, daß die Täuschung in der sich der Türhüter befindet ihm nichts schadet, dem Mann aber tausendfach.« »Hier stößt Du auf eine Gegenmeinung«, sagte der Geistliche. »Manche sagen nämlich, daß die Geschichte niemandem ein Recht gibt über den Türhüter zu urteilen. Wie er uns auch erscheinen mag, so ist er doch ein Diener des Gesetzes, also zum Gesetz gehörig, also dem menschlichen Urteil entrückt. Man darf dann auch nicht glauben, daß der Türhüter dem Manne untergeordnet ist. Durch seinen Dienst auch nur an den Eingang des Gesetzes gebunden zu sein ist unvergleichlich mehr als frei in der Welt zu leben. Der Mann kommt erst zum Gesetz, der Türhüter ist schon dort. Er ist vom Gesetz zum Dienst bestellt, an seiner Würdigkeit zu zweifeln, hieße am Gesetze zweifeln.« »Mit dieser Meinung stimme ich nicht überein«, sagte K. kopfschüttelnd, »denn wenn man sich ihr anschließt, muß man alles was der Türhüter sagt für wahr halten. Daß das aber nicht möglich ist, hast Du ja selbst ausführlich begründet.« »Nein«, sagte der Geistliche, »man muß nicht alles für wahr halten, man muß es nur für notwendig halten.« »Trübselige Meinung«, sagte K. »Die Lüge wird zur Weltordnung gemacht.«

K. sagte das abschließend, aber sein Endurteil war es nicht. Er war zu müde, um alle Folgerungen der Geschichte übersehn zu können, es waren auch ungewohnte Gedankengänge in die sie ihn führte, unwirkliche Dinge, besser geeignet zur Besprechung für die Gesellschaft der Gerichtsbeamten als für ihn. Die einfache Geschichte war unförmlich geworden, er wollte sie von sich abschütteln und der Geistliche, der jetzt ein großes Zartgefühl bewies, duldete es und nahm K.'s Bemerkung schweigend auf, trotzdem sie mit seiner eigenen Meinung gewiß nicht übereinstimmte.

Sie giengen eine Zeitlang schweigend weiter, K. hielt sich eng neben dem Geistlichen ohne in der Finsternis zu wissen, wo er sich befand. Die Lampe in seiner Hand war längst erloschen. Einmal blinkte gerade vor ihm das silberne Standbild eines Heiligen nur mit dem Schein des Silbers und spielte gleich wieder ins Dunkel über. Um nicht vollständig auf den Geistlichen angewiesen zu bleiben, fragte ihn K.: »Sind wir jetzt nicht in der Nähe des Haupteinganges?« »Nein«, sagte der Geistliche, »wir sind weit von ihm entfernt. Willst Du schon fortgehn?« Trotzdem K. gerade jetzt nicht daran gedacht hatte, sagte er sofort: »Gewiß, ich muß fortgehn. Ich bin Prokurist einer Bank, man wartet auf mich, ich bin nur hergekommen, um einem ausländischen Geschäftsfreund den Dom zu zeigen.« »Nun«, sagte der Geistliche und reichte K. die Hand, »dann geh.« »Ich kann mich aber im Dunkel allein nicht zurechtfinden«, sagte K. »Geh links zur Wand«, sagte der Geistliche, »dann weiter die Wand entlang ohne sie zu verlassen und Du wirst einen Ausgang finden.« Der Geistliche hatte sich erst paar Schritte entfernt aber K. rief schon sehr laut: »Bitte, warte noch.« »Ich warte«, sagte der Geistliche. »Willst Du nicht noch etwas von mir?« fragte K. »Nein«, sagte der Geistliche. »Du warst früher so freundlich zu mir«, sagte K., »und hast mir alles erklärt, jetzt aber entläßt Du mich, als läge Dir nichts an mir.« »Du mußt doch fortgehn«, sagte der Geistliche. »Nun ja«, sagte K., »sieh das doch ein.« »Sieh Du zuerst ein, wer ich bin«, sagte der Geistliche. »Du bist der Gefängniskaplan«, sagte K. und gieng näher zum Geistlichen hin, seine sofortige Rückkehr in die Bank war nicht so notwendig wie er sie dargestellt hatte, er konnte recht gut noch hier bleiben. »Ich gehöre also zum Gericht«, sagte der Geistliche. »Warum sollte ich also etwas von Dir wollen. Das Gericht will nichts von Dir. Es nimmt Dich auf wenn Du kommst und es entläßt Dich wenn Du gehst.«

Das Schloß
[Das Warten auf Klamm]

Zunächst war K. froh, dem Gedränge der Mägde und Gehilfen in dem warmen Zimmer entgangen zu sein. Auch fror es ein wenig, der Schnee war fester, das Gehen leichter. Nur fing es freilich schon zu dunkeln an und er beschleunigte die Schritte.

Das Schloß, dessen Umrisse sich schon aufzulösen begannen, lag still wie immer, niemals noch hatte K. dort das geringste Zeichen von Leben gesehn, vielleicht war es gar nicht möglich aus dieser Ferne etwas zu erkennen und doch verlangten es die Augen und wollten die Stille nicht dulden. Wenn K. das Schloß ansah, so war ihm manchmal, als beobachte er jemanden, der ruhig dasitze und vor sich hinsehe, nicht etwa in Gedanken verloren und dadurch gegen alles abgeschlossen, sondern frei und unbekümmert; so als sei er allein und niemand beobachte ihn; und doch mußte er merken, daß er beobachtet wurde, aber es rührte nicht im Geringsten an seine Ruhe und wirklich – man wußte nicht war es Ursache oder Folge – die Blicke des Beobachters konnten sich nicht festhalten und glitten ab. Dieser Eindruck wurde heute noch verstärkt durch das frühe Dunkel, je länger er hinsah, desto weniger erkannte er, desto tiefer sank alles in Dämmerung.

Gerade als K. zu dem noch unbeleuchteten Herrenhof kam, öffnete sich ein Fenster im ersten Stock, ein junger dicker glattrasierter Herr im Pelzrock beugte sich heraus und blieb dann im Fenster, K.'s Gruß schien er auch nicht mit dem leichtesten Kopfnicken zu beantworten. Weder im Flur noch im Ausschank traf K. jemanden, der Geruch von abgestandenem Bier im Ausschank war noch schlimmer als letzthin, etwas derartiges kam wohl im Wirtshaus zur Brücke nicht vor. K. ging sofort zu der Tür, durch die er letzthin Klamm beobachtet hatte, drückte vorsichtig die Klinke nieder, aber die Tür war versperrt; dann suchte er die Stelle zu ertasten, wo das Guckloch war, aber der Verschluß war wahrscheinlich so gut eingepaßt, daß er die

Stelle auf diese Weise nicht finden konnte, er zündete deshalb ein Streichholz an. Da wurde er durch einen Schrei erschreckt. In dem Winkel zwischen Tür und Kredenztisch nahe beim Ofen saß zusammengeduckt ein junges Mädchen und starrte ihn in dem Aufleuchten des Streichholzes mit mühsam geöffneten schlaftrunkenen Augen an. Es war offenbar die Nachfolgerin Friedas. Sie faßte sich bald, drehte das elektrische Licht auf, der Ausdruck ihres Gesichtes war noch böse, da erkannte sie K. »Ah, der Herr Landvermesser«, sagte sie lächelnd, reichte ihm die Hand und stellte sich vor, »ich heiße Pepi.« Sie war klein, rot, gesund, das üppige rötlichblonde Haar war in einen starken Zopf geflochten, außerdem krauste es sich rund um das Gesicht, sie hatte ein ihr sehr wenig passendes glatt niederfallendes Kleid aus grauglänzendem Stoff, unten war es kindlich ungeschickt von einem in eine Masche endigenden Seidenband zusammengezogen, so daß es sie beengte. Sie erkundigte sich nach Frieda und ob sie nicht bald zurückkommen werde. Das war eine Frage, die nahe an Bosheit grenzte. »Ich bin«, sagte sie dann, »gleich nach Friedas Weggang in Eile hierherberufen worden, weil man doch nicht eine Beliebige hier verwenden kann, ich war bis jetzt Zimmermädchen, aber es ist kein guter Tausch den ich gemacht habe. Viel Abend- und Nachtarbeit ist hier, das ist sehr ermüdend, ich werde es kaum ertragen, ich wundere mich nicht, daß Frieda es aufgegeben hat.« »Frieda war hier sehr zufrieden«, sagte K. um Pepi endlich auf den Unterschied aufmerksam zu machen, der zwischen ihr und Frieda bestand und den sie vernachlässigte. »Glauben Sie ihr nicht«, sagte Pepi, »Frieda kann sich beherrschen, wie nicht leicht jemand. Was sie nicht gestehen will, gesteht sie nicht und dabei merkt man gar nicht, daß sie etwas zu gestehen hätte. Ich diene doch jetzt hier schon einige Jahre mit ihr, immer haben wir zusammen in einem Bett geschlafen, aber vertraut bin ich mit ihr nicht, gewiß denkt sie schon heute nicht mehr an mich. Ihre einzige Freundin vielleicht ist die alte Wirtin aus dem Brückengasthaus und das ist doch auch bezeichnend.« »Frieda ist meine Braut«, sagte K. und suchte nebenbei die Gucklochstelle in der Tür. »Ich weiß«, sagte Pepi, »deshalb erzähle ich es ja. Sonst hätte es doch für Sie keine Bedeutung.« »Ich verstehe«, sagte K., »Sie meinen daß ich stolz darauf sein kann, ein so verschlossenes Mädchen für mich gewonnen zu haben.« »Ja«, sagte sie und lachte zufrieden, so als habe sie K. zu einem geheimen Einverständnis hinsichtlich Friedas gewonnen.

Aber es waren nicht eigentlich ihre Worte, die K. beschäftigten und ein wenig vom Suchen ablenkten, sondern ihre Erscheinung war es und ihr Vorhandensein an dieser Stelle. Freilich, sie war viel jünger als Frieda, fast kindlich noch und ihre Kleidung war lächerlich, sie hatte sich offenbar angezogen entsprechend den übertriebenen Vorstellungen die sie von der Bedeutung eines Ausschankmädchens hatte. Und diese Vorstellungen hatte sie gar noch in ihrer Art mit Recht, denn die Stellung, für die sie noch gar nicht paßte, war wohl unverhofft und unverdient und nur vorläufig ihr zuteil geworden, nicht einmal das Ledertäschchen, das Frieda immer im Gürtel getragen hatte, hatte man ihr anvertraut. Und ihre angebliche Unzufriedenheit mit der Stellung war nichts als Überhebung. Und doch, trotz ihres kindlichen Unverstandes hatte auch sie wahrscheinlich Beziehungen zum Schloß, sie war ja, wenn sie nicht log, Zimmermädchen gewesen, ohne von ihrem Besitz zu wissen verschlief sie hier die Tage, aber eine Umarmung dieses kleinen dicken ein wenig rundrückigen Körpers konnte ihr zwar den Besitz nicht entreißen, konnte aber an ihn rühren und aufmuntern für den schweren Weg. Dann war es vielleicht nicht anders als bei Frieda? Oh doch, es war anders. Man mußte nur an Friedas Blick denken, um das zu verstehn. Niemals hätte K. Pepi angerührt. Aber doch mußte er jetzt für ein Weilchen seine Augen bedecken, so gierig sah er sie an.

»Es muß ja nicht angezündet sein«, sagte Pepi und drehte das Licht wieder aus, »ich habe nur angezündet, weil Sie mich so sehr erschreckt haben. Was wollen Sie denn hier? Hat Frieda etwas vergessen?« »Ja«, sagte K. und zeigte auf die Tür, »hier im Zimmer nebenan, eine Tischdecke, eine weiße, gestrickte.« »Ja, ihre Tischdecke«, sagte Pepi, »ich erinnere mich, eine schöne Arbeit, ich habe ihr auch dabei geholfen, aber in diesem Zimmer ist sie wohl kaum.« »Frieda glaubt es. Wer wohnt denn hier?« fragte K. »Niemand«, sagte Pepi, »es ist das Herrenzimmer, hier trinken und essen die Herren, d. h. es ist dafür bestimmt, aber die meisten Herren bleiben oben in ihren Zimmern.« »Wenn ich wüßte«, sagte K., »daß jetzt nebenan niemand ist, würde ich sehr gerne hineingehn und die Decke suchen. Aber es ist eben unsicher, Klamm z. B. pflegt oft dort zu sitzen.« »Klamm ist jetzt gewiß nicht dort«, sagte Pepi, »er fährt ja gleich weg, der Schlitten wartet schon im Hof.«

Sofort, ohne ein Wort der Erklärung, verließ K. den Ausschank, wandte sich im Flur statt zum Ausgang, gegen das Innere des Hauses und hatte nach wenigen Schritten den Hof erreicht. Wie still und schön hier war! Ein viereckiger Hof, auf drei Seiten vom Hause, gegen die Straße zu – eine Nebenstraße die K. nicht kannte – von einer hohen weißen Mauer mit einem großen schweren jetzt offenen Tor begrenzt. Hier auf der Hofseite schien das Haus höher als auf der Vorderseite, wenigstens war der erste Stock vollständig ausgebaut und hatte ein größeres Ansehen, denn er war von einer hölzernen, bis auf einen kleinen Spalt in Augenhöhe geschlossenen Gallerie umlaufen. K. schief gegenüber, noch im Mitteltrakt aber schon im Winkel, wo sich der gegenüberliegende Seitenflügel anschloß, war ein Eingang ins Haus, offen, ohne Tür. Davor stand ein dunkler geschlossener mit zwei Pferden bespannter Schlitten. Bis auf den Kutscher, den K. auf die Entfernung hin jetzt in der Dämmerung mehr vermutete, als erkannte, war niemand zu sehn.

Die Hände in den Taschen, vorsichtig sich umschauend, nahe an der Mauer umgieng K. zwei Seiten des Hofes, bis er beim Schlitten war. Der Kutscher, einer jener Bauern, die letzthin im Ausschank gewesen waren, hatte ihn, im Pelz versunken, teilnahmslos herankommensehn, so wie man etwa den Weg einer Katze verfolgt. Auch als K. schon bei ihm stand, grüßte, und sogar die Pferde ein wenig unruhig wurden wegen des aus dem Dunkel auftauchenden Mannes, blieb er gänzlich unbekümmert. Das war K. sehr willkommen. Angelehnt an die Mauer packte er sein Essen aus, gedachte dankbar Friedas, die ihn so gut versorgt hatte, und spähte dabei in das Innere des Hauses. Eine rechtwinklig gebrochene Treppe führte herab, und war unten von einem niedrigen aber scheinbar tiefen Gang gekreuzt, alles war rein, weiß getüncht, scharf und gerade abgegrenzt.

Das Warten dauerte länger als K. gedacht hatte. Längst schon war er mit dem Essen fertig, die Kälte war empfindlich, aus der Dämmerung war schon völlige Finsternis geworden und Klamm kam noch immer nicht. »Das kann noch sehr lange dauern«, sagte plötzlich eine rauhe Stimme so nahe bei K., daß er zusammenfuhr. Es war der Kutscher der, wie aufgewacht, sich streckte und laut gähnte. »Was kann denn lange dauern?« fragte K., nicht undankbar wegen der Störung, denn die fortwährende Stille und Spannung war schon lästig gewesen. »Ehe Sie weggehn werden«, sagte der Kutscher. K. verstand ihn nicht, fragte aber nicht weiter, er glaubte auf diese Weise den Hochmütigen am besten zum Reden zu bringen. Ein Nichtantworten hier in der Finsternis war fast aufreizend. Und tatsächlich fragte der Kutscher nach einem Weilchen: »Wollen Sie Kognak?« »Ja«, sagte K. unüberlegt, durch das Angebot allzusehr verlockt, denn ihn fröstelte. »Dann machen Sie den Schlitten auf«, sagte der Kutscher, »in der Seitentasche sind einige Flaschen, nehmen Sie eine, trinken Sie und reichen Sie sie mir dann. Mir ist es wegen des Pelzes zu beschwerlich hinunterzusteigen.« Es verdroß K. solche Handreichungen zu machen, aber da er sich nun mit dem Kutscher schon eingelassen hatte, gehorchte er, selbst auf die Gefahr hin beim Schlitten etwa von Klamm überrascht zu werden. Er öffnete die breite Tür und hätte gleich aus der Tasche, welche auf der Innenseite der Tür angebracht war, die Flasche herausziehn können, aber da nun die Tür offen war, trieb es ihn so sehr in das Innere des Schlittens, daß er nicht widerstehen konnte, nur einen Augenblick lang wollte er drin sitzen. Er huschte hinein. Außerordentlich war die Wärme im Schlitten und sie blieb so trotzdem die Tür, die K. nicht zu schließen wagte, weit offen war. Man wußte gar nicht, ob man auf einer Bank saß, so sehr lag man in Decken, Pölstern und Pelzen; nach allen Seiten konnte man sich drehn und strecken, immer versank man weich und warm. Die Arme ausgebreitet, den Kopf durch Pölster gestützt, die immer bereit waren, blickte K. aus dem Schlitten in das dunkle Haus. Warum dauerte es so lange, ehe Klamm herunterkam? Wie betäubt von der Wärme nach dem langen Stehen im Schnee wünschte K. daß Klamm endlich komme. Der Gedanke, daß er in seiner jetzigen Lage von

Klamm lieber nicht gesehen werden sollte, kam ihm nur undeutlich, als leise Störung zu Bewußtsein. Unterstützt in dieser Vergeßlichkeit wurde er durch das Verhalten des Kutschers, der doch wissen mußte, daß er im Schlitten war, und ihn dort ließ, sogar ohne den Kognak von ihm zu fordern. Das war rücksichtsvoll, aber K. wollte ihn ja bedienen; schwerfällig, ohne seine Lage zu verändern langte er nach der Seitentasche, aber nicht in der offenen Tür, die zu weit entfernt war, sondern hinter sich in die geschlossene, nun, es war gleichgültig, auch in dieser waren Flaschen. Er holte eine hervor, schraubte den Verschluß auf und roch dazu, unwillkürlich mußte er lächeln, der Geruch war so süß, so schmeichelnd, so wie wenn man von jemand, den man sehr lieb hat, Lob und gute Worte hört und gar nicht genau weiß, um was es sich handelt und es gar nicht wissen will und nur glücklich ist in dem Bewußtsein, daß er es ist, der so spricht. »Sollte das Kognak sein?« fragte sich K. zweifelnd und kostete aus Neugier. Doch, es war Kognak, merkwürdiger Weise, und brannte und wärmte. Wie es sich beim Trinken verwandelte, aus etwas, das fast nur Träger süßen Duftes war in ein kutschermäßiges Getränk. »Ist es möglich?« fragte sich K., wie vorwurfsvoll gegen sich selbst und trank noch einmal.

Da – K. war gerade in einem langen Schluck befangen – wurde es hell, das elektrische Licht brannte, innen auf der Treppe, im Gang, im Flur, außen über dem Eingang. Man hörte Schritte die Treppe herabkommen, die Flasche entfiel K.'s Hand, der Kognak ergoß sich über einen Pelz, K. sprang aus dem Schlitten, gerade hatte er noch die Tür zuschlagen können, was einen dröhnenden Lärm gab, als kurz darauf ein Herr langsam aus dem Hause trat. Das einzig Tröstliche schien, daß es nicht Klamm war oder war gerade dieses zu bedauern? Es war der Herr, den K. schon im Fenster des ersten Stockes gesehen hatte. Ein junger Herr, äußerst wohl aussehend, weiß und rot, aber sehr ernst. Auch K. sah ihn düster an aber er meinte sich selbst mit diesem Blick. Hätte er doch lieber seine Gehilfen hergeschickt, sich so zu benehmen wie er es getan hatte, hätten auch sie verstanden. Ihm gegenüber der Herr schwieg noch, so als hätte er für das zu Sagende nicht genug Atem in seiner überbreiten Brust. »Das ist ja entsetzlich«, sagte er dann und schob seinen Hut ein wenig aus der Stirn. Wie? Der Herr wußte doch wahrscheinlich nichts von K.'s Aufenthalt im Schlitten und fand schon irgendetwas entsetzlich? Etwa daß K. bis in den Hof gedrungen war? »Wie kommen Sie denn hierher?« fragte dann der Herr schon leiser, schon ausatmend, sich ergebend in das Unabänderliche. Was für Fragen! Was für Antworten! Sollte etwa K. noch ausdrücklich selbst dem Herrn bestätigen, daß sein mit soviel Hoffnungen begonnener Weg vergebens gewesen war? Statt zu antworten wandte sich K. zum Schlitten, öffnete ihn und holte seine Mütze, die er drin vergessen hatte. Mit Unbehagen merkte er, wie der Kognak auf das Trittbrett tropfte.

Dann wandte er sich wieder dem Herrn zu; ihm zu zeigen, daß er im Schlitten gewesen war, hatte er nun keine Bedenken mehr, es war auch nicht das Schlimmste; wenn er gefragt würde, allerdings nur dann, wollte er nicht verschweigen, daß ihn der Kutscher selbst, zumindest zum Öffnen des Schlittens veranlaßt hatte. Das eigentlich Schlimme aber war ja, daß ihn der Herr überrascht hatte, daß nicht genug Zeit mehr gewesen war, sich vor ihm zu verstecken, um dann ungestört auf Klamm warten zu können oder daß er nicht genug Geistesgegenwart gehabt hatte, im Schlitten zu bleiben, die Tür zu schließen und dort auf den Pelzen Klamm zu erwarten oder dort wenigstens zu bleiben solange dieser Herr in der Nähe war. Freilich, er hatte ja nicht wissen können, ob nicht vielleicht doch schon jetzt Klamm selbst komme, in welchem Fall es natürlich viel besser gewesen wäre, ihn außerhalb des Schlittens zu empfangen. Ja, es war mancherlei hier zu bedenken gewesen, jetzt aber gar nichts mehr, denn es war zu Ende.

»Kommen Sie mit mir«, sagte der Herr, nicht eigentlich befehlend, aber der Befehl lag nicht in den Worten, sondern in einem sie begleitenden kurzen absichtlich gleichgültigen Schwenken der Hand. »Ich warte hier auf jemanden«, sagte K., nicht mehr in Hoffnung auf irgendeinen Erfolg, sondern nur grundsätzlich. »Kommen Sie«, sagte der Herr nochmals, ganz unbeirrt, so als wolle er zeigen, daß er niemals daran gezweifelt habe, daß K. auf jemanden warte. »Aber ich verfehle dann den auf den ich warte«, sagte K. mit einem Zucken des

Körpers. Trotzallem was geschehen war hatte er das Gefühl, daß das was er bisher erreicht hatte eine Art Besitz war, den er zwar nur noch scheinbar festhielt aber doch nicht auf einen beliebigen Befehl hin ausliefern mußte. »Sie verfehlen ihn auf jeden Fall ob Sie warten oder gehn«, sagte der Herr zwar schroff in seiner Meinung aber auffallend nachgiebig für K.'s Gedankengang. »Dann will ich ihn lieber beim Warten verfehlen«, sagte K. trotzig, durch bloße Worte dieses jungen Herrn würde er sich gewiß nicht von hier vertreiben lassen. Darauf schloß der Herr mit einem überlegenen Ausdruck des zurückgelehnten Gesichtes für ein Weilchen die Augen, so als wolle er von K.'s Unverständigkeit wieder zu seiner eigenen Vernunft zurückkehren, umlief mit der Zungenspitze die Lippen des ein wenig geöffneten Mundes und sagte dann zum Kutscher: »Spannen Sie die Pferde aus!«

Der Kutscher, ergeben dem Herrn, aber mit einem bösen Seitenblick auf K. mußte nun doch im Pelz hinuntersteigen und begann sehr zögernd, so als erwarte er nicht vom Herrn einen Gegenbefehl, aber von K. eine Sinnesänderung, die Pferde mit dem Schlitten rückwärts näher zum Seitenflügel zurückzuführen, in welchem offenbar hinter einem großen Tor der Stall mit dem Wagenschupfen untergebracht war. K. sah sich allein zurückbleiben, auf der einen Seite entfernte sich der Schlitten, auf der andern, auf dem Weg den K. gekommen war, der junge Herr, beide allerdings sehr langsam, so als wollten sie K. zeigen, daß es noch in seiner Macht gelegen sei sie zurückzuholen.

Vielleicht hatte er diese Macht, aber sie hätte ihm nicht nützen können; den Schlitten zurückzuholen, bedeutete sich selbst vertreiben. So blieb er still, als einziger der den Platz behauptete, aber es war ein Sieg, der keine Freude machte. Abwechselnd sah er dem Herrn und dem Kutscher nach. Der Herr hatte schon die Tür erreicht, durch die K. zuerst den Hof betreten hatte, noch einmal blickte er zurück, K. glaubte ihn den Kopf schütteln zu sehn über so viel Hartnäckigkeit, dann wandte er sich mit einer entschlossenen kurzen endgiltigen Bewegung um und betrat den Flur, in dem er gleich verschwand. Der Kutscher blieb länger auf dem Hof, er hatte viel Arbeit mit dem Schlitten, er mußte das schwere Stalltor aufmachen, durch

Rückwärtsfahren den Schlitten an seinen Ort bringen, die Pferde ausspannen, zu ihrer Krippe führen, das alles machte er ernst, ganz in sich gekehrt, schon ohne jede Hoffnung auf eine baldige Fahrt; dieses schweigende Hantieren ohne jeden Seitenblick auf K. schien diesem ein viel härterer Vorwurf zu sein, als das Verhalten des Herrn. Und als nun nach Beendigung der Arbeit im Stall der Kutscher quer über den Hof gieng in seinem langsamen schaukelnden Gang, das große Tor zumachte, dann zurückkam, alles langsam und förmlich nur in Betrachtung seiner eigenen Spur im Schnee, dann sich im Stall einschloß und nun auch alles elektrische Licht verlöschte – wem hätte es leuchten sollen? – und nur noch oben der Spalt in der Holzgallerie hell blieb und den irrenden Blick ein wenig festhielt, da schien es K. als habe man nun alle Verbindung mit ihm abgebrochen und als sei er nun freilich freier als jemals und könne hier auf dem ihm sonst verbotenen Ort warten solange er wolle und habe sich diese Freiheit erkämpft wie kaum ein anderer es könnte und niemand dürfe ihn anrühren oder vertreiben, ja kaum ansprechen, aber – diese Überzeugung war zumindest ebenso stark – als gäbe es gleichzeitig nichts Sinnloseres, nichts Verzweifelteres als diese Freiheit, dieses Warten, diese Unverletzlichkeit.

Der Verschollene
[Karl sah an einer Straßenecke ...]

Karl sah an einer Straßenecke ein Plakat mit folgender Aufschrift: »Auf dem Rennplatz in Clayton wird heute von sechs Uhr früh bis Mitternacht Personal für das Teater in Oklahama aufgenommen! Das große Teater von Oklahama ruft Euch! Es ruft nur heute, nur einmal! Wer jetzt die Gelegenheit versäumt, versäumt sie für immer! Wer an seine Zukunft denkt, gehört zu uns! Jeder ist willkommen! Wer Künstler werden will melde sich! Wir sind das Teater, das jeden brauchen kann, jeden an seinem Ort! Wer sich für uns entschieden hat, den beglückwünschen wir gleich hier! Aber beeilt Euch, damit Ihr bis Mitternacht vorgelassen werdet! Um zwölf wird alles geschlossen und nicht mehr geöffnet! Verflucht sei wer uns nicht glaubt! Auf nach Clayton!«

Es standen zwar viele Leute vor dem Plakat, aber es schien nicht viel Beifall zu finden. Es gab soviel Plakate, Plakaten glaubte niemand mehr. Und dieses Plakat war noch unwahrscheinlicher als Plakate sonst zu sein pflegen. Vor allem aber hatte es einen großen Fehler, es stand kein Wort von der Bezahlung darin. Wäre sie auch nur ein wenig erwähnenswert gewesen, das Plakat hätte sie gewiß genannt; es hätte das Verlockendste nicht vergessen. Künstlerwerden wollte niemand, wohl aber wollte jeder für seine Arbeit bezahlt werden.

Für Karl stand aber doch in dem Plakat eine große Verlockung. »Jeder war willkommen«, hieß es. Jeder, also auch Karl. Alles was er bisher getan hatte, war vergessen, niemand wollte ihm daraus einen Vorwurf machen. Er durfte sich zu einer Arbeit melden, die keine Schande war, zu der man vielmehr öffentlich einladen konnte! Und ebenso öffentlich wurde das Versprechen gegeben, daß man auch ihn annehmen würde. Er verlangte nichts besseres, er wollte endlich den Anfang einer anständigen Laufbahn finden und hier zeigte er sich vielleicht. Mochte alles Großsprecherische, was auf dem Plakate stand, eine Lüge sein, mochte das große Teater von Oklahama ein kleiner Wandercirkus sein, es wollte Leute aufnehmen, das war genügend. Karl las das Plakat nicht zum zweitenmale, suchte aber noch einmal den Satz: »Jeder ist willkommen« hervor.

Zuerst dachte er daran zufuß nach Clayton zu gehn, aber das wären drei Stunden angestrengten Marsches gewesen, und er wäre dann möglicherweise gerade zurechtgekommen, um zu erfahren, daß man schon alle verfügbaren Stellen besetzt hätte. Nach dem Plakat war allerdings die Zahl der Aufzunehmenden unbegrenzt, aber so waren immer alle derartigen Stellenangebote abgefaßt. Karl sah ein, daß er entweder auf die Stelle verzichten oder fahren mußte. Er überrechnete sein Geld, es hätte ohne diese Fahrt für acht Tage gereicht, er schob die kleinen Münzen auf der flachen Hand hin und her. Ein Herr der ihn beobachtet hatte, klopfte ihm auf die Schulter und sagte: »Viel Glück zur Fahrt nach Clayton.« Karl nickte stumm und rechnete weiter. Aber er entschloß sich bald, teilte das für die Fahrt notwendige Geld ab und lief zur Untergrundbahn.

Als er in Clayton ausstieg, hörte er gleich den Lärm vieler Trompeten. Es war ein wirrer Lärm, die Trompeten waren nicht gegeneinander abgestimmt, es wurde rücksichtslos geblasen. Aber das störte Karl nicht, es bestätigte ihm vielmehr daß das Teater von Oklahama ein großes Unternehmen war. Aber als er aus dem Stationsgebäude trat und die ganze Anlage vor sich überblickte, sah er, daß alles noch größer war, als er nur irgendwie hatte denken können, und er begriff nicht wie ein Unternehmen nur zu dem Zweck um Personal zu erhalten derartige Aufwendungen machen konnte. Vor dem Eingang zum Rennplatz war ein langes niedriges Podium aufgebaut, auf dem hunderte Frauen als Engel gekleidet in weißen Tüchern mit großen Flügeln am Rücken auf langen goldglänzenden Trompeten bliesen. Sie waren aber nicht unmittelbar auf dem Podium, sondern jede stand auf einem Postament, das aber nicht zu sehen war, denn die langen wehenden Tücher der Engelkleidung hüllten es vollständig ein. Da nun die Postamente sehr hoch, wohl bis zwei Meter hoch waren, sahen die Gestalten der Frauen riesenhaft aus, nur ihre kleinen Köpfe störten ein wenig den Eindruck der Größe, auch ihr gelöstes Haar hieng zu kurz und fast lächerlich zwischen den großen Flügeln und an den Seiten hinab. Damit keine Einförmigkeit entstehe, hatte man Postamente in der verschiedensten Größe verwendet, es gab ganz niedrige Frauen, nicht weit über Lebensgröße, aber neben ihnen schwangen sich andere Frauen in solche Höhe hinauf, daß man sie beim leichtesten Windstoß in Gefahr glaubte. Und nun bliesen alle diese Frauen.

Es gab nicht viele Zuhörer. Klein im Vergleich zu den großen Gestalten giengen etwa zehn Burschen vor dem Podium hin und her und blickten zu den Frauen hinauf. Sie zeigten einander diese oder jene, sie schienen aber nicht die Absicht zu haben einzutreten und sich aufnehmen zu lassen. Nur ein einziger älterer Mann war zu sehn, er stand ein wenig abseits. Er hatte gleich auch seine Frau und ein Kind im Kinderwagen mitgebracht. Die Frau hielt mit der einen Hand den Wagen, mit der andern stützte sie sich auf die Schulter des Mannes. Sie bewunderten zwar das Schauspiel, aber man erkannte doch, daß sie enttäuscht waren. Sie hatten wohl auch erwartet eine Arbeitsgelegenheit zu finden, dieses Trompetenblasen aber beirrte sie.

Karl war in der gleichen Lage. Er trat in die Nähe des Mannes, hörte ein wenig den Trompeten zu und sagte dann: »Hier ist doch die Aufnahmestelle für das Teater von Oklahama?« »Ich glaubte es auch«, sagte der Mann, »aber wir warten hier schon seit einer Stunde und hören nichts als die Trompeten. Nirgends ist ein Plakat zu sehn, nirgends ein Ausrufer, nirgends jemand, der Auskunft geben könnte.« Karl sagte: »Vielleicht wartet man, bis mehr Leute zusammenkommen. Es sind wirklich noch sehr wenig hier.« »Möglich«, sagte der Mann und sie schwiegen wieder. Es war auch schwer im Lärm der Trompeten etwas zu verstehn. Aber dann flüsterte die Frau etwas ihrem Manne zu, er nickte und sie rief gleich Karl an: »Könnten Sie nicht in die Rennbahn hinübergehn und fragen wo die Aufnahme stattfindet.« »Ja«, sagte Karl, »aber ich müßte über das Podium gehn, zwischen den Engeln durch.« »Ist das so schwierig?« fragte die Frau. Für Karl erschien ihr der Weg leicht, ihren Mann aber wollte sie nicht ausschicken. »Nun ja«, sagte Karl, »ich werde gehn.« »Sie sind sehr gefällig«, sagte die Frau und sie wie auch ihr Mann drückten Karl die

Hand. Die Burschen liefen zusammen, um aus der Nähe zu sehn wie Karl auf das Podium stieg. Es war als bliesen die Frauen stärker, um den ersten Stellensuchenden zu begrüßen. Diejenigen aber, an deren Postament Karl gerade vorübergieng, gaben sogar die Trompeten vom Munde und beugten sich zur Seite um seinen Weg zu verfolgen. Karl sah auf dem andern Ende des Podiums einen unruhig auf und abgehenden Mann, der offenbar nur auf Leute wartete, um ihnen alle Auskunft zu geben, die man nur wünschen konnte. Karl wollte schon auf ihn zugehn, da hörte er über sich seinen Namen rufen: »Karl«, rief ein Engel. Karl sah auf und fieng vor freudiger Überraschung zu lachen an; es war Fanny. »Fanny«, rief er und grüßte mit der Hand hinauf. »Komm doch her«, rief Fanny, »Du wirst doch nicht an mir vorüberlaufen.« Und sie schlug die Tücher auseinander so daß das Postament und eine schmale Treppe die hinaufführte, frei gelegt wurde. »Ist es erlaubt, hinaufzugehn?« fragte Karl. »Wer will es uns verbieten, daß wir einander die Hand drücken«, rief Fanny und blickte sich erzürnt um, ob nicht etwa schon jemand mit dem Verbote käme. Karl lief aber schon die Treppe hinauf. »Langsamer«, rief Fanny, »das Postament und wir beide stürzen um.« Aber es geschah nichts, Karl kam glücklich bis zur letzten Stufe. »Sieh nur«, sagte Fanny nachdem sie einander begrüßt hatten, »sieh nur was für eine Arbeit ich bekommen habe.« »Es ist ja schön«, sagte Karl und sah sich um. Alle Frauen in der Nähe hatten schon Karl bemerkt und kicherten. »Du bist fast die höchste«, sagte Karl und streckte die Hand aus, um die Höhe der andern abzumessen. »Ich habe Dich gleich gesehn«, sagte Fanny, »als Du aus der Station kamst, aber ich bin leider hier in der letzten Reihe, man sieht mich nicht und rufen konnte ich auch nicht. Ich habe zwar besonders laut geblasen, aber Du hast mich nicht erkannt.« »Ihr blast ja alle schlecht«, sagte Karl. »Laß mich einmal blasen.« »Aber gewiß«, sagte Fanny und reichte ihm die Trompete, »aber verdirb den Chor nicht, sonst entläßt man mich.« Karl fieng zu blasen an, er hatte gedacht, es sei eine grob gearbeitete Trompete, nur zum Lärmmachen bestimmt, aber nun zeigte sich daß es ein Instrument war, das fast jede Feinheit ausführen konnte. Waren alle Instrumente von gleicher Beschaffenheit, so wurde ein großer Mißbrauch mit ihnen getrieben. Karl blies, ohne sich vom Lärm der andern stören zu lassen, mit voller Brust ein Lied das er irgendwo in einer Kneipe einmal gehört hatte. Er war froh, eine alte Freundin getroffen zu haben, hier vor allen bevorzugt die Trompete blasen zu dürfen und möglicherweise bald eine gute Stellung bekommen zu können. Viele Frauen hörten zu blasen auf und hörten zu; als er plötzlich abbrach, war kaum die Hälfte der Trompeten in Tätigkeit, erst allmählich kam wieder der vollständige Lärm zustande. »Du bist ein Künstler«, sagte Fanny als Karl ihr die Trompete wieder reichte. »Laß Dich als Trompeter aufnehmen.« »Werden denn auch Männer aufgenommen?« fragte Karl. »Ja«, sagte Fanny, »wir blasen zwei Stunden. Dann werden wir von Männern, die als Teufel angezogen sind, abgelöst. Die Hälfte bläst, die Hälfte trommelt. Es ist sehr schön, wie überhaupt die ganze Ausstattung sehr kostbar ist. Ist nicht auch unser Kleid sehr schön? Und die Flügel?« Sie sah an sich hinab. »Glaubst Du«, fragte Karl, »daß auch ich noch eine Stelle bekommen werde?« »Ganz bestimmt«, sagte Fanny, »es ist ja das größte Teater der Welt. Wie gut es sich trifft, daß wir wieder beisammen sein werden. Allerdings kommt es darauf an, was für eine Stelle Du bekommst. Es wäre nämlich auch möglich, daß wir, auch wenn wir beide hier angestellt sind uns doch gar nicht sehn.« »Ist denn das Ganze wirklich so groß?« fragte Karl. »Es ist das größte Teater der Welt«, sagte Fanny nochmals, »ich habe es allerdings selbst noch nicht gesehn, aber manche meiner Kolleginnen, die schon in Oklahama waren, sagen, es sei fast grenzenlos.« »Es melden sich aber wenig Leute«, sagte Karl und zeigte hinunter auf die Burschen und die kleine Familie. »Das ist wahr«, sagte Fanny. »Bedenke aber, daß wir in allen Städten Leute aufnehmen, daß unsere Werbetruppe immerfort reist und daß es noch viele solche Truppen gibt.« »Ist denn das Teater noch nicht eröffnet?« fragte Karl. »Oja«, sagte Fanny, »es ist ein altes Teater, aber es wird immerfort vergrößert.« »Ich wundere mich«, sagte Karl, »daß sich nicht mehr Leute dazu drängen.« »Ja«, sagte Fanny, »es ist merkwürdig.« »Vielleicht«, sagte Karl, »schreckt dieser Aufwand an Engeln und Teufeln mehr ab, als er anzieht.« »Wie Du das herausfinden kannst«, sagte Fanny. »Es ist aber möglich. Sag es unserem Führer, vielleicht kannst Du ihm dadurch nützen.« »Wo ist er?« fragte Karl. »In der Rennbahn«, sagte Fanny, »auf der Schiedsrichtertribüne.« »Auch das wundert mich«, sagte Karl, »warum geschieht denn die Aufnahme auf der Rennbahn?« »Ja«, sagte Fanny, »wir machen überall die größten Vorbereitungen für den größten Andrang. Auf der Rennbahn ist eben viel Platz. Und in allen Ständen, wo sonst die Wetten abgeschlossen werden, sind die Aufnahmskanzleien eingerichtet. Es sollen zweihundert verschiedene Kanzleien sein.« »Aber«, rief Karl, »hat denn das Teater von Oklahama so große Einkünfte, um derartige Werbetruppen erhalten zu können?« »Was kümmert uns denn das«, sagte Fanny, »aber nun, Karl, geh, damit Du nichts versäumst, ich muß auch wieder blasen. Versuche auf jeden Fall einen Posten bei dieser Truppe zu bekommen und komm gleich zu mir es melden. Denke daran, daß ich in großer Unruhe auf die Nachricht warte.« Sie drückte ihm die Hand, ermahnte ihn zur Vorsicht beim Hinabsteigen, setzte wieder die Trompete an die Lippen, blies aber nicht früher, ehe sie Karl unten auf dem Boden in Sicherheit sah. Karl legte wieder die Tücher über die Treppe so wie sie früher gewesen waren, Fanny dankte durch Kopfnicken, und Karl gieng, das eben Gehörte nach verschiedenen Richtungen hin überlegend auf den Mann zu, der schon Karl oben bei Fanny gesehen und sich dem Postament genähert hatte, um ihn zu erwarten.

»Sie wollen bei uns eintreten?« fragte der Mann. »Ich bin der Personalchef dieser Truppe und heiße Sie willkommen.« Er war ständig wie aus Höflichkeit ein wenig vorgebeugt, tänzelte, trotzdem er sich nicht von der Stelle rührte und spielte mit seiner Uhrkette. »Ich danke«, sagte Karl, »ich habe das Plakat Ihrer Gesellschaft gelesen und melde mich wie es dort verlangt wird.« »Sehr richtig«, sagte der Mann anerkennend, »leider verhält sich hier nicht jeder so richtig.« Karl dachte daran, daß er jetzt den Mann darauf aufmerksam machen könnte, daß möglicherweise die Lockmittel der Werbetruppe gerade wegen ihrer Großartigkeit versagten. Aber er sagte es nicht, denn dieser Mann war gar nicht der Führer der Truppe und außerdem wäre es wenig empfehlend gewesen, wenn er der noch gar nicht aufgenommen war, gleich Verbesserungsvorschläge gemacht hätte. Darum sagte er nur: »Es wartet draußen noch einer, der sich auch anmelden will und der mich nur vorausgeschickt hat. Darf ich ihn jetzt holen?« »Natürlich«, sagte der Mann, »je mehr kommen, desto besser.« »Er hat auch eine Frau bei sich und ein kleines Kind im Kinderwagen. Sollen die auch kommen?« »Natürlich«, sagte der Mann und schien über Karls Zweifel zu lächeln. »Wir können alle brauchen.« »Ich bin gleich wieder zurück«, sagte Karl und lief wieder zurück an den Rand des Podiums. Er winkte dem Ehepaar zu und rief daß alle kommen dürften. Er half den Kinderwagen auf das Podium heben und sie giengen nun gemeinsam. Die Burschen die das sahen, berieten sich miteinander, stiegen dann langsam, bis zum letzten Augenblick noch zögernd, die Hände in den Taschen auf das Podium hinauf und folgten schließlich Karl und der Familie. Eben kamen aus dem Stationsgebäude der Untergrundbahn neue Passagiere hervor, die angesichts des Podiums mit den Engeln staunend die Arme erhoben. Immerhin schien es als ob die Bewerbung um Stellen nun doch lebhafter werden solle. Karl war sehr froh so früh, vielleicht als erster gekommen zu sein, das Ehepaar war ängstlich und stellte verschiedene Fragen darüber, ob große Anforderungen gestellt würden. Karl sagte, er wisse noch nichts Bestimmtes, er hätte aber wirklich den Eindruck erhalten, daß jeder ohne Ausnahme genommen würde. Er glaube, man dürfe getrost sein.

Der Personalchef kam ihnen schon entgegen, war sehr zufrieden, daß soviele kamen, rieb sich die Hände, grüßte jeden einzelnen durch eine kleine Verbeugung und stellte sie alle in eine Reihe. Karl war der erste, dann kam das Ehepaar und dann erst die andern. Als sie sich alle aufgestellt hatten, die Burschen drängten sich zuerst durcheinander und es dauerte ein Weilchen ehe bei ihnen Ruhe eintrat, sagte der Personalchef, während die Trompeten verstummten: »Im Namen des Teaters von Oklahama begrüße ich Sie. Sie sind früh gekommen (es war aber schon bald mittag) das Gedränge ist noch nicht groß, die Formalitäten Ihrer Aufnahme werden daher bald erledigt sein. Sie haben natürlich alle Ihre Legitimationspapiere bei sich.« Die Burschen holten gleich irgendwelche Papiere aus den Taschen und schwenkten sie gegen den Personalchef hin, der Ehemann stieß seine Frau an, die unter dem Federbett des Kinderwagens ein ganzes Bündel Papiere hervorzog, Karl allerdings hatte keine. Sollte das ein Hindernis für seine Aufnahme werden? Es war nicht unwahrscheinlich. Immerhin wußte Karl aus Erfahrung, daß sich derartige Vorschriften wenn man nur ein wenig entschlossen ist, leicht umgehen lassen. Der Personalchef überblickte die Reihe, vergewisserte sich daß alle Papiere hatten und da auch Karl die Hand, allerdings die leere Hand erhob, nahm er an, auch bei ihm sei alles in Ordnung. »Es ist gut«, sagte dann der Personalchef und winkte den Burschen ab, die ihre Papiere gleich untersucht haben wollten, »die Papiere werden jetzt in den Aufnahmskanzleien überprüft werden. Wie Sie schon aus unserm Plakat gesehn haben, können wir jeden brauchen. Wir müssen aber natürlich wissen, was für einen Beruf er bisher ausgeübt hat, damit wir ihn an den richtigen Ort stellen können, wo er seine Kenntnisse verwerten kann.« »Es ist ja ein Teater«, dachte Karl zweifelnd und hörte sehr aufmerksam zu. »Wir haben daher«, fuhr der Personalchef fort, »in den Buchmacherbuden Aufnahmskanzleien eingerichtet, je eine Kanzlei für eine Berufsgruppe. Jeder von Ihnen wird mir also jetzt seinen Beruf angeben, die Familie gehört im allgemeinen zur Aufnahmskanzlei des Mannes, ich werde Sie dann zu den Kanzleien führen, wo zuerst Ihre Papiere und dann Ihre Kenntnisse von Fachmännern überprüft werden sollen – es wird nur eine ganz kurze Prüfung sein, niemand muß sich fürchten. Dort werden Sie dann auch gleich aufgenommen werden und die weitern Weisungen erhalten. Fangen wir also an. Hier die erste Kanzlei ist wie schon die Aufschrift sagt, für Ingenieure bestimmt. Ist vielleicht ein Ingenieur unter Ihnen?« Karl meldete sich. Er glaubte, gerade weil er keine Papiere hatte, müsse er bestrebt sein alle Formalitäten möglichst rasch durchzujagen, eine kleine Berechtigung sich zu melden hatte er auch, denn er hatte ja Ingenieur werden wollen. Aber als die Burschen sahen, daß sich Karl meldete, wurden sie neidisch und meldeten sich auch, alle meldeten sich. Der Personalchef streckte sich in die Höhe und sagte zu den Burschen: »Sie sind Ingenieure?« Da senkten sie alle langsam die Hände, Karl dagegen bestand auf seiner ersten Meldung. Der Personalchef sah ihn zwar ungläubig an, denn Karl schien ihm zu kläglich angezogen und auch zu jung, um Ingenieur sein zu können, aber er sagte doch nichts weiter, vielleicht aus Dankbarkeit, weil Karl ihm, wenigstens seiner Meinung nach, die Bewerber hereingeführt hatte. Er zeigte bloß einladend nach der Kanzlei und Karl gieng hin, während sich der Personalchef den andern zuwendete.

In der Kanzlei für Ingenieure saßen an den zwei Seiten eines rechtwinkligen Pultes zwei Herren und verglichen zwei große Verzeichnisse, die vor ihnen lagen. Der eine las vor, der andere strich in seinem Verzeichnis die vorgelesenen Namen an. Als Karl grüßend vor sie hintrat, legten sie sofort die Verzeichnisse fort und nahmen andere große Bücher vor, die sie aufschlugen. Der eine, offenbar nur ein Schreiber, sagte: »Ich bitte um Ihre Legitimationspapiere.« »Ich habe sie leider nicht bei mir«, sagte Karl. »Er hat sie nicht bei sich«, sagte der Schreiber zu dem andern Herrn und schrieb die Antwort gleich in sein Buch ein. »Sie sind Ingenieur?« fragte dann der andere, der der Leiter der Kanzlei zu sein schien. »Ich bin es noch nicht«, sagte Karl schnell, »aber –« »Genug«, sagte der Herr noch viel schneller, »dann gehören Sie nicht zu uns. Ich bitte die Aufschrift zu beachten.« Karl biß die Zähne zusammen, der Herr mußte es bemerkt haben, denn er sagte: »Es ist kein Grund zur Unruhe. Wir können alle brauchen.« Und er winkte einem der Diener, die beschäftigungslos zwischen den Barrieren herumgiengen: »Führen Sie diesen Herrn zu der Kanzlei für Leute mit technischen Kenntnissen.« Der Diener faßte den Befehl wörtlich auf und faßte Karl bei der Hand. Sie giengen zwischen vielen Buden durch, in einer sah Karl schon einen der Burschen der bereits aufgenommen war und den Herren dort dankend die Hand drückte. In der Kanzlei, in die Karl jetzt gebracht wurde, war, wie Karl vorausgesehen hatte, der Vorgang ähnlich wie in der ersten Kanzlei. Nur schickte man ihn von hier, da man hörte, daß er eine Mittelschule besucht hatte, in die Kanzlei für gewesene Mittelschüler. Als Karl dort aber sagte, er hätte eine europäische Mittelschule besucht, erklärte man sich auch dort für unzuständig und ließ ihn in die Kanzlei für europäische Mittelschüler führen. Es war eine Bude am äußersten Rand, nicht nur kleiner sondern sogar niedriger als alle andern. Der Diener, der ihn hierher gebracht hatte, war wütend über die lange Führung und die vielen Abweisungen, an denen seiner

Meinung nach Karl allein die Schuld tragen mußte. Er wartete nicht mehr die Fragen ab, sondern lief gleich fort. Diese Kanzlei war wohl auch die letzte Zuflucht. Als Karl den Kanzleileiter erblickte, erschrak er fast über die Ähnlichkeit, die dieser mit einem Professor hatte, der wahrscheinlich noch jetzt an der Realschule zuhause unterrichtete. Die Ähnlichkeit bestand allerdings, wie sich gleich herausstellte nur in Einzelheiten, aber die auf der breiten Nase ruhende Brille, der blonde wie ein Schaustück gepflegte Vollbart, der sanft gebeugte Rücken und die immer unerwartet hervorbrechende laute Stimme hielten Karl noch einige Zeit in Staunen. Glücklicherweise mußte er auch nicht sehr aufmerken, denn es gieng hier einfacher zu als in den andern Kanzleien. Es wurde zwar auch hier eingetragen, daß seine Legitimationspapiere fehlten und der Kanzleileiter nannte es eine unbegreifliche Nachlässigkeit, aber der Schreiber, der hier die Oberhand hatte, gieng schnell darüber hinweg und erklärte nach einigen kurzen Fragen des Leiters, während sich dieser gerade zu einer größern Frage anschickte, Karl für aufgenommen. Der Leiter wandte sich mit offenem Mund gegen den Schreiber, dieser aber machte eine abschließende Handbewegung, sagte: »Aufgenommen« und trug auch gleich die Entscheidung ins Buch ein. Offenbar war der Schreiber der Meinung, ein europäischer Mittelschüler zu sein, sei schon etwas so schmähliches daß man es jedem, der es von sich behaupte, ohne weiteres glauben könne. Karl für seinen Teil hatte nichts dagegen einzuwenden, er gieng zu ihm hin und wollte ihm danken. Es gab aber noch eine kleine Verzögerung, als man ihn jetzt nach seinem Namen fragte. Er antwortete nicht gleich, er hatte eine Scheu, seinen wirklichen Namen zu nennen und aufschreiben zu lassen. Bis er hier auch nur die kleinste Stelle erhalten und zur Zufriedenheit ausfüllen würde, dann mochte man seinen Namen erfahren, jetzt aber nicht, allzulang hatte er ihn verschwiegen, als daß er ihn jetzt hätte verraten sollen. Er nannte daher, da ihm im Augenblick kein anderer Name einfiel, nur den Rufnamen aus seinen letzten Stellungen: »Negro«. »Negro?« fragte der Leiter, drehte den Kopf und machte eine Grimasse, als hätte Karl jetzt den Höhepunkt der Unglaubwürdigkeit erreicht. Auch der Schreiber sah Karl eine Weile prüfend an, dann aber wiederholte er »Negro« und schrieb den Namen ein. »Sie haben doch nicht Negro aufgeschrieben«, fuhr ihn der Leiter an. »Ja, Negro«, sagte der Schreiber ruhig und machte eine Handbewegung, als habe nun der Leiter das Weitere zu veranlassen. Der Leiter bezwang sich auch, stand auf und sagte: »Sie sind also für das Teater von Oklahama –«. Aber weiter kam er nicht, er konnte nichts gegen sein Gewissen tun, setzte sich und sagte: »Er heißt nicht Negro.« Der Schreiber zog die Augenbrauen in die Höhe, stand nun selbst auf und sagte: »Dann teile also ich Ihnen mit, daß Sie für das Teater in Oklahama aufgenommen sind und daß man Sie jetzt unserm Führer vorstellen wird.« Wieder wurde ein Diener gerufen, der Karl zur Schiedsrichtertribüne führte.

Unten an der Treppe sah Karl den Kinderwagen und gerade kam auch das Ehepaar herunter, die Frau mit dem Kind auf dem Arm. »Sind Sie aufgenommen?« fragte der Mann, er war viel lebhafter als früher, auch die Frau sah ihm lachend über die Schulter. Als Karl antwortete, eben sei er aufgenommen worden und gehe zur Vorstellung, sagte der Mann: »Dann gratuliere ich. Auch wir sind aufgenommen worden, es scheint ein gutes Unternehmen zu sein, allerdings kann man sich nicht gleich in alles einfinden, so ist es aber überall.« Sie sagten einander noch »Auf Wiedersehn« und Karl stieg zur Tribüne hinauf. Er gieng langsam, denn der kleine Raum oben schien von Leuten überfüllt zu sein und er wollte sich nicht eindrängen. Er blieb sogar stehn und überblickte das große Rennfeld das auf allen Seiten bis an ferne Wälder reichte. Ihn erfaßte Lust einmal ein Pferderennen zu sehn, er hatte in Amerika noch keine Gelegenheit dazu gefunden. In Europa war er einmal als kleines Kind zu einem Rennen mitgenommen worden, konnte sich aber an nichts anderes erinnern als daß er von der Mutter zwischen vielen Menschen die nicht auseinanderweichen wollten, durchgezogen worden war. Er hatte also eigentlich überhaupt noch kein Rennen gesehn. Hinter ihm fieng eine Maschinerie zu schnarren an, er drehte sich um und sah auf dem Apparat, auf dem beim Rennen die Namen der Sieger veröffentlicht werden, jetzt folgende Aufschrift in die Höhe ziehn: »Kaufmann Kalla mit Frau und Kind«. Hier wurden also die Namen der Aufgenommenen den Kanzleien mitgeteilt.

Gerade liefen einige Herren lebhaft miteinander sprechend, Bleistifte und Notizblätter in den Händen die Treppe herunter, Karl drückte sich ans Geländer um sie vorbeizulassen und stieg, da nun oben Platz geworden war hinauf. In einer Ecke der mit Holzgeländern versehenen Platform – das ganze sah wie das flache Dach eines schmalen Turmes aus – saß, die Arme entlang der Holzgeländer ausgestreckt, ein Herr, dem ein breites weißes Seidenband mit der Aufschrift: Führer der roten Werbetruppe des Teaters von Oklahama quer über die Brust gieng. Neben ihm stand auf einem Tischchen ein gewiß auch bei den Rennen verwendeter telephonischer Apparat, durch den der Führer offenbar alle notwendigen Angaben über die einzelnen Bewerber noch vor der Vorstellung erfuhr, denn er stellte an Karl zunächst gar keine Fragen, sondern sagte zu einem Herrn, der mit gekreuzten Beinen, die Hand am Kinn neben ihm lehnte: »Negro, ein europäischer Mittelschüler.« Und als sei damit der sich tief verneigende Karl für ihn erledigt sah er die Treppe hinunter, ob nicht wieder jemand käme. Aber da niemand kam, hörte er manchmal dem Gespräch, das der andere Herr mit Karl führte zu, blickte aber meistens über das Rennfeld hin und klopfte mit den Fingern auf das Geländer. Diese zarten und doch kräftigen, langen und schnell bewegten Finger lenkten zeitweilig Karls Aufmerksamkeit auf sich trotzdem ihn der andere Herr genug in Anspruch nahm.

»Sie sind stellungslos gewesen?« fragte dieser Herr zunächst. Diese Frage sowie fast alle andern Fragen, die er stellte, waren sehr einfach, ganz unverfänglich und die Antworten wurden überdies nicht durch Zwischenfragen nachgeprüft, trotzdem aber wußte ihnen der Herr durch die Art wie er sie mit großen Augen aussprach, wie er ihre Wirkung mit vorgebeugtem Oberkörper beobachtete, wie er die Antworten mit auf die Brust gesenktem Kopfe aufnahm und hie und da laut wiederholte, eine besondere Bedeutung zu geben, die man zwar nicht verstand, deren Ahnung aber vorsichtig und befangen machte. Es kam öfters vor, daß es Karl drängte die gegebene Antwort zu widerrufen und durch eine andere, die vielleicht mehr Beifall finden würde, zu ersetzen, aber er hielt sich doch immer noch zurück, denn er wußte, einen wie schlechten Eindruck ein derartiges

Schwanken machen mußte und wie überdies die Wirkung der Antworten eine meist unberechenbare war. Überdies aber schien ja seine Aufnahme schon entschieden zu sein, dieses Bewußtsein gab ihm Rückhalt.

Die Frage ob er stellungslos gewesen sei, beantwortete er mit einem einfachen »Ja«. »Wo waren Sie zuletzt angestellt?« fragte dann der Herr. Karl wollte schon antworten, da hob der Herr den Zeigefinger und sagte noch einmal: »Zuletzt!« Karl hatte auch schon die erste Frage richtig verstanden, unwillkürlich schüttelte er die letzte Bemerkung als beirrend mit dem Kopfe ab und antwortete: »In einem Bureau.« Das war noch die Wahrheit, würde aber der Herr eine nähere Auskunft über die Art des Bureaus verlangen, so mußte er lügen. Aber das tat der Herr nicht, sondern stellte die überaus leicht ganz wahrheitsgemäß zu beantwortende Frage: »Waren Sie dort zufrieden?« »Nein«, rief Karl ihm fast in die Rede fallend. Bei einem Seitenblick bemerkte Karl, daß der Führer ein wenig lächelte, Karl bereute die unbedachte Art seiner letzten Antwort, aber es war zu verlockend gewesen, das Nein hinauszuschrein, denn während seiner ganzen letzten Dienstzeit hatte er nur den großen Wunsch gehabt, irgendein fremder Dienstgeber möge einmal eintreten und diese Frage an ihn richten. Seine Antwort konnte aber noch einen andern Nachteil bringen, denn der Herr konnte nun fragen, warum er nicht zufrieden gewesen sei. Statt dessen fragte er jedoch: »Zu was für einem Posten fühlen Sie sich geeignet?« Diese Frage enthielt möglicherweise wirklich eine Falle, denn wozu wurde sie gestellt, da Karl doch schon als Schauspieler aufgenommen war; trotzdem er das aber erkannte, konnte er sich dennoch nicht zu der Erklärung überwinden, er fühle sich für den Schauspielerberuf besonders geeignet. Er wich daher der Frage aus und sagte auf die Gefahr hin trotzig zu erscheinen: »Ich habe das Plakat in der Stadt gelesen und da dort stand, daß man jeden brauchen kann, habe ich mich gemeldet.« »Das wissen wir«, sagte der Herr, schwieg und zeigte dadurch daß er auf seiner frühern Frage beharre. »Ich bin als Schauspieler aufgenommen«, sagte Karl zögernd, um den Herren die Schwierigkeit, in die ihn die letzte Frage gebracht hatte, begreiflich zu machen. »Das ist richtig«, sagte der Herr und verstummte wieder. »Nun«, sagte Karl und die ganze Hoffnung einen Posten gefunden zu haben, kam ins Wanken, »ich weiß nicht, ob ich zum Teaterspielen geeignet bin. Ich will mich aber anstrengen und alle Aufträge auszuführen suchen.« Der Herr wandte sich dem Leiter zu, beide nickten, Karl schien richtig geantwortet zu haben, er faßte wieder Mut und erwartete aufgerichtet die nächste Frage. Die lautete: »Was wollten Sie denn ursprünglich studieren?« Um die Frage genau zu bestimmen – an der genauen Bestimmung lag dem Herrn immer sehr viel – fügte er hinzu: »In Europa, meine ich.« Hiebei nahm er die Hand vom Kinn und machte eine schwache Bewegung, als wolle er damit gleichzeitig andeuten wie ferne Europa und wie bedeutungslos die dort einmal gefaßten Pläne seien. Karl sagte: »Ich wollte Ingenieur werden.« Diese Antwort widerstrebte ihm zwar, es war lächerlich im vollen Bewußtsein seiner bisherigen Laufbahn in Amerika die alte Erinnerung, daß er einmal habe Ingenieur werden wollen, hier wieder aufzufrischen – wäre er es denn selbst in Europa jemals geworden? – aber er wußte gerade keine andere Antwort und sagte deshalb diese. Aber der Herr nahm es ernst, wie er alles ernst nahm. »Nun Ingenieur«, sagte er, »können Sie wohl nicht gleich werden, vielleicht würde es Ihnen aber vorläufig entsprechen, irgendwelche niedrige technische Arbeiten auszuführen.« »Gewiß«, sagte Karl, er war sehr zufrieden, er wurde zwar, wenn er das Angebot annahm, aus dem Schauspielerstand unter die technischen Arbeiter geschoben, aber er glaubte tatsächlich sich bei dieser Arbeit besser bewähren zu können. Übrigens, dies wiederholte er sich immer wieder, es kam nicht so sehr auf die Art der Arbeit an, als vielmehr darauf sich überhaupt irgendwo dauernd festzuhalten. »Sind Sie denn kräftig genug für schwerere Arbeit?« fragte der Herr. »Oja«, sagte Karl. Hierauf ließ der Herr Karl näher zu sich herankommen und befühlte seinen Arm. »Es ist ein kräftiger Junge«, sagte er dann, indem er Karl am Arm zum Führer hinzog. Der Führer nickte lächelnd, reichte ohne sich übrigens aus seiner Ruhelage aufzurichten Karl die Hand und sagte: »Dann sind wir also fertig. In Oklahama wird alles noch überprüft werden. Machen Sie unserer Werbetruppe Ehre!« Karl verbeugte sich zum Abschied, er wollte sich dann auch von dem andern Herren verabschieden, dieser aber spazierte schon, als sei er mit seiner Arbeit vollständig fertig, das Gesicht in die Höhe gerichtet auf der Platform auf und ab. Während Karl hinunterstieg wurde zur Seite der Treppe auf der Anzeigetafel die Aufschrift hochgezogen: »Negro, technischer Arbeiter«. Da alles hier seinen ordentlichen Gang nahm, hätte es Karl nicht mehr so sehr bedauert, wenn auf der Tafel sein wirklicher Name zu lesen gewesen wäre. Es war alles sogar überaus sorgfältig eingerichtet, denn am Fuß der Treppe wurde Karl schon von einem Diener erwartet, der ihm eine Binde um den Arm festmachte. Als Karl dann den Arm hob, um zu sehn was auf der Binde stand, war dort der ganz richtige Aufdruck »technischer Arbeiter«.

Wohin Karl nun aber geführt werden mochte, zuerst wollte er doch Fanny melden wie glücklich alles abgelaufen war. Aber zu seinem Bedauern erfuhr er vom Diener, daß die Engel ebenso wie auch die Teufel bereits nach dem nächsten Bestimmungsort der Werbetruppe abgereist seien, um dort die Ankunft der Truppe für den nächsten Tag bekanntzumachen. »Schade«, sagte Karl, es war die erste Enttäuschung, die er in diesem Unternehmen erlebte, »ich hatte eine Bekannte unter den Engeln.« »Sie werden sie in Oklahama wiedersehn«, sagte der Diener, »nun aber kommen Sie, Sie sind der letzte.« Er führte Karl an der hintern Seite des Podiums entlang, auf dem früher die Engel gestanden waren, jetzt waren dort nur noch die leeren Postamente. Karls Annahme aber, daß ohne die Musik der Engel mehr Stellensuchende kommen würden, erwies sich nicht als richtig, denn vor dem Podium standen jetzt überhaupt keine Erwachsenen mehr, nur paar Kinder kämpften um eine lange weiße Feder, die wahrscheinlich aus einem Engelsflügel gefallen war. Ein Junge hielt sie in die Höhe, während die andern Kinder mit einer Hand seinen Kopf niederdrücken wollten und mit der andern nach der Feder langten.

Karl zeigte auf die Kinder, der Diener aber sagte ohne hinzusehn: »Kommen Sie rascher, es hat sehr lange gedauert, ehe Sie aufgenommen wurden. Man hatte wohl Zweifel?« »Ich weiß nicht«, sagte Karl erstaunt, er glaubte es aber nicht. Immer, selbst bei den klarsten Verhältnissen fand sich doch irgendjemand der seinem Mitmenschen Sorgen machen wollte. Aber vor dem freundlichen Anblick der großen Zuschauertribüne, zu der sie jetzt kamen, vergaß Karl bald an die Bemerkung des Dieners. Auf dieser Tribüne war nämlich eine ganze lange Bank mit einem weißen Tuch gedeckt, alle Aufgenommenen saßen mit dem Rücken zur Rennbahn auf der nächsttieferen Bank und wurden bewirtet. Alle waren fröhlich und aufgeregt, gerade als sich Karl unbemerkt als letzter auf die Bank setzte, standen viele mit erhobenen Gläsern auf und einer hielt einen Trinkspruch auf den Führer der zehnten Werbetruppe, den er den »Vater der Stellungsuchenden« nannte. Jemand machte darauf aufmerksam, daß man ihn auch von hier aus sehen könne und tatsächlich war die Schiedsrichtertribüne mit den zwei Herren in nicht allzugroßer Entfernung sichtbar. Nun schwenkten alle ihre Gläser in dieser Richtung, auch Karl faßte das vor ihm stehende Glas, aber so laut man auch rief und so sehr man sich bemerkbar zu machen suchte, auf der Schiedsrichtertribüne deutete nichts darauf hin, daß man die Ovation bemerkte oder wenigstens bemerken wolle. Der Führer lehnte in der Ecke wie früher und der andere Herr stand neben ihm, die Hand am Kinn.

Ein wenig enttäuscht setzte man sich wieder, hie und da drehte sich noch einer nach der Schiedsrichtertribüne um, aber bald beschäftigte man sich nur mit dem reichlichen Essen, großes Geflügel, wie es Karl noch nie gesehen hatte, mit vielen Gabeln in dem knusprig gebratenen Fleisch, wurde herumgetragen, Wein wurde immer wieder von den Dienern eingeschenkt – man merkte es kaum, man war über seinen Teller gebückt und in den Becher fiel der Strahl des roten Weines – und wer sich an der allgemeinen Unterhaltung nicht beteiligen wollte, konnte Bilder von Ansichten des Teaters von Oklahama besichtigen, die an einem Ende der Tafel aufgestapelt waren und von Hand zu Hand gehen sollten. Doch kümmerte man sich nicht viel um die Bilder und so geschah es daß bei Karl, der der Letzte war nur ein Bild ankam. Nach diesem Bild zu schließen mußten aber alle sehr sehenswert sein. Dieses Bild stellte die Loge des Präsidenten der Vereinigten Staaten dar. Beim ersten Anblick konnte man denken, es sei nicht eine Loge, sondern die Bühne, so weit geschwungen ragte die

Brüstung in den freien Raum. Diese Brüstung war ganz aus Gold in allen ihren Teilen. Zwischen den wie mit der feinsten Scheere ausgeschnittenen Säulchen waren nebeneinander Medaillons früherer Präsidenten angebracht, einer hatte eine auffallend gerade Nase, aufgeworfene Lippen und unter gewölbten Lidern starr gesenkte Augen. Rings um die Loge, von den Seiten und von der Höhe kamen Strahlen von Licht; weißes und doch mildes Licht enthüllte förmlich den Vordergrund der Loge, während ihre Tiefe hinter rotem, unter vielen Tönungen sich faltendem Sammt der an der ganzen Umrandung niederfiel und durch Schnüre gelenkt wurde, als eine dunkle rötlich schimmernde Leere erschien. Man konnte sich in dieser Loge kaum Menschen vorstellen, so selbstherrlich sah alles aus. Karl vergaß das Essen nicht, sah aber doch oft die Abbildung an, die er neben seinen Teller gelegt hatte.

Schließlich hätte er doch noch sehr gern wenigstens eines der übrigen Bilder angesehn, selbst holen wollte er es sich aber nicht, denn ein Diener hatte die Hand auf den Bildern liegen und die Reihenfolge mußte wohl gewahrt werden, er suchte also nur die Tafel zu überblicken und festzustellen, ob sich nicht doch noch ein Bild nähere. Da bemerkte er staunend – zuerst glaubte er es gar nicht – unter den am tiefsten zum Essen gebeugten Gesichtern ein gut bekanntes – Giacomo. Gleich lief er zu ihm hin. »Giacomo«, rief er. Dieser, schüchtern wie immer wenn er überrascht wurde, erhob sich vom Essen, drehte sich in dem schmalen Raum zwischen den Bänken, wischte mit der Hand den Mund, war dann aber sehr froh Karl zu sehn, bat ihn sich neben ihn zu setzen oder bot sich an zu Karls Platz hinüberzukommen, sie wollten einander alles erzählen und immer beisammen bleiben. Karl wollte die andern nicht stören, jeder sollte deshalb vorläufig seinen Platz behalten, das Essen werde bald zuende sein und dann wollten sie natürlich immer zu einander halten. Aber Karl blieb doch noch bei Giacomo, nur um ihn anzusehn. Was für Erinnerungen an vergangene Zeiten! Wo war die Oberköchin? Was machte Therese? Giacomo selbst hatte sich in seinem Äußern fast gar nicht verändert, die Voraussage der Oberköchin, daß er in einem halben Jahr ein knochiger Amerikaner werden müsse, war nicht eingetroffen, er war zart wie früher, die Wangen eingefallen wie früher, augenblicklich allerdings waren sie gerundet, denn er hatte im Mund einen übergroßen Bissen Fleisch, aus dem er die überflüssigen Knochen langsam herauszog, um sie dann auf den Teller zu werfen. Wie Karl an seiner Armbinde ablesen konnte, war auch Giacomo nicht als Schauspieler sondern als Liftjunge aufgenommen, das Teater von Oklahama schien wirklich jeden brauchen zu können.

In den Anblick Giacomos verloren, blieb aber Karl allzulange von seinem Platze fort, eben wollte er zurückkehren, da kam der Personalchef, stellte sich auf eine der höher gelegenen Bänke, klatschte in die Hände und hielt eine kleine Ansprache, während die meisten aufstanden und die Sitzengebliebenen die sich nicht vom Essen trennen konnten, durch Stöße der andern schließlich auch zum Aufstehn gezwungen wurden. »Ich will hoffen«, sagte er, Karl war inzwischen schon auf den Fußspitzen zu seinem Platz zurückgelaufen, »daß Sie mit unserm Empfangsessen zufrieden waren. Im allgemeinen lobt man das Essen unserer Werbetruppe. Leider muß ich die Tafel bereits aufheben, denn der Zug, der Sie nach Oklahama bringen soll, fährt in fünf Minuten. Es ist zwar eine lange Reise, Sie werden aber sehn, daß für Sie gut gesorgt ist. Hier stelle ich Ihnen den Herrn vor, der Ihren Transport führen wird und dem Sie Gehorsam schulden.« Ein magerer kleiner Herr erkletterte die Bank auf welcher der Personalchef stand, nahm sich kaum Zeit eine flüchtige Verbeugung zu machen, sondern begann sofort mit ausgestreckten nervösen Händen zu zeigen, wie sich alle sammeln, ordnen und in Bewegung setzen sollten. Aber zunächst folgte man ihm nicht, denn derjenige aus der Gesellschaft der schon früher eine Rede gehalten hatte, schlug mit der Hand auf den Tisch und begann eine längere Dankrede, trotzdem – Karl wurde ganz unruhig – eben gesagt worden war, daß der Zug bald abfahre. Aber der Redner achtete nicht einmal darauf, daß auch der Personalchef nicht zuhörte sondern dem Transportleiter verschiedene Anweisungen gab, er legte seine Rede groß an, zählte alle Gerichte auf, die aufgetragen worden waren, gab über jedes sein Urteil ab und schloß dann zusammenfassend mit dem Ausruf: »Geehrte Herren, so gewinnt man uns.« Alle außer den Angesprochenen lachten, aber es war doch mehr Wahrheit als Scherz.

Diese Rede büßte man überdies damit, daß jetzt der Weg zur Bahn im Laufschritt gemacht werden mußte. Das war aber auch nicht sehr schwer, denn – Karl bemerkte es erst jetzt – niemand trug ein Gepäckstück – das einzige Gepäckstück war eigentlich der Kinderwagen, der jetzt an der Spitze der Truppe vom Vater gelenkt wie haltlos auf und nieder sprang. Was für besitzlose verdächtige Leute waren hier zusammengekommen und wurden doch so gut empfangen und behütet! Und dem Transportleiter mußten sie geradezu ans Herz gelegt sein. Bald faßte er selbst mit einer Hand die Lenkstange des Kinderwagens und erhob die andere um die Truppe aufzumuntern, bald war er hinter der letzten Reihe, die er antrieb, bald lief er an den Seiten entlang, faßte einzelne langsamere aus der Mitte ins Auge und suchte ihnen mit schwingenden Armen darzustellen, wie sie laufen müßten.

Als sie auf dem Bahnhof ankamen, stand der Zug schon bereit. Die Leute auf dem Bahnhof zeigten einander die Truppe, man hörte Ausrufe wie »Alle diese gehören zum Teater von Oklahama«, das Teater schien viel bekannter zu sein, als Karl angenommen hatte, allerdings hatte er sich um Teaterdinge niemals gekümmert. Ein ganzer Waggon war eigens für die Truppe bestimmt, der Transportleiter drängte zum Einsteigen mehr als der Schaffner. Er sah zuerst in jede einzelne Abteilung, ordnete hie und da etwas und erst dann stieg er selbst ein. Karl hatte zufällig einen Fensterplatz bekommen und Giacomo neben sich gezogen. So saßen sie aneinandergedrängt und freuten sich im Grunde beide auf die Fahrt, so sorgenlos hatten sie in Amerika noch keine Reise gemacht. Als der Zug zu fahren begann winkten sie mit den Händen aus dem Fenster, während die Burschen ihnen gegenüber einander anstießen und es lächerlich fanden.

Prosa aus dem Nachlass

Die Brücke

Ich war steif und kalt, ich war eine Brücke, über einem Abgrund lag ich, diesseits waren die Fußspitzen, jenseits die Hände eingebohrt, in bröckelndem Lehm hatte ich mich festgebissen. Die Schöße meines Rockes wehten zu meinen Seiten. In der Tiefe lärmte der eisige Forellenbach. Kein Tourist verirrte sich zu dieser unwegsamen Höhe, die Brücke war in den Karten noch nicht eingezeichnet. So lag ich und wartete; ich mußte warten; ohne abzustürzen kann keine einmal errichtete Brücke aufhören Brücke zu sein. Einmal gegen Abend, war es der erste war es der tausendste, ich weiß nicht, meine Gedanken giengen immer in einem Wirrwarr, und immer immer in der Runde – gegen Abend im Sommer, dunkler rauschte der Bach, hörte ich einen Mannesschritt. Zu mir, zu mir. Strecke Dich Brücke, setze Dich in Stand, geländerloser Balken, halte den Dir Anvertrauten, die Unsicherheiten seines Schrittes gleiche unmerklich aus, schwankt er aber, dann gib Dich zu erkennen und wie ein Berggott schleudere ihn ans Land. Er kam, mit der Eisenspitze seines Stockes beklopfte er mich, dann hob er mit ihr meine Rockschöße und ordnete sie auf mir, in mein buschiges Haar fuhr er mit der Spitze und ließ sie, wahrscheinlich weit umherblickend, lange drin liegen. Dann aber – gerade träumte ich ihm nach über Berg und Tal – sprang er mit beiden Füßen mir mitten auf den Leib. Ich erschauerte in wildem Schmerz, gänzlich unwissend. Wer war es? Ein Kind? Ein Turner? Ein Waghalsiger? Ein Selbstmörder? Ein Versucher? Ein Vernichter? Und ich drehte mich um, ihn zu sehn. Brücke dreht sich um! Ich war noch nicht umgedreht, da stürzte ich schon, ich stürzte und schon war ich zerrissen und aufgespießt von den zugespitzten Kieseln, die mich so friedlich immer angestarrt hatten aus dem rasenden Wasser.

Jäger-Gracchus-Fragmente

Zwei Knaben saßen auf der Quaimauer und spielten Würfel. Ein Mann las eine Zeitung auf den Stufen eines Denkmals im Schatten des säbelschwingenden Helden. Ein Mädchen am Brunnen füllte Wasser in ihre Bütte. Ein Obstverkäufer lag neben seiner Ware und blickte auf den See hinaus. In der Tiefe einer Kneipe sah man durch die leeren Tür- und Fensterlöcher zwei Männer beim Wein. Der Wirt saß vorn auf einem Tisch und schlummerte. Eine Barke schwebte leise als werde sie über dem Wasser getragen in den kleinen Hafen. Ein Mann in blauem Kittel stieg ans Land und zog die Seile durch die Ringe. Zwei andere Männer in dunklen Röcken mit Silberknöpfen trugen hinter dem Bootsmann eine Bahre auf der unter einem großen blumengemusterten gefransten Seidentuch offenbar ein Mensch lag. Auf dem Quai kümmerte sich niemand um die Ankömmlinge, selbst als sie die Bahre niederstellten um auf den Bootsführer zu warten, der noch an den Seilen arbeitete, trat niemand heran, niemand richtete eine Frage an sie, niemand sah sie genauer an. Der Führer wurde noch ein wenig aufgehalten durch eine Frau, die ein Kind an der Brust mit aufgelösten Haaren sich jetzt auf Deck zeigte. Dann kam er, wies auf ein gelbliches zweistöckiges Haus, das sich links nahe beim Wasser geradlinig erhob, die Träger nahmen die Last auf und trugen sie durch das niedrige aber von schlanken Säulen gebildete Tor. Ein kleiner Junge öffnete ein Fenster, bemerkte noch gerade wie der Trupp im Haus verschwand und schloß das Fenster wieder eilig. Auch das Tor wurde nun geschlossen, es war aus schwerem Eichenholz sorgfältig gefügt. Ein Taubenschwarm der bisher den Glockenturm umflogen hatte, ließ sich jetzt auf dem Platz vor vor dem Hause nieder. Als werde im Hause ihre Nahrung aufbewahrt, sammelten sich die Tauben vor dem Tor. Eine flog bis zum ersten Stock auf und pickte an die Fensterscheibe. Es waren hellfarbige, wohlgepflegte lebhafte Tiere. In großem Schwung warf ihnen die

Frau aus der Barke Körner hin, sie sammelten sie auf und flogen dann zur Frau hinüber. Ein alter Mann in Cylinderhut mit Trauerband kam eine der schmalen stark abfallenden Gäßchen, die zum Hafen führten herab. Er blickte aufmerksam umher, alles bekümmerte ihn, der Anblick von Unrat in einem Winkel ließ ihn das Gesicht verzerren, auf den Stufen des Denkmals lagen Obstschalen, er schob sie im Vorübergehn mit seinem Stock hinunter. An der Säulentür klopfte er an, gleichzeitig nahm er den Cylinderhut in seine schwarz behandschuhte Rechte. Gleich wurde geöffnet, wohl fünfzig kleine Knaben bildeten ein Spalier im langen Flurgang und verbeugten sich. Der Bootsführer kam die Treppe herab, begrüßte den Herrn, führte ihn hinauf, im ersten Stockwerk umgieng er mit ihm den von leicht gebauten Loggien umgebenen Hof und beide traten, während die Knaben in respektvoller Entfernung nachdrängten in einen kühlen großen Raum an der Hinterseite des Hauses, dem gegenüber kein Haus mehr, sondern nur eine kahle grauschwarze Felsenwand zu sehen war. Die Träger waren damit beschäftigt zu Häupten der Bahre einige lange Kerzen aufzustellen und anzuzünden; aber Licht entstand dadurch nicht, es wurden förmlich nur die früher ruhenden Schatten aufgescheucht und flackerten über die Wände. Von der Bahre war das Tuch zurückgeschlagen. Es lag dort ein Mann mit wild durcheinandergewachsenem Haar und Bart, gebräunter Haut, etwa einem Jäger gleichend. Er lag bewegungslos, scheinbar atemlos, mit geschlossenen Augen da, trotzdem deutete nur die Umgebung an, daß es vielleicht ein Toter war.

Der Herr trat zur Bahre, legte eine Hand dem Daliegenden auf die Stirn, kniete dann nieder und betete. Der Bootsführer winkte den Trägern, das Zimmer zu verlassen, sie giengen hinaus, vertrieben die Knaben, die sich draußen angesammelt hatten und schlossen die Tür. Dem Herrn schien aber auch diese Stille noch nicht zu genügen, er sah den Bootsführer an, dieser verstand und gieng durch eine Seitentür ins Nebenzimmer. Sofort schlug der Mann auf der Bahre die Augen auf, wandte schmerzlich lächelnd das Gesicht dem Herrn zu und sagte: »Wer bist Du?« Der Herr erhob sich ohne sichtbares Staunen aus seiner knieenden Stellung und antwortete: »Der Bürgermeister von Riva.« Der Mann auf der Bahre nickte, zeigte mit schwach ausgestrecktem Arm auf einen Sessel und sagte, nachdem der Bürgermeister seiner Einladung gefolgt war: »Ich wußte es ja Herr Bürgermeister, aber im ersten Augenblick habe ich immer alles vergessen, alles geht mir in der Runde und es ist besser ich frage, auch wenn ich alles weiß. Auch Sie wissen wahrscheinlich, daß ich der Jäger Gracchus bin.« »Gewiß«, sagte der Bürgermeister, »Sie wurden mir heute in der Nacht angekündigt. Wir schliefen längst. Da rief gegen Mitternacht meine Frau: ›Salvatore‹ – so heiße ich – ›sieh die Taube im Fenster.‹ Es war wirklich eine Taube, aber groß wie ein Hahn. Sie flog zu meinem Ohr und sagte: ›Morgen kommt der tote Jäger Gracchus, empfange ihn im Namen der Stadt.‹« Der Jäger nickte und zog die Zungenspitze zwischen den Lippen durch: »Ja die Tauben fliegen vor mir her. Glauben Sie aber Herr Bürgermeister daß ich in Riva bleiben soll?« »Das kann ich noch nicht sagen«, antwortete der Bürgermeister. »Sind Sie tot?« »Ja«, sagte der Jäger, »wie Sie sehn. Vor vielen Jahren, es müssen aber schon ungemein viel Jahre sein, stürzte ich im Schwarzwald, das ist in Deutschland, von einem Felsen, als ich eine Gemse verfolgte. Seitdem bin ich tot.« »Aber Sie leben doch auch?« sagte der Bürgermeister. »Gewissermaßen«, sagte der Jäger, »gewissermaßen lebe ich auch. Mein Todeskahn verfehlte die Fahrt, eine falsche Drehung des Steuers, ein Augenblick der Unaufmerksamkeit des Führers, eine Ablenkung durch meine wunderschöne Heimat, ich weiß nicht was es war, nur das weiß ich, daß ich auf der Erde blieb und daß mein Kahn seither die irdischen Gewässer befährt. So reise ich, der nur in seinen Bergen leben wollte, nach meinem Tode durch alle Länder der Erde.« »Und Sie haben keinen Teil am Jenseits?« fragte der Bürgermeister mit gerunzelter Stirne: »Ich bin«, antwortete der Jäger, »immer auf der großen Treppe die hinaufführt. Auf dieser unendlich weiten Freitreppe treibe ich mich herum, bald oben bald unten, bald rechts bald links, immer in Bewegung. Nehme ich aber den größten Aufschwung und leuchtet mir schon oben das Tor, erwache ich auf meinem alten in irgendeinem irdischen Gewässer öde steckenden Kahn. Der Grundfehler meines einstmaligen Sterbens umgrinst mich in meiner Kajüte, Julia die Frau des

Bootsführers klopft und bringt mir zu meiner Bahre das Morgengetränk des Landes, dessen Küste wir gerade befahren.« »Ein schlimmes Schicksal«, sagte der Bürgermeister mit abwehrend erhobener Hand. »Und Sie tragen gar keine Schuld daran?« »Keine«, sagte der Jäger, »ich war Jäger, ist das etwa eine Schuld? Aufgestellt war ich als Jäger im Schwarzwald, wo es damals noch Wölfe gab. Ich lauerte auf, schoß, traf, zog das Fell ab, ist das eine Schuld? Meine Arbeit wurde gesegnet. Der große Jäger vom Schwarzwald hieß ich. Ist das eine Schuld?« »Ich bin nicht berufen, das zu entscheiden«, sagte der Bürgermeister, »doch scheint auch mir keine Schuld darin zu liegen. Aber wer trägt dann die Schuld?« »Der Bootsmann«, sagte der Jäger

---

»Und nun gedenken Sie bei uns in Riva zu bleiben?« fragte der Bürgermeister. »Ich gedenke nicht«, sagte der Jäger lächelnd und legte um den Spott gutzumachen die Hand auf das Knie des Bürgermeisters. »Ich bin hier, mehr weiß ich nicht, mehr kann ich nicht tun. Mein Kahn ist ohne Steuer, er fährt mit dem Wind der in den untersten Regionen des Todes bläst.«

Ich bin der Jäger Gracchus, meine Heimat ist der Schwarzwald in Deutschland.

Niemand wird lesen, was ich hier schreibe; niemand wird kommen, mir zu helfen; wäre als Aufgabe gesetzt mir zu helfen, so blieben alle Türen aller Häuser geschlossen, alle Fenster geschlossen, alle lägen in den Betten, die Decken über den Kopf geschlagen, eine nächtliche Herberge die ganze Erde. Das hat guten Sinn, denn niemand weiß von mir, und wüßte er von mir so wüßte er meinen Aufenthalt nicht und wüßte er meinen Aufenthalt, so wüßte er mich dort nicht festzuhalten und wüßte er mich dort festzuhalten so wüßte er nicht wie mir helfen. Der Gedanke mir helfen zu wollen ist eine Krankheit und muß im Bett geheilt werden.

Das weiß ich und schreibe also nicht um Hilfe herbeizurufen, selbst wenn ich in Augenblicken, unbeherrscht wie ich bin, z. B. gerade jetzt sehr stark daran denke. Aber es genügt wohl zum Austreiben solcher Gedanken, wenn ich umherblicke und mir vergegenwärtige, wo ich bin und – das darf ich wohl behaupten – seit Jahrhunderten wohne. Ich liege während ich dieses schreibe auf einer Holzpritsche, habe – es ist kein Vergnügen mich zu betrachten – ein schmutziges Totenhemd an, Haar und Bart, grau und schwarz geht unentwirrbar durcheinander, meine Beine sind mit einem großen seidenen blumengemusterten langgefransten Frauentuch bedeckt. Zu meinen Häupten steht eine Kirchenkerze und leuchtet mir. Auf der Wand mir gegenüber ist ein kleines Bild, ein Buschmann offenbar, der mit einem Speer nach mir zielt und hinter einem großartig bemalten Schild sich möglichst deckt. Man begegnet auf Schiffen manchen dummen Darstellungen, diese ist aber eine der dümmsten. Sonst ist mein Holzkäfig ganz leer. Durch eine Luke der Seitenwand kommt die warme Luft der südlichen Nacht und ich höre das Wasser an die alte Barke schlagen.

Hier liege ich seit damals, als ich, noch lebender Jäger Gracchus, zuhause im Schwarzwald eine Gemse verfolgte und abstürzte. Alles ging der Ordnung nach. Ich verfolgte, stürzte ab, verblutete in einer Schlucht, war tot und diese Barke sollte mich ins Jenseits tragen. Ich erinnere mich noch wie fröhlich ich mich hier auf der Pritsche ausstreckte zum erstenmal, niemals hatten die Berge solchen Gesang von mir gehört, wie diese vier damals noch dämmerigen Wände. Ich hatte gern gelebt und war gern gestorben, glücklich warf ich, ehe ich den Bord betrat, das Lumpenpack der Büchse, der Tasche, des Jagdrocks von mir hinunter, das ich immer stolz getragen hatte und in das Totenhemd schlüpfte ich wie ein Mädchen ins Hochzeitskleid. Hier lag ich und wartete.

Dann geschah

»Wie ist es, Jäger Gracchus, Du fährst schon seit Jahrhunderten in diesem alten Kahn?«

»Schon fünfzehnhundert Jahre.«

»Und immer in diesem Schiff?«

»Immer in dieser Barke. Barke ist nämlich die richtige Bezeichnung. Du kennst Dich im Schiffswesen nicht aus?«

»Nein, erst seit heute kümmere ich mich darum, seitdem ich von Dir weiß, seitdem ich Dein Schiff betreten habe.«

»Keine Entschuldigung. Ich bin ja auch aus dem Binnenland. War kein Seefahrer, wollte es nicht werden, Berg und Wald waren meine Freude und jetzt – ältester Seefahrer, Jäger Gracchus Schutzgeist der Matrosen, Jäger Gracchus angebetet mit gerungenen Händen vom Schiffsjungen, der sich im Mastkorb ängstigt in der Sturmnacht. Lache nicht.«

»Lachen sollte ich? Nein wahrhaftig nicht. Mit Herzklopfen stand ich vor der Tür Deiner Kajüte, mit Herzklopfen bin ich eingetreten. Dein freundliches Wesen beruhigt mich ein wenig, aber niemals werde ich vergessen, wessen Gast ich bin.«

»Gewiß, Du hast recht. Wie es auch sein mag, Jäger Gracchus bin ich. Willst Du nicht von dem Wein trinken, die Marke kenne ich nicht, aber er ist süß und schwer, der Patron versorgt mich gut.«

»Jetzt, bitte, nicht, ich bin zu unruhig. Vielleicht später wenn Du mich solange hier duldest. Wer ist der Patron?«

»Der Besitzer der Barke. Diese Patrone nämlich sind ausgezeichnete Menschen. Ich verstehe sie nur nicht. Ich meine nicht ihre Sprache, wiewohl ich natürlich auch ihre Sprache oft nicht verstehe. Aber dies nur nebenbei. Sprachen habe ich im Laufe der Jahrhunderte genug gelernt und könnte Dolmetscher sein zwischen den Vorfahren und den Heutigen. Aber den Gedankengang der Patrone verstehe ich nicht. Vielleicht kannst Du es mir erklären.«

»Viel Hoffnung habe ich nicht. Wie sollte ich Dir etwas erklären können, da ich doch Dir gegenüber kaum ein lallendes Kind bin.«

»Nicht so, ein für allemal nicht. Du wirst mir einen Gefallen tun, wenn Du etwas männlicher, etwas selbstbewußter auftrittst. Was fange ich an mit einem Schatten als Gast. Ich blase ihn aus der Luke auf den See hinaus. Ich brauche verschiedene Erklärungen. Du der Du Dich draußen herumtreibst kannst sie mir geben. Schlotterst Du aber hier an meinem Tisch und vergißt durch Selbsttäuschung das

Wenige, was Du weißt, dann kannst Du Dich gleich packen. Wie ich's meine, so sag ichs.«

»Es ist etwas Richtiges darin. Tatsächlich bin ich Dir in manchem über. Ich werde mich also zu bezwingen suchen. Frage.«

»Besser, viel besser, Du übertreibst in dieser Richtung und bildest Dir irgendwelche Überlegenheiten ein. Du mußt mich nur richtig verstehn. Ich bin Mensch wie Du aber um die paar Jahrhunderte ungeduldiger, um die ich älter bin. Also von den Patronen wollten wir sprechen. Gib acht. Und trinke Wein damit Du Dir den Verstand schärfst. Ohne Scheu. Kräftig. Es ist noch eine ganze Schiffsladung da.«

»Gracchus das ist ein excellenter Wein. Der Patron soll leben.«

»Schade, daß er heute gestorben ist. Es war ein guter Mann und er ist friedlich hingegangen. Wohlgeratene erwachsene Kinder standen an seinem Sterbebett, am Fußende ist die Frau ohnmächtig hingefallen, sein letzter Gedanke aber galt mir. Ein guter Mann, ein Hamburger.«

»Du lieber Himmel, ein Hamburger, und Du weißt hier im Süden, daß er heute gestorben ist.«

»Wie? Ich sollte nicht wissen, wann mein Patron stirbt. Du bist doch recht einfältig.«

»Willst Du mich beleidigen?«

»Nein, gar nicht, ich tue es wider Willen. Aber Du sollst nicht soviel staunen und mehr Wein trinken. Mit den Patronen aber verhält es sich folgendermaßen: Die Barke hat doch ursprünglich keinem Menschen gehört.«

»Gracchus, eine Bitte. Sage mir zuerst kurz aber zusammenhängend, wie es eigentlich mit Dir steht. Um die Wahrheit zu gestehn: ich weiß es nämlich nicht. Für Dich sind es natürlich selbstverständliche Dinge, und Du setzt wie es Deine Art ist, ihre Kenntnis bei der ganzen Welt voraus. Nun hat man aber in dem kurzen Menschenleben – das Leben ist nämlich kurz, Gracchus, suche Dir das begreiflich zu machen – in diesem kurzen Leben hat man also alle Hände voll zu tun, um sich und seine Familie hochzubringen. So interessant nun der Jäger Gracchus ist – das ist Überzeugung nicht Kriecherei – man hat keine Zeit an ihn zu denken, sich nach ihm zu erkundigen oder sich gar Sorgen über ihn zu machen. Vielleicht auf dem Sterbebett, wie Dein Hamburger, das weiß ich nicht. Dort hat vielleicht der fleißige Mann zum erstenmal Zeit sich auszustrecken und durch die müßiggängerischen Gedanken streicht dann einmal der grüne Jäger Gracchus. Sonst aber, wie gesagt: ich wußte nichts von Dir, Geschäfte halber bin ich hier im Hafen, sah die Barke, das Laufbrett lag bereit, ich ging hinüber – aber nun wüßte ich gerne etwas im Zusammenhang über Dich.«

»Ach, im Zusammenhang. Die alten, alten Geschichten. Alle Bücher sind voll davon, in allen Schulen malen es die Lehrer an die Tafel, die Mutter träumt davon, während das Kind an der Brust trinkt – und Du Mann sitzt hier und fragst mich nach dem Zusammenhang. Du mußt eine auserlesen verluderte Jugend gehabt haben.«

»Möglich, wie das jeder Jugend eigentümlich ist. Dir aber wäre es glaube ich sehr nützlich, wenn Du Dich einmal in der Welt ein wenig umsehen würdest. So komisch es Dir scheinen mag, hier wundere ich mich fast selbst darüber, aber es ist doch so, Du bist nicht der Gegenstand des Stadtgespräches, von wie vielen Dingen man auch spricht, Du bist nicht darunter, die Welt geht ihren Gang, und Du machst Deine Fahrt, aber niemals bis heute habe ich bemerkt, daß Ihr Euch gekreuzt hättet.«

»Das sind Deine Beobachtungen, mein Lieber, andere haben andere Beobachtungen gemacht. Es gibt hier nur zwei Möglichkeiten. Entweder verschweigst Du, was Du von mir weißt und hast irgendeine bestimmte Absicht dabei. Für diesen Fall sage ich Dir ganz frei: Du bist auf einem Abweg. Oder aber: Du glaubst Dich tatsächlich nicht an mich erinnern zu können, weil Du meine Geschichte mit einer andern verwechselst. Für diesen Fall sage ich Dir nur: Ich bin – Nein ich kann nicht, jeder weiß es und gerade ich soll es Dir erzählen! Es ist so lange her. Frage die Geschichtsschreiber! Sie sehen in ihrer Stube mit offenem Mund das längst Geschehene und beschreiben es unaufhörlich. Gehe zu ihnen und komm dann wieder. Es ist so lange her. Wie soll ich denn das in diesem übervollen Gehirn bewahren.«

»Warte, Gracchus, ich werde es Dir erleichtern, ich werde Dich fragen. Woher stammst Du?«

»Aus dem Schwarzwald wie allbekannt.«

»Natürlich, aus dem Schwarzwald. Und dort hast Du also im vierten Jahrhundert etwa gejagt.«

»Mensch, kennst Du den Schwarzwald?«

»Nein.«

»Du kennst wirklich gar nichts. Das kleine Kind des Steuermanns weiß mehr als Du, aber wahrhaftig, viel mehr. Wer nur hat Dich hereingetrieben. Es ist ein Verhängnis. Deine anfängliche Bescheidenheit war tatsächlich nur allzu gut begründet. Ein Nichts bist Du, das ich mit Wein anfülle. Nun kennst Du also nicht einmal den Schwarzwald. Bis zum fünfundzwanzigsten Jahr habe ich dort gejagt. Hätte mich nicht die Gemse verlockt – so, nun weißt Du es – hätte ich ein langes schönes Jägerleben gehabt, aber die Gemse lockte mich, ich stürzte ab und schlug mich auf Steinen tot. Frag nicht weiter. Hier bin ich, tot, tot, tot. Weiß nicht, warum ich hier bin. Wurde damals aufgeladen auf den Todeskahn, wie es sich gebürt, ein armseliger Toter, die drei, vier Hantierungen wurden mit mir gemacht, wie mit jedem, warum Ausnahmen machen mit dem Jäger Gracchus, alles war in Ordnung, ausgestreckt lag ich im Kahn,

Beim Bau der chinesischen Mauer

Die chinesische Mauer ist an ihrer nördlichsten Stelle beendet worden. Von Südosten und Südwesten wurde der Bau herangeführt und hier vereinigt. Dieses System des Teilbaues wurde auch im Kleinen innerhalb der zwei großen Arbeitsheere, des Ost- und des Westheeres befolgt. Es geschah dies so, daß Gruppen von etwa zwanzig Arbeitern gebildet wurden, welche eine Teilmauer von etwa fünfhundert Metern Länge aufzuführen hatten, eine Nachbargruppe baute ihnen dann eine Mauer in gleicher Länge entgegen. Nachdem dann aber die Vereinigung vollzogen war, wurde nicht etwa der Bau am Ende dieser tausend Meter wieder fortgesetzt, vielmehr wurden die Arbeitergruppen wieder in ganz andere Gegenden zum Mauerbau verschickt. Natürlich entstanden auf diese Weise viele große Lücken, die erst nach und nach langsam ausgefüllt wurden, manche sogar erst nachdem der Mauerbau schon als vollendet verkündigt worden war. Ja es soll Lücken geben, die überhaupt nicht verbaut worden sind, nach manchen sind sie weit größer als die erbauten Teile, eine Behauptung allerdings, die möglicherweise nur zu den vielen Legenden gehört, die um den Bau entstanden sind und die für den einzelnen Menschen wenigstens mit eigenen Augen und eigenem Maßstab infolge der Ausdehnung des Baues unnachprüfbar sind. Nun würde man von vornherein glauben, es wäre in jedem Sinne vorteilhafter gewesen zusammenhängend zu bauen oder wenigstens zusammenhängend innerhalb der zwei Hauptteile. Die Mauer war doch, wie allgemein verbreitet wird und bekannt ist, zum Schutz gegen die Nordvölker gedacht. Wie kann aber eine Mauer schützen die nicht zusammenhängend ist. Ja eine solche Mauer kann nicht nur nicht schützen, der Bau selbst ist in fortwährender Gefahr. Diese in öder Gegend verlassen stehenden Mauerteile können ja immer wieder leicht von den Nomaden zerstört werden, zumal diese damals geängstigt durch den Mauerbau mit unbegreiflicher Schnelligkeit wie Heuschrecken ihre Wohnsitze wechselten und deshalb vielleicht einen bessern Überblick über die Baufortschritte hatten als selbst wir die Erbauer. Trotzdem konnte der Bau wohl nicht anders ausgeführt werden, als es geschehen ist. Um das zu verstehn, muß man folgendes bedenken: Die Mauer sollte ein Schutz für die Jahrhunderte werden, sorgfältigster Bau, Benützung der Bauweisheit aller bekannten Zeiten und Völker, dauerndes Gefühl der persönlichen Verantwortung der Bauenden waren deshalb unumgängliche Voraussetzungen für die Arbeit. Zu den niedern Arbeiten konnten also zwar unwissende Taglöhner aus dem Volke, Männer Frauen Kinder, wer sich für gutes Geld anbot verwendet werden, aber schon zur Leitung von vier Taglöhnern war ein verständiger im Baufach gebildeter Mann nötig, ein Mann der imstande war, bis in die Tiefe des Herzens mitzufühlen um was es hier gieng. Und je höher die Leitung desto größer die Anforderungen natürlich. Und solche Männer standen tatsächlich zur Verfügung, wenn auch nicht in jener Menge wie sie dieser Bau hätte verbrauchen können so doch in großer Zahl. Man war nicht leichtsinnig an das Werk herangegangen. Fünfzig Jahre vor Beginn des Baues hatte man im ganzen China, das ummauert werden sollte, die Baukunst, insbesondere das Mauerhandwerk zur wichtigsten Wissenschaft erklärt und alles andere nur anerkannt, soweit es damit in Beziehung stand. Ich erinnere mich noch sehr wohl wie wir als kleine Kinder, kaum unserer Beine sicher, im Gärtchen unseres Lehrers standen, aus Kieselsteinen eine Art Mauer bauen mußten, wie der Lehrer den Rock schürzte, gegen die Mauer rannte, natürlich alles zusammenwarf und uns wegen der Schwäche unseres Baues solche Vorwürfe machte, daß wir heulend uns nach allen Seiten zu unsern Eltern verliefen. Ein winziger Vorfall, aber bezeichnend für den Geist der Zeit. Ich hatte das Glück, daß als ich mit zwanzig Jahren die oberste Prüfung der untersten Schule abgelegt hatte der Bau der Mauer gerade begann. Ich sage Glück, denn viele, die früher die oberste Höhe der ihnen zugänglichen Ausbildung erreicht hatten, wußten jahrelang mit ihrem Wissen nichts anzufangen, trieben sich, im Kopf die großartigsten Baupläne, nutzlos herum und verlotterten in Mengen. Aber diejenigen, die endlich als Bauführer sei es auch untersten

Ranges zum Baue kamen, waren dessen tatsächlich würdig, es waren Männer die viel über den Bau nachgedacht hatten und nicht aufhörten darüber nachzudenken, die sich mit dem ersten Stein, den sie in den Boden einsenken ließen, dem Bau gewissermaßen verwachsen fühlten. Solche Männer trieb aber natürlich, neben der Begierde gründlichste Arbeit zu leisten, auch die Ungeduld den Bau in seiner Vollkommenheit endlich erstehn zu sehn. Der Taglöhner kannte diese Ungeduld nicht, den treibt nur der Lohn, auch die oberen Führer, ja selbst die mittlern Führer sahen von dem vielseitigen Wachsen des Baues genug, um sich im Geiste dadurch kräftig zu halten, aber für die untern, geistig weit über ihrer äußerlich kleinen Aufgabe stehenden Männer mußte anders vorgesorgt werden. Man konnte sie nicht z. B. in einer unbewohnten Gebirgsgegend, hunderte Meilen von ihrer Heimat, monate- oder gar jahrelang Mauerstein an Mauerstein fügen lassen; die Hoffnungslosigkeit solcher fleißigen aber selbst in einem langen Menschenleben nicht zum Ziele führenden Arbeit hätte sie verzweifelt und vor allem wertloser für die Arbeit gemacht. Deshalb wählte man das System des Teilbaus, fünfhundert Meter Mauer konnten etwa in fünf Jahren fertiggestellt werden, dann waren zwar die Führer in der Regel zu Tode erschöpft, hatten alles Zutrauen zu sich, zum Bau, zur Welt verloren, wurden aber, während sie noch im Hochgefühl des Vereinigungsfestes der tausend Meter Mauer standen weit, weit verschickt, sahen auf der Reise hie und da fertige Mauerteile ragen, kamen an Quartieren höherer Führer vorüber, die sie mit Ehrenzeichen beschenkten, hörten den Jubel neuer Arbeitsheere, die aus der Tiefe der Länder herbeiströmten, sahen Wälder niederlegen, die zum Mauergerüst bestimmt waren, sahen Berge in Mauersteine zerhämmern, hörten auf den heiligen Stätten Gesänge der Frommen Vollendung des Baues erflehn, alles dieses besänftigte ihre Ungeduld, das ruhige Leben der Heimat in der sie einige Zeit verbrachten kräftigte sie, das Ansehen in dem alle Bauenden standen, die gläubige Demut, mit der ihre Berichte angehört wurden, das Vertrauen, das der einfache stille Bürger in die einstige Vollendung der Mauer setzte, alles dieses spannte die Saiten der Seele, wie ewig hoffende Kinder nahmen sie von der Heimat Abschied, die Lust wieder am Volkswerk zu arbeiten wurde unbezwinglich, sie reisten früher von zuhause fort als es nötig gewesen wäre, das halbe Dorf begleitete sie lange Strecken weit, auf allen Wegen Grüße, Wimpel und Fahnen, niemals hatten sie gesehn wie groß und reich und schön und liebenswert ihr Land war, jeder Landsmann war ein Bruder, für den man eine Schutzmauer baute und der mit allem was er hatte und war sein Leben lang dafür dankte, Einheit! Einheit! Brust an Brust, ein Reigen des Volkes, Blut, nicht mehr eingesperrt im kärglichen Kreislauf des Körpers, sondern süß rollend und doch wiederkehrend durch das unendliche China.

Dadurch also wird das System des Teilbaues verständlich, aber es hatte doch wohl noch andere Gründe. Es ist auch keine Sonderbarkeit, daß ich mich bei dieser Frage solange aufhalte, es ist eine Kernfrage des ganzen Mauerbaues, so unwesentlich sie zunächst scheint. Will ich den Gedankenkreis und die Erlebnisse jener Zeiten vermitteln und begreiflich machen, kann ich gerade dieser Frage nicht genug tief nachbohren.

Zunächst muß man sich doch wohl sagen, daß damals Leistungen vollbracht worden sind, die wenig hinter dem Turmbau von Babel zurückstehn, an Gottgefälligkeit allerdings, wenigstens nach menschlicher Rechnung, geradezu das Gegenteil jenes Baues darstellen. Ich erwähne dies, weil in den Anfangszeiten des Baues ein Gelehrter ein Buch geschrieben hat, in welchem er diese Vergleiche sehr genau zog. Er suchte darin zu beweisen, daß der Turmbau zu Babel keineswegs aus den allgemein behaupteten Ursachen nicht zum Ziele geführt hat oder daß wenigstens unter diesen bekannten Ursachen sich nicht die allerersten befinden. Seine Beweise bestanden nicht nur in Schriften und Berichten, sondern er wollte auch am Orte selbst Untersuchungen angestellt und dabei gefunden haben, daß der Bau an der Schwäche des Fundamentes scheiterte und scheitern mußte. In dieser Hinsicht allerdings war unsere Zeit jener längst vergangenen weit überlegen, fast jeder gebildete Zeitgenosse war Mauerer von Fach und in der Frage der Fundamentierung untrüglich. Dahin aber zielte der Gelehrte gar nicht, sondern er behauptete, erst die große Mauer werde zum erstenmal in der Menschenzeit ein sicheres Fundament für einen neuen Babelturm schaffen. Also zuerst die Mauer und dann den Turm. Das Buch war damals in aller Hände, aber ich gestehe ein, daß ich noch heute nicht genau begreife, wie er sich diesen Turmbau dachte. Die Mauer, die doch nicht einmal einen Kreis, sondern nur eine Art Viertel- oder Halbkreis bildete, sollte das Fundament eines Turmes abgeben? Das konnte doch nur in geistiger Hinsicht gemeint sein. Aber wozu dann die Mauer, die doch etwas Tatsächliches war, Ergebnis der Mühe und des Lebens von Hunderttausenden? Und wozu waren in dem Werk Pläne, allerdings nebelhafte Pläne des Turmes gezeichnet und Vorschläge bis ins Einzelne gemacht, wie man die Volkskraft zu dem künftigen neuen Werk straff zusammenfassen solle? Es gab – dieses Buch ist nur ein Beispiel – viel Verwirrung der Köpfe damals, vielleicht gerade deshalb weil sich so viele möglichst auf einen Zweck hin zu sammeln suchten. Das menschliche Wesen, leichtfertig in seinem Grunde, von der Natur des auffliegenden Staubes, verträgt keine Fesselung, fesselt es sich selbst, wird es bald wahnsinnig an den Fesseln zu rütteln anfangen und Mauer Kette und sich selbst in alle Himmelsrichtungen zerreißen.

Es ist möglich, daß auch diese dem Mauerbau sogar gegensätzlichen Erwägungen von der Führung bei der Festsetzung des Teilbaues nicht unberücksichtigt geblieben sind. Wir – ich rede hier wohl im Namen vieler – haben eigentlich erst im Nachbuchstabieren der Anordnungen der obersten Führerschaft uns selbst kennengelernt und gefunden, daß ohne die Führerschaft weder unsere Schulweisheit noch unser Menschenverstand auch nur für das kleine Amt, das wir innerhalb des großen Ganzen hatten, ausgereicht hätte. In der Stube der Führerschaft – wo sie war und wer dort saß, weiß und wußte niemand den ich fragte – in dieser Stube kreisten wohl alle menschlichen Gedanken und Wünsche und in Gegenkreisen alle menschlichen Ziele und Erfüllungen, durch das Fenster aber fiel der Abglanz der göttlichen Welten auf die Pläne zeichnenden Hände der Führerschaft.

Und deshalb will es dem unbestechlichen Betrachter nicht eingehn, daß die Führerschaft, wenn sie es ernstlich gewollt hätte, nicht auch jene Schwierigkeiten hätte überwinden können, die einem zusammenhängenden Mauerbau entgegenstanden. Bleibt also nur die

Folgerung, daß die Führerschaft den Teilbau beabsichtigte. Aber der Teilbau war nur ein Notbehelf und unzweckmäßig. Bleibt die Folgerung, daß die Führerschaft etwas Unzweckmäßiges wollte. Sonderbare Folgerung, gewiß. Und doch hat sie auch von anderer Seite manche Berechtigung für sich. Heute kann davon vielleicht ohne Gefahr gesprochen werden. Damals war es geheimer Grundsatz vieler und sogar der Besten: Suche mit allen Deinen Kräften die Anordnungen der Führerschaft zu verstehn, aber nur bis zu einer bestimmten Grenze, dann höre mit dem Nachdenken auf. Ein sehr vernünftiger Grundsatz, der übrigens noch eine weitere Auslegung in einem später oft wiederholten Vergleiche fand: Nicht weil es Dir schaden könnte, höre mit dem weitern Nachdenken auf, es ist auch gar nicht sicher, daß es Dir schaden wird. Man kann hier überhaupt weder von Schaden noch Nichtschaden sprechen. Es wird Dir geschehn wie dem Fluß im Frühjahr. Er steigt, wird mächtiger, nährt kräftiger das Land an seinen langen Ufern, behält sein eigenes Wesen weiter ins Meer hinein, wird dem Meere ebenbürtiger und willkommener. Soweit denke den Anordnungen der Führerschaft nach. Dann aber übersteigt der Fluß seine Ufer, verliert Umrisse und Gestalt, verlangsamt seinen Abwärtslauf, versucht gegen seine Bestimmung kleine Meere im Binnenland zu bilden, schädigt die Fluren, und kann sich doch für die Dauer in dieser Ausbreitung nicht halten, sondern rinnt wieder in seine Ufer zusammen, ja trocknet sogar in der folgenden heißen Jahreszeit kläglich ein. Soweit denke den Anordnungen der Führerschaft nicht nach.

Nun mag dieser Vergleich während des Mauerbaues außerordentlich treffend gewesen sein, für meinen jetzigen Bericht hat er doch zumindest nur beschränkte Geltung. Meine Untersuchung ist doch nur eine historische, aus den längst verflogenen Gewitterwolken zuckt kein Blitz mehr und ich darf deshalb nach einer Erklärung des Teilbaues suchen, die weiter geht als das womit man sich damals begnügte. Die Grenzen, die meine Denkfähigkeit mir setzt, sind ja eng genug, das Gebiet aber, das hier zu durchlaufen wäre, ist das Endlose.

Gegen wen sollte die große Mauer schützen? Gegen die Nordvölker. Ich stamme aus dem südöstlichen China. Kein Nordvolk kann uns dort bedrohn. Wir lesen von ihnen in den Büchern der Alten, die Grausamkeiten, die sie ihrer Natur gemäß begehn, machen uns aufseufzen in unserer friedlichen Laube, auf den wahrheitsgetreuen Bildern der Künstler sehen wir diese Gesichter der Verdammnis, die aufgerissenen Mäuler, die mit hoch zugespitzten Zähnen besteckten Kiefer, die verkniffenen Augen, die schon nach dem Raub zu schielen scheinen, den das Maul zermalmen und zerreißen wird. Sind die Kinder böse, halten wir ihnen diese Bilder hin und schon fliegen sie weinend an unsern Hals. Aber mehr wissen wir von diesen Nordländern nicht, gesehen haben wir sie nicht, und bleiben wir in unserm Dorfe, werden wir sie niemals sehn, selbst wenn sie auf ihren wilden Pferden geradeaus zu uns hetzen und jagen; zu groß ist das Land und läßt sie nicht zu uns, in die leere Luft werden sie sich verrennen.

Warum also, da es sich so verhält, verlassen wir die Heimat, den Fluß und die Brücken, die Mutter und den Vater, das weinende Weib, die lehrbedürftigen Kinder und ziehen weg zur Schule nach der fernen Stadt und unsere Gedanken sind noch weiter bei der Mauer im Norden. Warum? Frage die Führerschaft. Sie kennt uns. Sie, die ungeheuere Sorgen wälzt weiß von uns, kennt unser kleines Gewerbe, sieht uns alle zusammensitzen in der niedrigen Hütte, und das Gebet das der Hausvater am Abend im Kreise der Seinigen sagt ist ihr wohlgefällig oder mißfällt ihr. Und wenn ich mir einen solchen Gedanken über die Führerschaft erlauben darf, so muß ich sagen, meiner Meinung nach bestand die Führerschaft schon früher, kam nicht zusammen wie etwa hohe Mandarinen, durch einen schönen Morgentraum angeregt, eiligst eine Sitzung einberufen, eiligst beschließen und schon am Abend die Bevölkerung aus den Betten trommeln lassen, um die Beschlüsse auszuführen, sei es auch nur um eine Illumination zu Ehren eines Gottes zu veranstalten, der sich gestern den Herren günstig gezeigt hat, um sie morgen, kaum sind die Lampions verlöscht, in einem dunkeln Winkel zu verprügeln. Vielmehr bestand die Führerschaft wohl seit jeher und der Beschluß des Mauerbaues gleichfalls.

Ich habe mich, schon teilweise während des Mauerbaues und nachher bis heute fast ausschließlich mit vergleichender Völkergeschichte beschäftigt – es gibt bestimmte Fragen denen man nur mit diesem Mittel gewissermaßen an den Nerv herankommt – und ich habe dabei gefunden, daß wir Chinesen gewisse volkliche und staatliche Einrichtungen in einzigartiger Klarheit, andere wieder in einzigartiger Unklarheit besitzen. Den Gründen insbesondere der letztern Erscheinung nachzuspüren, hat mich immer gereizt, reizt mich noch immer und auch der Mauerbau ist von diesen Fragen wesentlich betroffen.

Nun gehört zu unsern allerundeutlichsten Einrichtungen jedenfalls das Kaisertum. In Peking natürlich, gar in der Hofgesellschaft besteht darüber einige Klarheit, wiewohl auch diese eher scheinbar als wirklich ist; auch die Lehrer des Staatsrechtes und der Geschichte an den hohen Schulen geben vor über diese Dinge genau unterrichtet zu sein und diese Kenntnis den Studenten weitervermitteln zu können; und je tiefer man zu den untern Schulen hinabsteigt desto mehr schwinden begreiflicher Weise die Zweifel am eigenen Wissen und Halbbildung wogt bergehoch um wenige seit Jahrhunderten eingerammte Lehrsätze, die zwar nichts an ewiger Wahrheit verloren haben aber in diesem Dunst und Nebel auch ewig unerkannt bleiben.

Gerade über das Kaisertum aber sollte man meiner Meinung nach zuerst das Volk befragen, da doch das Kaisertum seine letzten Stützen dort hat. Hier kann ich allerdings wieder nur von meiner Heimat sprechen. Außer den Feldgottheiten und ihrem das ganze Jahr so abwechslungsreich und schön erfüllenden Dienst galt unser aller Denken nur dem Kaiser. Aber nicht dem gegenwärtigen oder vielmehr es hätte auch dem gegenwärtigen gegolten, wenn wir ihn gekannt oder Bestimmtes von ihm gewußt hätten. Wir waren freilich auch – die einzige Neugierde die uns erfüllte – immer bestrebt, irgendetwas von der Art zu erfahren. Aber – so merkwürdig es klingt – es war kaum möglich etwas zu erfahren, nicht vom Pilger, der doch viel Land durchzieht, nicht in den nahen nicht in den fernen Dörfern, nicht von den Schiffern, die doch nicht nur unser Flüßchen, sondern auch die heiligen Ströme befahren. Man hörte zwar viel, konnte aber dem vielen nichts entnehmen. So groß ist unser Land, kein Märchen reicht an seine Größe, kaum der Himmel umspannt es. Und Peking ist nur ein Punkt, und das kaiserliche Schloß nur ein Pünktchen. Der Kaiser als solcher allerdings, wiederum groß durch alle Stockwerke der Welt. Der lebendige Kaiser aber ein Mensch wie wir, liegt ähnlich wie wir auf seinem Ruhebett, das zwar reichlich bemessen, aber doch vergleichsweise nur schmal und kurz ist. Wie wir streckt er manchmal die Glieder und ist er sehr müde dann gähnt er mit seinem zart gezeichneten Mund. Wie sollten wir davon erfahren tausende Meilen im Süden, grenzen wir doch schon fast ans tibetanische Hochland. Außerdem aber käme jede Nachricht, selbst wenn sie uns erreichte, viel zu spät, wäre längst veraltet. Um den Kaiser drängt sich die glänzende und doch dunkle Menge des Hofstaats, das Gegengewicht des Kaisertums, immer bemüht mit vergifteten Pfeilen den Kaiser von seiner Wagschale abzuschießen. Das Kaisertum ist unsterblich, aber der einzelne Kaiser fällt und stürzt ab, selbst ganze Dynastien sinken endlich nieder und veratmen durch ein einziges Röcheln. Von diesen Kämpfen und Leiden wird das Volk nie erfahren, wie Zuspätgekommene, wie Stadtfremde stehen sie am Ende der dichtgedrängten Seitengassen, ruhig zehrend vom mitgebrachten Vorrat, während weit vorn auf dem Marktplatz in der Mitte die Hinrichtung ihres Herrn vor sich geht.

Es gibt eine Sage, die dieses Verhältnis gut ausdrückt. Der Kaiser, so heißt es, hat gerade Dir, dem einzelnen, dem jämmerlichen Untertanen, dem winzig vor der kaiserlichen Sonne in die fernste Ferne geflüchteten Schatten, gerade Dir hat der Kaiser von seinem Sterbebett aus eine Botschaft gesendet. Den Boten hat er beim Bett niederknien lassen und ihm die Botschaft zugeflüstert; so sehr war ihm an ihr gelegen, daß er sich sie noch ins Ohr wiedersagen ließ. Durch Kopfnicken hat er die Richtigkeit des Gesagten bestätigt. Und vor der ganzen Zuschauerschaft seines Todes – alle hindernden Wände werden niedergebrochen und auf den weit und hoch sich schwingenden Freitreppen stehen im Ring die Großen des Reichs – vor allen diesen hat er den Boten abgefertigt. Der Bote hat sich gleich auf den Weg gemacht, ein kräftiger, ein unermüdlicher Mann, ein Schwimmer sondergleichen, einmal diesen einmal den andern Arm vorstreckend schafft er sich Bahn durch die Menge, findet er Widerstand zeigt er auf die Brust, wo das Zeichen der Sonne ist, er kommt auch leicht vorwärts, wie kein anderer. Aber die Menge ist so groß, ihre Wohnstätten nehmen kein Ende, öffnete sich freies Feld wie würde er fliegen und bald wohl hörtest Du das herrliche Schlagen seiner Fäuste an Deiner Tür. Aber statt dessen wie nutzlos müht er sich ab, immer noch zwängt er sich durch die Gemächer des innersten Palastes, niemals wird er sie überwinden und gelänge ihm das, nichts wäre gewonnen, die Treppen hinab müßte er sich kämpfen und gelänge ihm das, nichts wäre gewonnen, die Höfe wären zu durchmessen, und nach den Höfen der zweite umschließende Palast, und wieder Treppen und Höfe und wieder ein Palast und soweiter durch Jahrtausende und stürzte er endlich aus dem äußersten Tor – aber niemals niemals kann es geschehn – liegt erst die Residenzstadt vor ihm, die Mitte der Welt, hochgeschüttet voll ihres Bodensatzes. Niemand dringt hier durch und gar mit der Botschaft eines Toten an einen Nichtigen. Du aber sitzt an Deinem Fenster und erträumst sie Dir wenn der Abend kommt.

Genau so, so hoffnungslos und hoffnungsvoll sieht unser Volk den Kaiser. Es weiß nicht welcher Kaiser regiert und selbst über den Namen der Dynastie bestehen Zweifel. In der Schule wird vieles dergleichen der Reihe nach gelernt, aber die allgemeine Unsicherheit in dieser Hinsicht ist so groß daß auch der beste Schüler mit in sie gezogen wird. Längst verstorbene Kaiser werden in unseren Dörfern auf den Tron gesetzt und der nur noch im Liede lebt, hat vor Kurzem eine Bekanntmachung erlassen, die der Priester vor dem Altare verliest. Schlachten unserer ältesten Geschichte werden jetzt erst geschlagen und mit glühendem Gesicht fällt der Nachbar mit der Nachricht Dir ins Haus. Die kaiserlichen Frauen, überfüttert in den seidenen Kissen, von schlauen Höflingen der edlen Sitte entfremdet, anschwellend in Herrschsucht, auffahrend in Gier, ausgebreitet in Wollust, verüben ihre Untaten immer wieder von Neuem; je mehr Zeit schon vergangen ist, desto schrecklicher leuchten alle Farben und mit lautem Wehgeschrei erfährt einmal das Dorf, wie eine Kaiserin vor Jahrtausenden in langen Zügen ihres Mannes Blut trank.

So verfährt also das Volk mit den Vergangenen, die Gegenwärtigen aber mischt es unter die Toten. Kommt einmal, einmal in einem Menschenalter, ein kaiserlicher Beamter, der die Provinz bereist, zufällig in unser Dorf, stellt im Namen des Regierenden irgendwelche Forderungen, prüft die Steuerlisten, wohnt dem Schulunterrichte bei, befragt den Priester über unser Tun und Treiben und faßt dann alles, ehe er in seine Sänfte steigt, zu langen Ermahnungen an die herbeigetriebene Gemeinde zusammen, dann geht ein Lächeln über alle Gesichter, einer blickt verstohlen zum andern, man beugt sich zu den Kindern herab, um sich vom Beamten nicht beobachten zu lassen. Wie, denkt man, er spricht von einem Toten wie von einem Lebendigen, dieser Kaiser ist doch schon längst gestorben, die Dynastie ausgelöscht, der Herr Beamte macht sich über uns lustig, aber wir tun so als ob wirs nicht merkten, um ihn nicht zu kränken. Ernstlich gehorchen aber werden wir nur unserm gegenwärtigen Herrn, alles andere wäre Versündigung. Und hinter der davoneilenden Sänfte des Beamten steigt irgendein willkürlich aus schon zerfallener Urne Gehobener aufstampfend als Herr des Dorfes auf.

Wenn man aus solchen Erscheinungen folgern wollte, daß wir im Grunde gar keinen Kaiser haben, wäre man von der Wahrheit nicht weit entfernt. Immer wieder muß ich sagen: es gibt vielleicht kein kaisertreueres Volk als das unsrige im Süden, aber die Treue kommt dem Kaiser nicht zu gute. Zwar steht auf der kleinen Säule am Dorfausgang der heilige Drache und bläst huldigend seit Menschengedenken den feurigen Atem genau in der Richtung von Peking, aber Peking selbst ist den Leuten im Dorfe viel fremder als das jenseitige Leben. Sollte es wirklich ein Dorf geben, wo Haus an Haus steht, bedeckend Felder, weiter als der Blick von unserem Hügel reicht und zwischen diesen Häusern stünden bei Tag und bei Nacht Menschen Kopf an Kopf? Leichter als solche Stadt sich vorstellen ist es zu glauben, Peking und sein Kaiser wären eines, etwa eine Wolke, ruhig unter der Sonne sich wandelnd im Laufe der Zeiten.

Die Folge solcher Meinungen ist nun ein gewissermaßen freies, unbeherrschtes Leben. Keineswegs sittenlos, ich habe solche Sittenreinheit wie in meiner Heimat kaum jemals angetroffen auf meinen Reisen. Aber doch ein Leben, das unter keinem gegenwärtigen Gesetze steht und nur der Weisung und Warnung gehorcht, die aus alten Zeiten zu uns herüberreicht.

Ich hüte mich vor Verallgemeinerungen und behaupte nicht daß es sich in allen zehntausend Dörfern unserer Provinz so verhält oder gar in allen fünfhundert Provinzen Chinas. Wohl aber darf ich vielleicht auf Grund der vielen Schriften die ich über diesen Gegenstand gelesen habe sowie auf Grund meiner eigenen Beobachtungen – besonders bei dem Mauerbau gab das Menschenmaterial dem Fühlenden Gelegenheit, durch die Seelen fast aller Provinzen zu reisen – auf Grund alles dessen darf ich vielleicht sagen, daß die Auffassung die hinsichtlich des Kaisers herrscht, immer wieder und überall einen gewissen gemeinsamen Grundzug mit der Auffassung in meiner Heimat zeigt. Diese Auffassung will ich nun durchaus nicht als eine Tugend gelten lassen, im Gegenteil. Zwar ist sie in der Hauptsache von der Regierung verschuldet, die im ältesten Reich der Erde bis heute nicht imstande war oder dies über anderem vernachlässigte, die Institution des Kaisertums zu solcher Klarheit auszubilden, daß sie bis an die fernsten Grenzen des Reiches unmittelbar und unablässig wirke. Andererseits aber liegt doch auch darin eine Schwäche der Vorstellungs- oder Glaubenskraft beim Volke, welches nicht dazu gelangt, das Kaisertum aus der Pekinger Versunkenheit in aller Lebendigkeit und Gegenwärtigkeit an seine Untertanenbrust zu ziehn, die doch nichts besseres will, als einmal diese Berührung zu fühlen und an ihr zu vergehn.

Eine Tugend ist also diese Auffassung wohl nicht. Umso auffälliger ist es, daß gerade diese Schwäche eines der wichtigsten Einigungsmittel unseres Volkes zu sein scheint, ja wenn man sich im Ausdruck soweit vorwagen darf, geradezu der Boden auf dem wir leben. Hier einen Tadel ausführlich begründen, heißt nicht an unserem Gewissen, sondern was viel ärger ist an unsern Beinen rütteln. Und darum will ich in der Untersuchung dieser Frage vorderhand nicht weiter gehn.

In diese Welt drang nun die Nachricht vom Mauerbau. Auch sie verspätet etwa dreißig Jahre nach ihrer Verkündigung. Es war an einem Sommerabend. Ich, zehn Jahre alt, stand mit meinem Vater am

Flußufer. Gemäß der Bedeutung dieser oft besprochenen Stunde, erinnere ich mich der kleinsten Umstände. Er hielt mich an der Hand, dies tat er mit Vorliebe bis in sein hohes Alter, und mit der andern fuhr er seine lange ganz dünne Pfeife entlang als wäre es eine Flöte. Sein großer schütterer starrer Bart ragte in die Luft, denn im Genuß der Pfeife blickte er über den Fluß hinweg in die Höhe. Desto tiefer senkte sich sein Zopf, der Gegenstand der Ehrfurcht der Kinder, leise rauschend auf der golddurchwirkten Seide des Feiertagsgewandes. Da hielt eine Barke vor uns, der Schiffer winkte meinem Vater zu, er möge die Böschung herabkommen, er selbst stieg ihm entgegen. In der Mitte trafen sie einander, der Schiffer flüsterte meinem Vater etwas ins Ohr; um ihm ganz nahezukommen umarmte er ihn. Ich verstand die Reden nicht, sah nur wie der Vater die Nachricht nicht zu glauben schien, der Schiffer die Wahrheit zu bekräftigen suchte, der Vater noch immer nicht glauben konnte, der Schiffer mit der Leidenschaftlichkeit des Schiffervolkes zum Beweise der Wahrheit fast sein Kleid auf der Brust zerriß, der Vater stiller wurde und der Schiffer polternd in die Barke sprang und wegfuhr. Nachdenklich wandte sich mein Vater zu mir, klopfte die Pfeife aus und steckte sie in den Gürtel, streichelte mir die Wange und zog meinen Kopf an sich. Das hatte ich am liebsten, es machte mich ganz fröhlich und so kamen wir nachhause. Dort dampfte schon der Reisbrei auf dem Tisch, einige Gäste waren versammelt, gerade wurde der Wein in die Becher geschüttet. Ohne darauf zu achten, begann mein Vater schon auf der Schwelle zu berichten was er gehört hätte. Von den Worten habe ich natürlich keine genaue Erinnerung, der Sinn aber gieng mir durch das Außerordentliche der Umstände, von dem selbst das Kind bezwungen wurde, so tief ein, daß ich doch eine Art Wortlaut wiederzugeben mich getraue. Ich tue es deshalb, weil er für die Volksauffassung sehr bezeichnend war. Mein Vater sagte also etwa:

Der Schlag ans Hoftor

Es war im Sommer, ein heißer Tag. Ich kam auf dem Nachhauseweg mit meiner Schwester an einem Hoftor vorüber. Ich weiß nicht, schlug sie aus Mutwillen ans Tor, oder in Zerstreutheit oder drohte nur mit der Faust und schlug gar nicht. Hundert Schritte weiter an der nach links sich wendenden Landstraße begann ein Dorf. Wir kannten es nicht, aber gleich aus dem ersten Haus kamen Leute hervor und winkten uns, freundschaftlich, aber warnend, selbst erschrocken, gebückt vor Schrecken. Sie zeigten nach dem Hof an dem wir vorübergekommen waren und erinnerten uns an den Schlag ans Tor. Die Hofbesitzer werden uns klagen, gleich werde die Untersuchung beginnen. Ich war sehr ruhig und beruhigte auch meine Schwester. Sie hatte den Schlag wahrscheinlich gar nicht getan und hätte sie ihn getan, so wird deswegen nirgends auf der Welt ein Proceß geführt. Ich suchte das auch den Leuten um uns begreiflich zu machen, sie hörten mich an, enthielten sich aber eines Urteils. Später sagten sie, nicht nur meine Schwester, auch ich als Bruder werde angeklagt werden. Ich nickte lächelnd. Alle blickten wir zum Hof zurück, so wie man eine ferne Rauchwolke beobachtet und auf die Flamme wartet. Und wirklich, bald sahen wir Reiter ins weit offene Hoftor einreiten, Staub erhob sich, verhüllte alles, nur die Spitzen der hohen Lanzen blitzten. Und kaum war die Truppe im Hof verschwunden schien sie gleich die Pferde gewendet zu haben und war auf dem Weg zu uns. Ich drängte meine Schwester fort, ich werde alles allein ins Reine bringen, sie weigerte sich mich allein zu lassen, ich sagte sie solle sich also wenigstens umkleiden um in einem bessern Kleid vor die Herren zu treten. Endlich folgte sie und machte sich auf den langen Weg nachhause. Schon waren die Reiter bei uns, noch von den Pferden herab fragten sie nach meiner Schwester, sie sei augenblicklich nicht hier, wurde ängstlich geantwortet, werde aber später kommen. Die Antwort wurde fast gleichgiltig aufgenommen, wichtig schien vor allem, daß man mich gefunden hatte. Es waren hauptsächlich zwei Herren, der Richter, ein junger lebhafter Mann und sein stiller Gehilfe, der Assmann genannt wurde. Ich wurde aufgefordert in die Bauernstube einzutreten. Langsam, den Kopf wiegend, an den Hosenträgern rückend, setzte ich mich unter den scharfen Blicken der Herren in Gang. Noch glaubte ich fast, ein Wort werde genügen, um mich, den Städter, sogar noch unter Ehren aus diesem Bauernvolk zu befreien. Aber als ich die Schwelle der Stube überschritten hatte, sagte der Richter, der vorgesprungen war und mich schon erwartete: »Dieser Mann tut mir leid.« Es war aber über allem Zweifel, daß er damit nicht meinen gegenwärtigen Zustand meinte sondern das was mit mir geschehen würde. Die Stube sah einer Gefängniszelle ähnlicher als einer Bauernstube. Große Steinfliesen, dunkelgraue kahle Wand, irgendwo eingemauert ein eiserner Ring, in der Mitte etwas, das halb Pritsche halb Operationstisch war.

Eine Kreuzung

Ich habe ein eigentümliches Tier, halb Kätzchen, halb Lamm. Es ist ein Erbstück aus meines Vaters Besitz, entwickelt hat es sich aber doch erst in meiner Zeit, früher war es viel mehr Lamm als Kätzchen, jetzt aber hat es von beiden wohl gleichviel. Von der Katze Kopf und Krallen, vom Lamm Größe und Gestalt, von beiden die Augen, die flackernd und mild sind, das Fellhaar, das weich ist und knapp anliegt, die Bewegungen, die sowohl Hüpfen als Schleichen sind, im Sonnenschein auf dem Fensterbrett macht es sich rund und schnurrt, auf der Wiese läuft es wie toll und ist kaum einzufangen, vor Katzen flieht es, Lämmer will es anfallen, in der Mondnacht ist die Dachtraufe sein liebster Weg, Miauen kann es nicht und vor Ratten hat es Abscheu, neben dem Hühnerstall kann es stundenlang auf der Lauer liegen, doch hat es noch niemals eine Mordgelegenheit ausgenutzt, ich nähre es mit süßer Milch, die bekommt ihm bestens, in langen Zügen saugt es sie über seine Raubtierzähne hinweg in sich ein. Natürlich ist es ein großes Schauspiel für Kinder. Sonntagvormittag ist Besuchsstunde, ich habe das Tierchen auf dem Schooß und die Kinder der ganzen Nachbarschaft stehn um mich herum. Da werden die sonderbarsten Fragen gestellt, die kein Mensch beantworten kann. Ich gebe mir auch keine Mühe, sondern begnüge mich ohne weitere Erklärungen damit, das zu zeigen was ich habe. Manchmal bringen die Kinder Katzen mit, einmal haben sie sogar zwei Lämmer gebracht; es kam aber entgegen ihrer Erwartung zu keinen Erkennungsscenen, die Tiere sahen einander ruhig aus Tieraugen an und nahmen offenbar ihr Dasein als göttliche Tatsache gegenseitig hin.

In meinem Schooß kennt das Tier weder Angst noch Verfolgungslust. An mich angeschmiegt fühlt es sich am wohlsten. Es hält zur Familie die es aufgezogen hat. Es ist das wohl nicht irgendeine außergewöhnliche Treue, sondern der richtige Instinkt eines Tieres, das auf der Erde zwar unzählige Verschwägerte, aber vielleicht keinen einzigen nahen Blutsverwandten hat, und dem deshalb der Schutz den es bei uns gefunden hat, heilig ist. Manchmal muß ich lachen, wenn es mich umschnuppert, zwischen den Beinen sich durchwindet und gar nicht von mir zu trennen ist. Nicht genug damit, daß es Lamm und Katze ist, will es fast auch noch ein Hund sein. Ähnliches glaube ich nämlich im Ernst. Es hat beiderlei Unruhe in sich, die von der Katze und die vom Lamm, so verschiedenartig sie sind. Darum ist ihm aber seine Haut zu eng. Vielleicht wäre für das Tier das Messer des Fleischers eine Erlösung, die muß ich ihm aber als einem Erbstück versagen.

18. Okt. 17
Furcht vor der Nacht, Furcht vor der Nicht-Nacht.

19.
Sinnlosigkeit (zu starkes Wort) der Trennung des Eigenen und Fremden im geistigen Kampf.

Alle Wissenschaft ist Metodik im Hinblick auf das Absolute. Deshalb ist keine Angst vor dem eindeutig Metodischen nötig. Es ist Hülse, aber nicht mehr, als alles außer dem Einen.

Alle kämpfen nur einen Kampf. (Wenn ich angegriffen von der letzten Frage nach Waffen hinter mich greife, kann ich nicht unter den Waffen wählen und selbst wenn ich wählen könnte, müßte ich »fremde« fassen, denn wir haben alle nur einen Waffenvorrat.) Ich kann keinen eigenen führen, glaube ich einmal selbstständig zu sein, sehe ich einmal niemanden um mich, so ergibt sich bald, daß ich infolge der mir nicht gleich oder überhaupt nicht zugänglichen allgemeinen Konstellation diesen Posten übernehmen mußte. Dies schließt natürlich nicht aus, daß es Vorreiter, Nachzügler, Franktireure und alle Gewohnheiten und Sonderbarkeiten der Kriegführung gibt, aber es gibt keinen selbstständig Kriegführenden. *[Demütigung]* der Eitelkeit? Ja, aber auch notwendige und wahrheitsgemäße Ermutigung.

Ich irre ab. Der wahre Weg geht über ein Dratseil, das aber nicht in der Höhe gespannt ist, sondern knapp über dem Boden. Es scheint mehr bestimmt stolpern zu machen als begangen zu werden.

Immer erst aufatmen von Eitelkeits- und Selbstgefälligkeitsausbrüchen. Die Orgie beim Lesen der Erzählung im Juden. Wie ein Eichhörnchen im Käfig. Glückseligkeit der Bewegung, Verzweiflung der Enge, Verrücktheit der Ausdauer, Elend-Gefühl vor der Ruhe des Außerhalb. Alles dieses sowohl gleichzeitig als abwechselnd, noch im Kot des Endes ein Sonnenstreifen Glückseligkeit.

Schwäche des Gedächtnisses für die Einzelnheiten und den Gang der eigenen Welterfassung ein sehr schlechtes Zeichen. Nur Bruchstücke eines Ganzen. Wie willst Du an die größte Aufgabe auch nur rühren, wie willst Du ihre Nähe nur wittern, ihr Dasein nur träumen, ihren Traum nur erbitten, die Buchstaben der Bitte zu lernen wagen, wenn Du dich nicht so zusammenfassen kannst, daß Du wenn es zur Entscheidung kommt, Dein Ganzes in einer Hand so zusammenhältst wie einen Stein zum Werfen, ein Messer zum Schlachten. Andererseits: man muß nicht in die Hände spucken, ehe man sie faltet.

Ist es möglich etwas Untröstliches zu denken? Oder vielmehr etwas Untröstliches ohne den Hauch des Trostes? Ein Ausweg läge darin, daß das Erkennen als solches Trost ist. Man könnte also wohl denken: Du mußt Dich beseitigen und könnte sich doch ohne Fälschung dieser Erkenntnis aufrecht erhalten am Bewußtsein, es erkannt zu haben. Das heißt dann wirklich an den eigenen Haaren sich aus dem Sumpf gezogen haben. Was in der körperlichen Welt lächerlich ist ist in der geistigen möglich. Dort gilt kein Schwerkraftgesetz, (die Engel fliegen nicht, sie haben nicht irgendeine Schwerkraft aufgehoben, nur wir Beobachter der irdischen Welt wissen es nicht besser zu denken) was allerdings für uns nicht vorstellbar ist, oder erst auf einer hohen Stufe. Wie kläglich ist meine Selbsterkenntnis, verglichen etwa mit meiner Kenntnis meines Zimmers. (Abend.) Warum? Es gibt keine Beobachtung der innern Welt, so wie es eine der äußern gibt. Psychologie ist wahrscheinlich in der Gänze ein Anthropomorphismus, ein *[Annagen]* der Grenzen.

Psychologie ist die Beschreibung der Spiegelung der irdischen Welt in der himmlischen Fläche oder richtiger die Beschreibung einer Spiegelung, wie wir, Vollgesogene der Erde, sie uns denken, denn eine Spiegelung erfolgt gar nicht, nur wir sehen Erde, wohin wir uns auch wenden.

Alle menschlichen Fehler sind Ungeduld, ein unzeitiges Abbrechen des Methodischen, ein scheinbares Einpfählen der scheinbaren Sache.

Das Unglück Don Quichotes ist nicht seine Phantasie, sondern Sancho Pansa.

20. Okt. im Bett
Es gibt zwei menschliche Hauptsünden aus welchen sich alle andern ableiten, Ungeduld und Lässigkeit. Wegen der Ungeduld sind sie aus dem Paradiese ausgewiesen worden, wegen der Lässigkeit kehren sie nicht zurück. Vielleicht aber gibt es nur eine Hauptsünde: die Ungeduld. Wegen der Ungeduld sind sie ausgewiesen worden und wegen der Ungeduld kehren sie nicht zurück.

Wir sind, mit dem irdisch befleckten Auge gesehn, in der Situation von Eisenbahnreisenden, die in einem langen Tunnel verunglückt sind undzwar an einer Stelle wo man das Licht des Anfangs nicht mehr sieht, das Licht des Endes aber nur so winzig, daß der Blick es immerfort suchen muß und immerfort verliert wobei Anfang und Ende nicht einmal sicher sind. Ringsum uns aber haben wir in der Verwirrung der Sinne oder in der Höchstempfindlichkeit der Sinne lauter Ungeheuer und ein je nach der Laune und Verwundung des Einzelnen entzückendes oder ermüdendes kaleidoskopisches Spiel.

Was soll ich tun? oder Wozu soll ich es tun? sind keine Fragen dieser Gegenden.

Manche Schatten der Abgeschiedenen beschäftigen sich nur damit, die Fluten des Totenflusses zu belecken, weil er von uns herkommt und noch den salzigen Geschmack unserer Meere hat. Vor Ekel sträubt sich dann der Fluß, nimmt eine rückläufige Strömung und schwemmt die Toten ins Leben zurück. Sie aber sind glücklich, singen Danklieder und streicheln den Empörten.

Von einem gewissen Punkt gibt es keine Rückkehr mehr. Dieser Punkt ist zu erreichen.

Der entscheidende Augenblick der menschlichen Entwicklung ist, wenn wir unsern Zeitbegriff fallen lassen immerwährend. Darum sind die revolutionären geistigen Bewegungen, welche alles frühere für nichtig erklären im Recht, denn es ist noch nichts geschehn.

Abend Spaziergang nach Oberklee.

Von außen wird man die Welt mit Teorien immer siegreich eindrükken und gleich mit in die Grube fallen, aber nur von innen sich und sie still und wahr erhalten.

Eine der wirksamsten Verführungen des Teuflischen ist die Aufforderung zum Kampf. Er ist wie der Kampf mit Frauen, der im Bett endet. Die wahren Seitensprünge des Ehemanns, die, richtig verstanden, niemals lustig sind.

---

21. im Sonnenschein

Das Stillerwerden und Wenigerwerden der Stimmen der Welt.

Die Wahrheit über Sancho Pansa

Sancho Pansa, der sich übrigens dessen nie gerühmt hat, gelang es im Laufe der Jahre, in den Abend- und Nachtstunden, durch Beistellung einer Menge Ritter- und Räuberromane seinen Teufel, dem er später den Namen Don Quichote gab, derart von sich abzulenken, daß dieser dann haltlos die verrücktesten Taten ausführte, die aber mangels ihres vorbestimmten Gegenstandes, der eben Sancho Pansa hätte sein sollen, niemandem schadeten. Sancho Pansa, ein freier Mann, folgte gleichmütig, vielleicht aus einem gewissen Verantwortlichkeitsgefühl dem Don Quichote auf seinen Zügen und hatte davon eine große und nützliche Unterhaltung bis an sein Ende.

Beweis dessen, daß auch unzulängliche, ja kindische Mittel zur Rettung dienen können.

Um sich vor den Sirenen zu bewahren, stopfte sich Odysseus Wachs in die Ohren und ließ sich am Mast festschmieden. Ähnliches hätten natürlich seit jeher alle Reisenden tun können (außer jenen welche die Sirenen schon aus der Ferne verlockten) aber es war in der ganzen Welt bekannt, daß das unmöglich helfen konnte. Der Gesang der Sirenen durchdrang alles, gar Wachs, und die Leidenschaft der Verführten hätte mehr als Ketten und Mast gesprengt. Daran nun dachte aber Odysseus nicht obwohl er davon vielleicht gehört hatte, er vertraute vollständig der Handvoll Wachs und dem Gebinde Ketten und in unschuldiger Freude über seine Mittelchen fuhr er den Sirenen entgegen.

Nun haben aber die Sirenen eine noch schrecklichere Waffe als ihren Gesang, nämlich ihr Schweigen. Es ist zwar nicht geschehn, aber vielleicht denkbar, daß sich jemand vor ihrem Gesange gerettet hätte, vor ihrem Verstummen gewiß nicht. Dem Gefühl aus eigener Kraft sie besiegt zu haben, der daraus folgenden alles fortreißenden Überhebung kann nichts Irdisches widerstehn.

Und tatsächlich sangen, als Odysseus kam, diese gewaltigen Sängerinnen nicht, sei es daß sie glaubten, diesem Gegner könne nur noch das Schweigen beikommen, sei es daß der Anblick der Glückseligkeit im Gesicht des Odysseus, der an nichts anderes als an Wachs und Ketten dachte, sie allen Gesang vergessen ließ.

Odysseus aber, um es so auszudrücken, hörte ihr Schweigen nicht, er glaubte, sie sängen und nur er sei behütet es zu hören, flüchtig sah er zuerst die Wendungen ihrer Hälse, das Tiefatmen, die tränenvollen Augen, den halb geöffneten Mund, glaubte aber, dies gehöre zu den Arien die ungehört um ihn erklangen. Bald aber glitt alles an seinen in die Ferne gerichteten Blicken ab, die Sirenen verschwanden ihm förmlich und gerade als er ihnen am nächsten war, wußte er nichts mehr von ihnen.

Sie aber, schöner als jemals, streckten und drehten sich, ließen das schaurige Haar offen im Wind wehn, spannten die Krallen frei auf den Felsen, sie wollten nicht mehr verführen, nur noch den Abglanz vom großen Augenpaar des Odysseus wollten sie solange als möglich erhaschen.

Hätten die Sirenen Bewußtsein, sie wären damals vernichtet worden, so aber blieben sie, nur Odysseus ist ihnen entgangen.

Es wird übrigens noch ein Anhang hiezu überliefert. Odysseus, sagt man, war so listenreich, war ein solcher Fuchs, daß selbst die Schicksalsgöttin nicht in sein Innerstes dringen konnte, vielleicht hat er, obwohl das mit Menschenverstand nicht mehr zu begreifen ist, wirklich gemerkt, daß die Sirenen schwiegen und hat ihnen und den Göttern den obigen Scheinvorgang nur gewissermaßen als Schild entgegengehalten.

Zur Frage der Gesetze

Unsere Gesetze sind leider nicht allgemein bekannt, sie sind Geheimnis der kleinen Adelsgruppe, welche uns beherrscht. Wir sind davon überzeugt, daß diese alten Gesetze genau eingehalten werden, aber es ist doch etwas äußerst Quälendes nach Gesetzen beherrscht zu werden, die man nicht kennt. Ich denke hiebei nicht an die verschiedenen Auslegungsmöglichkeiten und die Nachteile, die es mit sich bringt, wenn nur Einzelne und nicht das ganze Volk an der Auslegung sich beteiligen dürfen. Diese Nachteile sind vielleicht gar nicht sehr groß. Die Gesetze sind ja so alt, Jahrhunderte haben an ihrer Auslegung gearbeitet, auch diese Auslegung ist wohl schon Gesetz geworden, die möglichen Freiheiten bei der Auslegung bestehn zwar immer noch, sind aber sehr eingeschränkt. Außerdem hat offenbar der Adel keinen Grund sich bei der Auslegung von seinem persönlichen Interesse zu unsern Ungunsten beeinflussen zu lassen, denn die Gesetze sind ja von ihrem Beginne an für den Adel festgelegt worden, der Adel steht außerhalb des Gesetzes und gerade deshalb scheint das Gesetz sich ausschließlich in die Hände des Adels gegeben zu haben. Darin liegt natürlich Weisheit – wer zweifelt die Weisheit der alten Gesetze an? – aber eben auch Qual für uns, wahrscheinlich ist das unumgänglich.

Übrigens können auch diese Schein-Gesetze eigentlich nur vermutet werden. Es ist eine Tradition, daß sie bestehn und dem Adel als Geheimnis anvertraut sind, aber mehr als alte und durch ihr Alter glaubwürdige Tradition ist es nicht und kann es nicht sein, denn der Charakter dieser Gesetze verlangt auch das Geheim-halten ihres Bestandes. Wenn wir im Volk also seit ältesten Zeiten die Handlungen des Adels aufmerksam verfolgen, Aufschreibungen unserer Ureltern darüber besitzen und sie gewissenhaft fortgesetzt haben und wenn wir in den zahllosen Tatsachen gewisse Richtlinien zu erkennen glauben, die auf diese oder jene gesetzliche Bestimmung schließen lassen und wenn wir nach diesen sorgfältigst gesiebten und geordneten Schlußfolgerungen uns für die Gegenwart und Zukunft ein wenig einzurichten suchen – so ist das alles höchst unsicher und vielleicht nur ein Spiel des Verstandes, denn vielleicht bestehen diese Gesetze die wir hier zu erraten suchen überhaupt nicht. Es gibt eine kleine Partei, die wirklich dieser Meinung ist und die nachzuweisen sucht, daß, wenn ein Gesetz besteht, es nur lauten kann: Was der Adel tut, ist Gesetz. Diese Partei sieht nur Willkürakte des Adels und verwirft die Volkstradition, die ihrer Meinung nach nur geringen zufälligen Nutzen bringt, dagegen meistens schweren Schaden, da sie dem Volk den kommenden Ereignissen gegenüber eine falsche trügerische zu Leichtsinn führende Sicherheit gibt. Dieser Schaden ist nicht zu leugnen, aber die beiweitem überwiegende Mehrheit unseres Volkes sieht die Ursache dessen darin, daß die Tradition noch beiweitem nicht ausreicht, daß also noch viel mehr in ihr geforscht werden muß und daß allerdings auch ihr Material, so riesenhaft es uns scheint, noch viel zu klein ist und daß noch Jahrhunderte vergehen müssen ehe es genügen wird. Das für die Gegenwart Trübe dieses Ausblicks erhellt nur der Glaube, daß einmal eine Zeit kommen wird, wo die Tradition und ihre Forschung gewissermaßen aufatmend den Schlußpunkt macht, alles klar geworden ist, das Gesetz nun dem Volk gehört und der Adel verschwindet. Das wird nicht etwa mit Haß gegen den Adel gesagt, durchaus nicht und von niemandem, eher hassen wir uns selbst, weil wir noch nicht des Gesetzes gewürdigt werden können. Und darum eigentlich ist jene in gewissem Sinn doch sehr verlockende Partei, welche an kein eigentliches Gesetz glaubt, so klein geblieben, weil auch sie den Adel und das Recht seines Bestandes vollkommen anerkennt. Man kann es eigentlich nur in einer Art Widerspruch ausdrücken: Eine Partei die neben dem Glauben an die Gesetze auch den Adel verwerfen würde, hätte sofort das ganze Volk hinter sich, aber eine solche Partei kann nicht entstehn, weil den Adel niemand zu verwerfen wagt. Auf dieses Messers Schneide leben wir. Ein Schriftsteller hat das einmal so zusammengefaßt: Das einzige sichtbare zweifellose Gesetz, das uns auferlegt ist, ist der Adel und um dieses einzige Gesetz sollten wir uns selbst bringen wollen?

Poseidon saß an seinem Arbeitstisch und rechnete. Die Verwaltung aller Gewässer gab ihm unendliche Arbeit. Er hätte Hilfskräfte haben können wie viel er wollte und er hatte auch sehr viele, aber da er sein Amt sehr ernst nahm, rechnete er alles noch einmal durch und so halfen ihm die Hilfskräfte wenig. Man kann nicht sagen daß ihn die Arbeit freute, er führte sie eigentlich nur aus weil sie ihm auferlegt war, ja er hatte sich schon oft um fröhlichere Arbeit, wie er sich ausdrückte beworben, aber immer wenn man ihm dann verschiedene Vorschläge machte, zeigte es sich, daß ihm doch nichts so zusagte, wie sein bisheriges Amt. Es war auch sehr schwer, etwas anderes für ihn zu finden. Man konnte ihm doch unmöglich etwa ein bestimmtes Meer zuweisen, abgesehen davon daß auch hier die rechnerische Arbeit nicht kleiner sondern nur kleinlicher war, konnte der große Poseidon doch immer nur eine beherrschende Stellung bekommen. Und bot man ihm eine Stellung außerhalb des Wassers an, wurde ihm schon von der Vorstellung übel, sein göttlicher Atem geriet in Unordnung, sein eherner Brustkorb schwankte. Übrigens nahm man seine Beschwerden nicht eigentlich ernst; wenn ein Mächtiger quält, muß man ihm auch in der aussichtslosesten Angelegenheit scheinbar nachzugeben versuchen; an eine wirkliche Enthebung Poseidons von seinem Amt dachte niemand, seit Urbeginn war er zum Gott der Meere bestimmt worden und dabei mußte es bleiben.

Am meisten ärgerte er sich – und dies verursachte hauptsächlich seine Unzufriedenheit mit dem Amt – wenn er von den Vorstellungen hörte, die man sich von ihm machte, wie er etwa immerfort mit dem Dreizack durch die Fluten kutschiere. Unterdessen saß er hier in der Tiefe des Weltmeeres und rechnete ununterbrochen, hie und da eine Reise zu Jupiter war die einzige Unterbrechung der Eintönigkeit, eine Reise übrigens, von der er meistens wütend zurückkehrte. So hatte er die Meere kaum gesehn, nur flüchtig beim eiligen Aufstieg zum Olymp, und niemals wirklich durchfahren. Er pflegte zu sagen, er warte damit bis zum Weltuntergang, dann werde sich wohl noch ein stiller Augenblick ergeben, wo er knapp vor dem Ende nach Durchsicht der letzten Rechnung noch schnell eine kleine Rundfahrt werde machen können.

Der Geier

Es war ein Geier, der hackte in meine Füße. Stiefel und Strümpfe hatte er schon aufgerissen, nun hackte er schon in die Füße selbst. Immer schlug er zu, flog dann unruhig mehrmals um mich und setzte dann die Arbeit fort. Es kam ein Herr vorüber, sah ein Weilchen zu und fragte dann, warum ich den Geier dulde. »Ich bin ja wehrlos«, sagte ich, »er kam und fing zu hacken an, da wollte ich ihn natürlich wegtreiben, versuchte ihn sogar zu würgen, aber ein solches Tier hat große Kräfte, auch wollte er mir schon ins Gesicht springen, da opferte ich lieber die Füße. Nun sind sie schon fast zerrissen.« »Daß Sie sich so quälen lassen«, sagte der Herr, »ein Schuß und der Geier ist erledigt.« »Ist das so?« fragte ich, »und wollten Sie das besorgen?« »Gern«, sagte der Herr, »ich muß nur nachhause gehn und mein Gewehr holen. Können Sie noch eine halbe Stunde warten?« »Das weiß ich nicht«, sagte ich und stand eine Weile starr vor Schmerz, dann sagte ich: »Bitte, versuchen Sie es für jeden Fall.« »Gut«, sagte der Herr, »ich werde mich beeilen.« Der Geier hatte während des Gespräches ruhig zugehört und die Blicke zwischen mir und dem Herrn wandern lassen. Jetzt sah ich, daß er alles verstanden hatte, er flog auf, weit beugte er sich zurück um genug Schwung zu bekommen und stieß dann wie ein Speerwerfer den Schnabel durch meinen Mund tief in mich. Zurückfallend fühlte ich befreit wie er in meinem alle Tiefen füllenden, alle Ufer überfließenden Blut unrettbar ertrank.

Kleine Fabel

»Ach«, sagte die Maus, »die Welt wird enger mit jedem Tag. Zuerst war sie so breit, daß ich Angst hatte, ich lief weiter und war glücklich daß ich endlich rechts und links in der Ferne Mauern sah, aber diese langen Mauern eilen so schnell auf einander zu daß ich schon im letzten Zimmer bin und dort im Winkel steht die Falle, in die ich laufe.« »Du mußt nur die Laufrichtung ändern«, sagte die Katze und fraß sie.

Der Kreisel

Ein Philosoph trieb sich immer dort herum wo Kinder spielten. Und sah er einen Jungen, der einen Kreisel hatte lauerte er schon. Kaum war der Kreisel in Drehung, verfolgte ihn der Philosoph um ihn zu fangen. Daß die Kinder lärmten und ihn von ihrem Spielzeug abzuhalten suchten kümmerte ihn nicht, hatte er den Kreisel, solange er sich noch drehte, gefangen, war er glücklich, aber nur einen Augenblick, dann warf er ihn zu Boden und ging fort. Er glaubte nämlich, die Erkenntnis jeder Kleinigkeit, also z. B. auch eines sich drehenden Kreisels genüge zur Erkenntnis des Allgemeinen. Darum beschäftigte er sich nicht mit den großen Problemen, das schien ihm unökonomisch, war die kleinste Kleinigkeit wirklich erkannt, dann war alles erkannt, deshalb beschäftigte er sich nur mit dem sich drehenden Kreisel. Und immer wenn die Vorbereitungen zum Drehen des Kreisels gemacht wurden, hatte er Hoffnung, nun werde es gelingen und drehte sich der Kreisel, wurde ihm im atemlosen Laufen nach ihm die Hoffnung zur Gewißheit, hielt er aber dann das dumme Holzstück in der Hand, wurde ihm übel und das Geschrei der Kinder, das er bisher nicht gehört hatte und das ihm jetzt plötzlich in die Ohren fuhr, jagte ihn fort, er taumelte wie ein Kreisel unter einer ungeschickten Peitsche.

Prometheus

Die Sage versucht das Unerklärliche zu erklären; da sie aus einem Wahrheitsgrund kommt, muß sie wieder im Unerklärlichen enden.

Von Prometheus berichten vier Sagen. Nach der ersten wurde er weil er die Götter an die Menschen verraten hatte am Kaukasus festgeschmiedet und die Götter schickten Adler, die von seiner immer nachwachsenden Leber fraßen.

Nach der zweiten drückte sich Prometheus im Schmerz vor den zuhackenden Schnäbeln immer tiefer in den Felsen bis er mit ihm eins wurde.

Nach der dritten wurde in den Jahrtausenden sein Verrat vergessen, die Götter vergaßen, die Adler, er selbst.

Nach der vierten wurde man des grundlos Gewordenen müde. Die Götter wurden müde, die Adler. Die Wunde schloß sich müde.

Blieb das unerklärliche Felsgebirge.

Ein Kommentar

Es war sehr früh am Morgen, die Straßen rein und leer, ich ging zum Bahnhof. Als ich eine Turmuhr mit meiner Uhr verglich, sah ich daß schon viel später war als ich geglaubt hatte, ich mußte mich sehr beeilen, der Schrecken über diese Entdeckung ließ mich im Weg unsicher werden, ich kannte mich in dieser Stadt noch nicht sehr gut aus, glücklicherweise war ein Schutzmann in der Nähe, ich lief zu ihm und fragte ihn atemlos nach dem Weg. Er lächelte und sagte: »Von mir willst Du den Weg erfahren?« »Ja«, sagte ich, »da ich ihn selbst nicht finden kann.« »Gibs auf, gibs auf«, sagte er und wandte sich mit einem großen Schwunge ab, so wie Leute, die mit ihrem Lachen allein sein wollen.

Von den Gleichnissen

Viele beklagten sich, daß die Worte der Weisen immer wieder nur Gleichnisse seien, aber unverwendbar im täglichen Leben und nur dieses allein haben wir. Wenn der Weise sagt: »Gehe hinüber« so meint er nicht, daß man auf die andere Straßenseite hinüber gehn solle, was man immerhin noch leisten könnte, wenn das Ergebnis des Weges wert wäre, sondern er meint irgendein sagenhaftes Drüben, etwas was wir nicht kennen, was auch von ihm nicht näher zu bezeichnen ist und was uns also hier gar nichts helfen kann. Alle diese Gleichnisse wollen eigentlich nur sagen, daß das Unfaßbare unfaßbar ist und das haben wir gewußt. Aber das womit wir uns eigentlich jeden Tag abmühn, sind andere Dinge.

Darauf sagte einer: Warum wehrt Ihr Euch? Würdet Ihr den Gleichnissen folgen, dann wäret Ihr selbst Gleichnisse geworden und damit schon der täglichen Mühe frei.

Ein anderer sagte: Ich wette daß auch das ein Gleichnis ist.

Der erste sagte: Du hast gewonnen.

Der zweite sagte: Aber leider nur im Gleichnis.

Der erste sagte: Nein, in Wirklichkeit; im Gleichnis hast Du verloren.

Aus den Tagebüchern und Briefen

An Oskar Pollak, 27. Januar 1904

Ich glaube, man sollte überhaupt nur solche Bücher lesen, die einen beißen und stechen. Wenn das Buch, das wir lesen, uns nicht mit einem Faustschlag auf den Schädel weckt, wozu lesen wir dann das Buch? Damit es uns glücklich macht, wie Du schreibst? Mein Gott, glücklich wären wir eben auch, wenn wir keine Bücher hätten, und solche Bücher, die uns glücklich machen, könnten wir zur Not selber schreiben. Wir brauchen aber die Bücher, die auf uns wirken wie ein Unglück, das uns sehr schmerzt, wie der Tod eines, den wir lieber hatten als uns, wie wenn wir in Wälder verstoßen würden, von allen Menschen weg, wie ein Selbstmord, ein Buch muß die Axt sein für das gefrorene Meer in uns. Das glaube ich.

An die »Arbeiter-Unfall-Versicherungs-Anstalt«

Löblicher Vorstand!

Der ergebenst Gefertigte bittet den löblichen Vorstand der Arbeiter-Unfall-Versicherungsanstalt für das Königreich Böhmen um gütige Aufnahme als Hilfsbeamter und unterstützt diese Bitte mit Folgendem:

Die beigeschlossenen Staatsprüfungszeugnisse und das Absolutorium erbringen den Nachweis, daß der Petent an der k.k. deutschen Karl-Ferdinands-Universität in Prag die drei Staatsprüfungen mit Erfolg abgelegt hat.

An dieser Universität hat er auch nach Ablegung der drei Rigorosen am 18. Juni 1906 den iuridischen Doktorgrad erlangt.

Vom 1. April 1906 bis zum 1. Oktober 1906 war Petent als Advokatursconcipient tätig, trat dann in die Gerichtspraxis ein, in der er bis zum ersten Oktober 1907 blieb und ist seitdem Beamter der k.k. priv. Assicurazioni Generali in Prag.

Der Petent ist der deutschen und böhmischen Sprache in Wort und Schrift mächtig, beherrscht ferner die französische, teilweise die englische Sprache. Er hat vom 3. Feber d.J. bis zum 20. Mai den Kurs für Arbeiterversicherung an der Prager Handelsakademie besucht und die Prüfungen laut beigelegten Zeugnisses abgelegt.

Im Jahre 1906 war Petent bei der dritten Stellung und ist militärfrei. Prag, am 30. Juni 1908

J.U.Dr. - Franz Kafka

Reisetagebuch,
11. September 1911

Auf dem Asphaltpflaster sind die Automobile leichter zu dirigieren aber auch schwerer einzuhalten. Besonders wenn ein einzelner Privatmann am Steuer sitzt, der die Größe der Straßen, den schönen Tag, sein leichtes Automobil, seine Chauffeurkenntnisse für eine kleine Geschäftsfahrt ausnützt und dabei an Kreuzungsstellen sich mit dem Wagen so winden soll, wie die Fußgänger auf dem Trottoir. Darum fährt ein solches Automobil knapp vor der Einfahrt in eine kleine Gasse noch auf dem großen Platz in ein Tricykle hinein, hält aber elegant, tut ihm nicht viel, tritt ihm förmlich nur auf den Fuß, aber während ein Fußgänger mit einem solchen Fußtritt desto rascher weiter eilt, bleibt das Tricykle stehn und hat das Vorderrad verkrümmt. Der Bäckergehilfe, der auf diesem der Firma — gehörigen Wagen bisher vollständig sorglos mit jenem den Dreirädern eigentümlichen schwerfälligen Schwanken dahingefahren ist, steigt ab, trifft den Automobilisten, der ebenfalls absteigt und macht ihm Vorwürfe, die durch den Respekt vor einem Automobilbesitzer gedämpft und durch die Furcht vor seinem Chef angefeuert werden. Es handelt sich nun zuerst darum zu erklären, wie es zu dem Unfall gekommen. Der Automobilbesitzer stellt mit seinen erhobenen Handflächen das heranfahrende Automobil dar, da sieht er das Trycykle das ihm in die Quere kommt, die rechte Hand löst sich ab und warnt durch Hin- und Herfuchteln das Tricykle, das Gesicht ist besorgt, denn welches Automobil kann auf diese Entfernung bremsen. Wird es das Tricykle einsehn und dem Automobil den Vortritt lassen? Nein, es ist zu spät, die Linke läßt vom Warnen ab, beide Hände vereinigen sich zum Unglücksstoß, die Knie knicken ein, um den letzten Augenblick zu beobachten. Es ist geschehn und das still dastehende verkrümmte Tricykle kann schon bei der weitern Beschreibung mithelfen. Dagegen kann der Bäckergehilfe nicht gut aufkommen. Erstens ist der Automobilist ein gebildeter lebhafter Mann, zweitens ist er bis jetzt im

Automobil gesessen, hat sich ausgeruht, kann sich bald wieder hineinsetzen und weiter ausruhn und drittens hat er von der Höhe des Automobils den Vorgang wirklich besser gesehn. Einige Leute haben sich inzwischen angesammelt und stehen wie es die Darstellung des Automobilisten verdient nicht eigentlich im Kreise um ihn, sondern mehr vor ihm. Der Verkehr muß sich inzwischen ohne den Platz behelfen, den diese Gesellschaft einnimmt, die überdies nach den Einfällen des Automobilisten hin und her rückt. So ziehn z. B. einmal alle zum Tricykle um den Schaden von dem so viel gesprochen worden ist, einmal genauer anzusehn. Der Autom. hält ihn nicht für arg, (einige halten in mäßig lauten Unterredungen zu ihm) trotzdem er sich nicht mit dem bloßen Hinschauen begnügt sondern rund herumgeht, oben hinein und unten durch schaut. Einer, der schreien will, setzt sich, da der Aut. Schreien nicht braucht, für das Tricykle ein; er bekommt aber sehr gute und sehr laute Antworten von einem neu auftretenden fremden Mann, der wenn man sich nicht beirren läßt, der Begleiter des Aut. gewesen ist. Einigemale müssen einige Zuhörer zusammen lachen, beruhigen sich aber immer mit neuen sachl. Einfällen. Nun besteht eigentlich keine große Meinungsversch. zwischen Aut. u. Bäck., der Aut. sieht sich von einer kleinen freundlichen Menschenmenge umgeben, die er überzeugt hat, der Bäckerjunge läßt von seinem einförmigen Armeausstrecken und Vorwürfemachen langsam ab, der Aut. leugnet ja nicht daß er einen kleinen Schaden angerichtet hat, gibt auch durchaus dem Bäck. nicht alle Schuld, beide haben Schuld, also keiner, solche Dinge kommen eben vor u. s. w. Kurz die Angelegenheit würde schließlich in Verlegenheit ablaufen, die Stimmen der Zuschauer, die schon über den Preis der Reparatur beraten, müßten abverlangt werden, wenn man sich nicht daran erinnern würde, daß man einen Polizeimann holen könnte. Der Bäckerjunge der in eine immer untergeordnetere Stellung zum Au. geraten ist, wird von ihm einfach um einen Pol. geschickt, und vertraut sein Tricykle dem Schutz des Aut. Nicht mit böser Absicht, denn er hat es nicht nötig, eine Partei für sich zu bilden, hört er auch in Abwesenheit des Gegners mit seinen Beschreibungen nicht auf. Weil man rauchend besser erzählt, dreht er sich eine Cigarette. In seiner Tasche hat er ein Tabaklager. Neu ankommende Uninformierte und wenn es auch nur Geschäftsdiener sind werden systematisch zuerst zum Automobil, dann zum Tricykle geführt und dann erst über die Details unterrichtet. Hört er aus der Menge von einem weiter hinten Stehenden einen Einwand, beantwortet er ihn auf den Fußspitzen, um dem ins Gesicht sehn zu können. Es zeigt sich, daß es zu umständlich ist, die Leute zwischen Aut. u. T. hin und herzuführen, deshalb wird das Automobil mehr zum Trottoir in die Gasse hineingefahren. Ein ganzes Tricykle hält und der Fahrer sieht sich die Sache an. Wie zur Belehrung über die Schwierigkeiten des Automobilfahrens ist ein großer Motoromnibus mitten auf dem Platz stehn geblieben. Man arbeitet vorn am Motor. Die ersten die sich um den Wagen niederbeugen sind seine ausgestiegenen Passagiere im richtigen Gefühl ihrer nähern Beziehung. Inzwischen hat der Aut. ein wenig Ordnung gemacht und auch das Tr. mehr zum Trottoir geschoben. Die Sache verliert ihr öffentl. Interesse. Neu Ankommende müssen schon erraten, was eigentlich geschehen ist. Der Aut. hat sich mit einigen alten Zusch. die als Zeugen Wert haben, förmlich zurückgezogen und spricht mit ihnen leise. Wo wandert aber inzwischen der arme Junge herum? Endlich sieht man ihn in der Ferne, wie er mit dem Pol. den Platz zu durchqueren anfängt. Man war nicht ungeduldig aber das Interesse zeigt sich sogleich aufgefrischt. Viele neue Zuschauer treten auf, die auf billige Weise den äußersten Genuß der Protokollaufnahme haben werden. Der Aut. löst sich von seiner Gruppe und geht dem Pol. entgegen, der die Angeleg. sofort mit der gleichen Ruhe aufnimmt, welche die Beteiligten erst durch halbstündiges Warten sich verschafft haben. Die Prot.aufnahme beginnt ohne lange Untersuch. Der P. zieht aus seinem Notizbuch mit der Schwerfälligkeit eines Bauarbeiters einen alten schmutzigen aber leeren Bogen Papier, notiert die Namen der Beteiligten, schreibt die Bäckerfirma auf und geht um dies genau zu machen schreibend um das Tricykle herum. Die unbewußte unverständige Hoffnung aller Anwesenden auf eine sofortige sachliche Beendigung der ganzen Angel. durch den Pol. geht in eine Freude an den Einzelheiten der Prot.auf. über. Diese Pr. stockt bisweilen. Der Pol. hat sein Prot. etwas in Unord. gebracht und in der Anstrengung es wieder herzustellen, hört und sieht er weilchenweise nichts anderes. Er hat nämlich den Bogen an einer Stelle zu beschreiben angefangen, wo er aus irgend einem Grunde nicht hätte anfangen dürfen. Nun ist es aber doch geschehn und sein Staunen darüber erneuert sich öfters. Er muß den Bogen immerfort wieder umdrehn, um den schlechten Prot.anfang zu glauben. Da er aber von diesem schlechten Anfang bald abgelassen und auch anderswo zu schreiben angefangen hat, kann er, wenn eine Spalte zu Ende ist, ohne großes Auseinanderfalten und Untersuchen unmöglich wissen, wo er richtigerweise fortzusetzen hat. Die Ruhe die dadurch die Angeleg. gewinnt, läßt sich mit jener frühern durch die Bet. allein erreichten gar nicht vergleichen.

Tagebuch, Anfang November 1911

Ich will schreiben mit einem ständigen Zittern auf der Stirn. Ich sitze in meinem Zimmer im Hauptquartier des Lärms der ganzen Wohnung. Alle Türen höre ich schlagen, durch ihren Lärm bleiben mir nur die Schritte der zwischen ihnen Laufenden erspart, noch das Zuklappen der Herdtüre in der Küche höre ich. Der Vater durchbricht die Türen meines Zimmers und zieht im nachschleppenden Schlafrock durch, aus dem Ofen im Nebenzimmer wird die Asche gekratzt, Valli fragt durch das Vorzimmer wie durch eine Pariser Gasse ins Unbestimmte rufend ob denn des Vaters Hut schon geputzt ist, ein Zischen, das mir befreundet sein will, erhebt das Geschrei einer antwortenden Stimme. Die Wohnungstüre wird aufgeklinkt und lärmt wie aus katarrhalischem Hals, öffnet sich dann weiterhin mit dem kurzen Singen einer Frauenstimme und schließt sich mit einem dumpfen männlichen Ruck, der sich am rücksichtslosesten anhört. Der Vater ist weg, jetzt beginnt der zartere zerstreutere hoffnungslosere Lärm, von den Stimmen der zwei Kanarienvögel angeführt. Schon früher dachte ich daran, bei den Kanarienvögeln fällt es mir aber von neuem ein, ob ich nicht die Türe bis zu einer kleinen Spalte öffnen, schlangengleich ins Nebenzimmer kriechen und so auf dem Boden meine Schwestern und ihr Fräulein um Ruhe bitten sollte.

Zur »Charakteristik kleiner Litteraturen«

[Tagebuch] 25. XII [1911] Was ich durch Löwy von der gegenwärtigen jüdischen Litteratur in Warschau und was ich durch teilweisen eigenen Einblick von der gegenwärtigen tschechischen Litteratur erkenne, deutet daraufhin, daß viele Vorteile der litterarischen Arbeit, die Bewegung der Geister, das einheitliche Zusammenhalten des im äußern Leben oft untätigen und immer sich zersplitternden nationalen Bewußtseins der Stolz und der Rückhalt, den die Nation durch eine Litteratur für sich und gegenüber der feindlichen Umwelt erhält, dieses Tagebuchführen einer Nation, das etwas ganz anderes ist als Geschichtsschreibung und als Folge dessen, eine schnellere und doch immer vielseitig überprüfte Entwicklung, die detaillierte Vergeistichung des großflächigen öffentlichen Lebens, die Bindung unzufriedener Elemente, die hier, wo Schaden nur durch Lässigkeit entstehen kann, sofort nützen, die durch das Getriebe der Zeitschriften sich bildende, immer auf das Ganze angewiesene Gliederung des Volkes, die Einschränkung der Aufmerksamkeit der Nation auf ihren eigenen Kreis und Aufnahme des Fremden nur in der Spiegelung, das Entstehen der Achtung vor litterarisch tätigen Personen, die vorübergehende aber nachwirkende Erweckung höheren Strebens unter den Heranwachsenden, die Übernahme litterarischer Vorkommnisse in die politischen Sorgen, die Veredlung und Besprechungsmöglichkeit des Gegensatzes zwischen Vätern und Söhnen, die Darbietung der nationalen Fehler in einer zwar besonders schmerzlichen, aber verzeihungswürdigen und befreienden Weise, das Entstehen eines lebhaften und deshalb selbstbewußten Buchhandels und der Gier nach Büchern – alle diese Wirkungen können schon durch eine Litteratur hervorgebracht werden, die sich in einer tatsächlich zwar nicht ungewöhnlichen Breite entwickelt, aber infolge des Mangels bedeutender Talente diesen Anschein hat. Die Lebhaftigkeit einer solchen Litteratur ist sogar größer als die einer talentreichen, denn da es hier keine

Schriftsteller giebt, vor dessen Begabung wenigstens die Mehrzahl der Zweifler zu schweigen hätte, bekommt der litterarische Streit in größtem Ausmaß eine wirkliche Berechtigung. Die von keiner Begabung durchbrochene Litteratur zeigt deshalb auch keine Lücken, durch die sich Gleichgültige drücken könnten. Der Anspruch der Litteratur auf Aufmerksamkeit wird dadurch zwingender. Die Selbständigkeit des einzelnen Schriftstellers, natürlich nur innerhalb der nationalen Grenzen, wird besser gewahrt. Der Mangel unwiderstehlicher nationaler Vorbilder hält völlig Unfähige von der Litteratur ab. Aber selbst schwache Fähigkeiten genügen nicht, um sich von den undeutlichen Charakterzeichen der eben herrschenden Schriftsteller beeinflussen zu lassen oder die Ergebnisse fremder Litteraturen einzuführen oder die schon eingeführte fremde Litteratur nachzuahmen, was man schon daraus erkennen kann, daß z. B. innerhalb einer an großen Begabungen reichen Litteratur wie der deutschen die schlechtesten Schriftsteller sich mit ihrer Nachahmung an das Inland halten. Besonders wirkungsvoll zeigt sich die in den obigen Richtungen schöpferische und beglückende Kraft einer im einzelnen schlechten Litteratur, wenn damit begonnen wird, verstorbene Schriftsteller litteraturgeschichtlich zu registrieren. Ihre unleugbaren damaligen und gegenwärtigen Wirkungen werden etwas so tatsächliches, daß es mit ihren Dichtungen vertauscht werden kann. Man spricht von den letzteren und meint die ersteren, ja man liest sogar die letzteren und sieht bloß die erstern. Da sich jene Wirkungen aber nicht vergessen lassen und die Dichtungen selbständig die Erinnerung nicht beeinflussen, gibt es auch kein Vergessen und kein Wiedererinnern. Die Litteraturgeschichte bietet einen unveränderlichen vertrauenswürdigen Block dar, dem der Tagesgeschmack nur wenig schaden kann. Das Gedächtnis einer kleinen Nation ist nicht kleiner als das Gedächtnis einer großen, es verarbeitet daher den vorhandenen Stoff gründlicher. Es werden zwar weniger Litteraturgeschichtskundige beschäftigt, aber die Litteratur ist weniger eine Angelegenheit der Litteraturgeschichte als Angelegenheit des Volkes und darum ist sie wenn auch nicht rein so doch sicher aufgehoben. Denn die Anforderungen, die das Nationalbewußtsein innerhalb eines kleinen Volkes an den Einzelnen stellt, bringen es mit sich, daß jeder immer bereit sein muß den auf ihn entfallenden Teil der Litteratur zu kennen, zu tragen zu verfechten und jedenfalls zu verfechten, wenn er ihn auch nicht kennt und trägt.

Fortsetzung

Die alten Schriften bekommen viele Deutungen, die gegenüber dem schwachen Material mit einer Energie vorgehn, die nur gedämpft ist durch die Befürchtung, daß man zu leicht bis zum Ende vordringen könnte sowie durch die Ehrfurcht, über die man sich geeinigt hat. Alles geschieht in der ehrlichsten Weise, nur daß innerhalb einer Befangenheit gearbeitet wird, die sich niemals löst, keine Ermüdung aufkommen läßt und durch das Sichheben einer geschickten Hand meilenweit sich verbreitet. Schließlich heißt aber Befangenheit nicht nur die Verhinderung des Ausblicks, sondern auch jene des Einblicks, wodurch ein Strich durch alle diese Bemerkungen gezogen wird.

Weil die zusammenhängenden Menschen fehlen, entfallen zusammenhängende litterarische Aktionen. [Eine einzelne Angelegenheit wird in die Tiefe gedrückt, um sie von der Höhe beobachten zu können, oder sie wird in die Höhe gehoben, damit man sich oben an ihrer Seite behaupten kann. Falsch.] Wenn auch die einzelne Angelegenheit oft mit Ruhe durchdacht wird, so kommt man doch nicht bis an ihre Grenzen, an denen sie mit gleichartigen Angelegenheiten zusammenhängt, am ehesten erreicht man die Grenze gegenüber der Politik, ja man strebt sogar danach, diese Grenze früher zu sehen als sie da ist und oft diese sich zusammenziehende Grenze überall zu finden. Die Enge des Raumes, ferner die Rücksicht auf Einfachheit und Gleichmäßigkeit, endlich auch die Erwägung, daß infolge der innern Selbständigkeit der Litteratur die äußere Verbindung mit der Politik unschädlich ist, führen dazu, daß die Litteratur sich dadurch im Lande verbreitet, daß sie sich an den politischen Schlagworten festhält.

Allgemein findet sich die Freude an der litterarischen Behandlung kleiner Themen, die nur so groß sein dürfen, daß eine kleine Begeisterung sich an ihnen verbrauchen kann und die polemische Aussichten und Rückhalte haben. Litterarisch überlegte Schimpfworte rollen hin und wieder, im Umkreis der stärkeren Temperamente fliegen sie. Was innerhalb großer Litteraturen unten sich abspielt und einen nicht unentbehrlichen Keller des Gebäudes bildet, geschieht hier im vollen Licht, was dort einen augenblicksweisen Zusammenlauf entstehen läßt, führt hier nichts weniger als die Entscheidung über Leben und Tod aller herbei.

Schema zur Charakteristik kleiner Litteraturen:
Wirkung im guten Sinn hier wie dort auf jeden Fall.
Hier sind im Einzelnen sogar bessere Wirkungen.
1 Lebhaftigkeit
a Streit b. Schulen c Zeitschriften
2 Entlastung
a Principienlosigkeit b kleine Themen c leichte Symbolbildung d Abfall der Unfähigen
3 Popularität
a Zusammenhang mit Politik b Litteraturgeschichte c Glaube an die Litteratur, ihre Gesetzgebung wird ihr überlassen,
Es ist schwer sich umzustimmen, wenn man dieses nützliche fröhliche Leben in allen Gliedern gefühlt hat

An Felice Bauer, 1. November 1912

Mein Leben besteht und bestand im Grunde von jeher aus Versuchen zu schreiben und meist aus mißlungenen. Schrieb ich aber nicht, dann lag ich auch schon auf dem Boden, wert hinausgekehrt zu werden. Nun waren meine Kräfte seit jeher jämmerlich klein und, wenn ich es auch nicht offen eingesehen habe, so ergab es sich doch von selbst, daß ich auf allen Seiten sparen, überall mir ein wenig entgehen lassen müsse, um für das, was mir mein Hauptzweck schien, eine zur Not ausreichende Kraft zu behalten. Wo ich es aber nicht selbst tat (mein Gott! selbst an diesem Feiertag beim Journaldienst im Bureau keine Ruhe, sondern Besuch hinter Besuch wie eine losgelassene kleine Hölle) sondern irgendwo über mich hinaus wollte, wurde ich von selbst zurückgedrängt, geschädigt, beschämt, für immer geschwächt, aber gerade dieses, was mich für Augenblicke unglücklich machte, hat mir im Laufe der Zeit Vertrauen gegeben und ich fing zu glauben an, daß da irgendwo, wenn auch schwer aufzufinden, ein guter Stern sein müsse, unter dem man weiterleben könne. Ich habe mir einmal im einzelnen eine Aufstellung darüber gemacht, was ich dem Schreiben geopfert habe und darüber, was mir um des Schreibens willen genommen wurde oder besser, dessen Verlust nur mit dieser Erklärung sich ertragen ließ.

Und tatsächlich, so mager wie ich bin und ich bin der magerste Mensch, den ich kenne (was etwas sagen will, da ich schon viel in Sanatorien herumgekommen bin) ebenso ist auch sonst nichts an mir, was man in Rücksicht auf das Schreiben Überflüssiges und Überflüssiges im guten Sinne nennen könnte. Gibt es also eine höhere Macht, die mich benützen will oder benützt, dann liege ich als ein zumindest deutlich ausgearbeitetes Instrument in ihrer Hand; wenn nicht, dann bin ich gar nichts und werde plötzlich in einer fürchterlichen Leere übrig bleiben.

Jetzt habe ich mein Leben um das Denken an Sie erweitert und es gibt wohl kaum eine Viertelstunde während meines Wachseins, in der ich nicht an Sie gedacht hätte, und viele Viertelstunden, in denen ich nichts anderes tue. Aber selbst dieses steht mit meinem Schreiben im Zusammenhang, nur der Wellengang des Schreibens bestimmt mich und gewiß hätte ich in einer Zeit matten Schreibens niemals den Mut gehabt, mich an Sie zu wenden. Das ist so wahr, wie es wahr ist, daß ich seit jenem Abend ein Gefühl hatte als hätte ich eine Öffnung in der Brust, durch die es saugend und unbeherrscht ein- und auszog, bis sich mir eines Abends im Bett durch die Erinnerung an eine biblische Geschichte die Notwendigkeit jenes Gefühls wie auch die Wahrheit jener biblischen Geschichte gleichzeitig bewies. Wie Sie nun aber auch mit meinem Schreiben verschwistert sind, trotzdem ich bis dahin glaubte, gerade während des Schreibens nicht im geringsten an Sie zu denken, habe ich letzthin staunend gesehn. In einem kleinen Absatz, den ich geschrieben hatte, fanden sich unter anderem folgende Beziehungen zu Ihnen und zu Ihren Briefen: Jemand bekam eine Tafel Chokolade geschenkt. Es wurde von kleinen Abwechslungen gesprochen, die jemand während seines Dienstes hatte. Weiterhin gab es einen telephonischen Anruf. Und schließlich drängte jemand einen andern schlafen zu gehn und drohte ihm, ihn, wenn er nicht folgen werde, bis auf sein Zimmer zu führen, was sicher nur eine Erinnerung an den Ärger war, den Ihre Mutter hatte, als Sie so lange im Bureau blieben. – Solche Stellen sind mir besonders lieb, ich halte Sie darin, ohne daß Sie es fühlen und ohne daß Sie sich also wehren müßten. Und selbst wenn Sie einmal etwas Derartiges lesen sollten, werden Ihnen diese Kleinigkeiten bestimmt entgehn. Das dürfen Sie aber glauben, daß Sie vielleicht nirgends auf der Welt mit größerer Sorglosigkeit sich fangen lassen dürften als hier.

Meine Lebensweise ist nur auf das Schreiben hin eingerichtet und wenn sie Veränderungen erfährt, so nur deshalb, um möglicher Weise dem Schreiben besser zu entsprechen, denn die Zeit ist kurz, die Kräfte sind klein, das Bureau ist ein Schrecken, die Wohnung ist laut und man muß sich mit Kunststücken durchzuwinden suchen, wenn es mit einem schönen geraden Leben nicht geht. Die Befriedigung über ein derartiges Kunststück, das einem in der Zeiteinteilung gelungen ist, ist allerdings nichts gegenüber dem ewigen Jammer, daß jede Ermüdung sich in dem Geschriebenen viel besser und klarer aufzeichnet, als das, was man eigentlich aufschreiben wollte. Seit 1 ½ Monaten ist meine Zeiteinteilung mit einigen in den letzten Tagen infolge unerträglicher Schwäche eingetretenen Störungen die folgende: Von 8 bis 2 oder 2 ⅓ Bureau, bis 3 oder ½ 4 Mittagessen, von da ab Schlafen im Bett (meist nur Versuche, eine Woche lang habe ich in diesem Schlaf nur Montenegriner gesehn mit einer äußerst widerlichen, Kopfschmerzen verursachenden Deutlichkeit jedes Details ihrer komplizierten Kleidung) bis ½ 8, dann 10 Minuten Turnen, nackt bei offenem Fenster, dann eine Stunde Spazierengehn allein oder mit Max oder mit noch einem andern Freund, dann Nachtmahl innerhalb der Familie (ich habe 3 Schwestern, eine verheiratet, eine verlobt, die ledige ist mir, unbeschadet der Liebe zu den andern, die bei weitem liebste) dann um ½ 11 (oft wird aber auch sogar ½ 12) Niedersetzen zum Schreiben und dabeibleiben je nach Kraft, Lust und Glück bis 1, 2, 3 Uhr, einmal auch schon bis 6 Uhr früh. Dann wieder Turnen, wie oben, nur natürlich mit Vermeidung jeder Anstrengung, abwaschen und meist mit leichten Herzschmerzen und zuckender Bauchmuskulatur ins Bett. Dann alle möglichen Versuche einzuschlafen, d. h. Unmögliches zu erreichen, denn man kann nicht schlafen (der Herr verlangt sogar traumlosen Schlaf) und dabei gleichzeitig an seine Arbeiten denken und überdies die mit Bestimmtheit nicht zu entscheidende Frage mit Bestimmtheit lösen wollen, ob den nächsten Tag ein Brief von Ihnen kommen wird und zu welcher Zeit. So besteht die Nacht aus zwei Teilen, aus einem wachen und einem schlaflosen und wollte ich Ihnen darüber ausführlich schreiben und wollten Sie es anhören, ich würde niemals fertig werden. Natürlich ist es dann kein besonderes Wunder, wenn ich im Bureau am Morgen gerade knapp noch mit dem Ende meiner Kräfte zu arbeiten anfange. Vor einiger Zeit stand auf einem Korridor, über den ich immer zu meinem Schreibmaschinisten gehe, eine Bahre, auf der Akten und Drucksorten transportiert werden, und immer wenn ich an ihr vorüberging, schien sie mir vor allem für mich geeignet und auf mich zu warten.

An Felice Bauer, 11. November 1912

Fräulein Felice!

Jetzt werde ich Ihnen eine Bitte vortragen, die wahrhaftig wahnsinnig aussieht, und ich würde sie nicht anders beurteilen, wenn ich den Brief zu lesen bekäme. Es ist aber auch schon die stärkste Probe, auf die man den gütigsten Menschen stellen kann. Also ich bitte:

Schreiben Sie mir nur einmal in der Woche und so, daß ich Ihren Brief Sonntag bekomme. Ich ertrage nämlich Ihre täglichen Briefe nicht, ich bin nicht imstande, sie zu ertragen. Ich antworte z. B. auf Ihren Brief und liege dann scheinbar still im Bett, aber ein Herzklopfen geht mir durch den Leib und weiß von nichts als von Ihnen. Wie ich Dir angehöre, es gibt wirklich keine andere Möglichkeit es auszudrücken und die ist zu schwach. Aber eben deshalb will ich nicht wissen, wie Du angezogen bist, denn es wirft mich durcheinander, daß ich nicht leben kann, und deshalb will ich nicht wissen, daß Du mir gut gesinnt bist, denn warum sitze ich, Narr, dann noch in meinem Bureau oder hier zuhause, statt mit geschlossenen Augen mich in den Zug zu werfen und sie erst zu öffnen, wenn ich bei Dir bin. Oh es gibt einen schlimmen, schlimmen Grund dafür, warum ich das nicht tue und kurz und gut: Ich bin noch knapp gesund für mich, aber nicht mehr zur Ehe und schon gar nicht zur Vaterschaft. Aber wenn ich Deinen Brief lese, könnte ich noch mehr als das Unübersehbare übersehn.

Hätte ich nur schon Deine Antwort! Und wie scheußlich ich Dich quäle und wie ich Dich zwinge, in Deinem ruhigen Zimmer diesen Brief zu lesen, wie noch kein abscheulicherer auf Deinem Schreibtisch lag! Wahrhaftig manchmal scheinet es mir, als zehrte ich wie ein Gespenst von Deinem glückbringenden Namen! Hätte ich doch meinen Samstagbrief abgeschickt, in dem ich Dich beschwor, mir niemals mehr zu schreiben und Dir für mich das gleiche Versprechen gab. Du lieber Gott, was hat mich abgehalten, den Brief wegzuschikken. Alles wäre gut. Gibt es aber jetzt noch eine friedliche Lösung? Hilft es, daß wir einander nur einmal in der Woche schreiben? Nein, das wäre ein kleines Leiden, das durch solche Mittel zu beheben wäre. Ich sehe ja voraus, ich werde auch diese Sonntagsbriefe nicht ertragen. Und deshalb, um das am Samstag Versäumte gut zu machen, bitte ich Dich mit der am Ende dieses Briefes schon etwas versagenden Schreibkraft: lassen wir alles, wenn uns unser Leben lieb ist.

Wollte ich mich mit Dein unterschreiben? Nichts wäre falscher. Nein, mein und ewig an mich gebunden, das bin ich und damit muß ich auszukommen suchen.

Franz

An Felice Bauer, 14. November 1912

Liebste, Liebste! Wenn es so viel Güte in der Welt gibt, dann muß man sich nicht fürchten, muß nicht unruhig sein. Dein Brief kam – ich saß bei meinem Chef und wir besprachen die Versicherung der Feldspatgruben – da packte ich den Brief wieder mit dem alten Händezittern und sah den Chef wie eine Erscheinung an. Aber kaum hatte ich ihn zwei- dreimal gelesen, war ich so ruhig, wie ich es mir schon lange gewünscht und worum ich vor 3 Tagen in der Nacht gebetet habe. Dein Umschlag – (das ist ja falsch, der Umschlag soll es heißen, aber das Du und Dein will sich immerfort sehen lassen) – der Umschlag mit den Beruhigungszeilen kann es nicht bewirkt haben, denn die habe ich erst später gelesen und was in dem Briefe stand, das hätte mich doch schütteln müssen, denn je mehr man bekommt, desto mehr muß man sich fürchten auf dieser rollenden Erde – es kann also nur das Du gewesen sein, das mich festgehalten hat, dieses Du, für das ich Dir auf den Knien danke, denn die Unruhe um Dich hat es mir abgezwungen und nun gibst Du es mir ruhig wieder zurück. Du Liebste! Kann ich jetzt Deiner sicher sein? Das »Sie«, das gleitet wie auf Schlittschuhen, in der Lücke zwischen 2 Briefen kann es verschwunden sein, man muß dahinter her jagen mit Briefen und Gedanken am Morgen, am Abend, in der Nacht, das Du aber, das steht doch, das bleibt wie Dein Brief da, der sich nicht rührt und sich von mir küssen und wieder küssen läßt. Was ist das für ein Wort! So lückenlos schließt nichts zwei Menschen aneinander, gar wenn sie nichts als Worte haben wie wir zwei.

An Felice Bauer, 17. November 1912

Liebste, Allerliebste, ich ganz und gar Verdammter habe also den Ruhm, Dich Gesunde krank gemacht zu haben. Schone Dich, Du höre, schone Dich, was ich an Dir verschuldet habe, mache es mir zu Liebe an Dir wieder gut! Und ich wage es, Dir Vorwürfe wegen Deines Nichtschreibens zu machen und vergrabe mich so in eigene Unruhe und eigenes Verlangen, daß ich gar nicht fühle, daß Du krank bist, sondern lächerliche Vermutungen habe, Du seiest in Proben oder Unterhaltungen. Wahrhaftig wenn wir durch Erdteile getrennt wären und Du irgendwo in Asien lebtest, wir könnten nicht weiter auseinander sein. Jeder Deiner Briefe ist ja für mich unendlich und sei er noch so klein (Gott, was dreht sich mir denn alles zu scheinbaren Vorwürfen, Dein heutiger Brief ist nicht klein, er ist genau 10000 mal größer als ich ihn verdiene) ich lese ihn bis zur Unterschrift und fange ihn wieder an und so geht es im schönsten Kreise. Aber schließlich muß ich doch einsehn, daß er einen Schlußpunkt hat, daß Du von ihm aufgestanden und weggegangen bist, für mich ins Dunkel. Da möchte man sich vor den Kopf schlagen.

Heute war aber wirklich schon höchste Zeit, daß der Brief kam. Ich bin nicht so entschlossen wie Du, ich wollte nicht nach Berlin fahren, ich war bloß entschlossen, nicht früher aus dem Bett zu gehn ehe der Brief kam und zu diesem Entschluß gehörte keine besondere Kraft, ich konnte einfach vor Traurigkeit nicht aufstehn. Es schien mir auch, daß dieser Roman gestern in der Nacht sich sehr verschlechtert habe und ich lag zutiefst unten und hatte doch noch die klarste Erinnerung an das Glück nach jenem Einschreibebrief und wenn ich aufschaute, sah ich mich, der doch so elend war, förmlich noch immer in der Höhe im Glücke gehn. Vorgestern in der Nacht träumte ich zum zweiten Mal von Dir. Ein Briefträger brachte mir zwei Einschreibebriefe von Dir und zwar reichte er mir sie, in jeder Hand einen, mit einer prachtvoll präcisen Bewegung der Arme, die wie die Kolbenstangen einer Dampfmaschine zuckten. Gott, es waren Zauberbriefe. Ich konnte soviel beschriebene Bogen aus den Umschlägen ziehn, sie wurden nicht leer. Ich stand mitten auf einer Treppe und mußte die gelesenen Bogen, nimm es mir nicht übel, auf die Stufen werfen, wollte ich die weiteren Briefe aus den Umschlägen herausnehmen. Die ganze Treppe nach oben und unten war von diesen gelesenen Briefen hoch bedeckt und das lose aufeinandergelegte, elastische Papier rauschte mächtig. Es war ein richtiger Wunschtraum.

Aber heute am Tag mußte ich den Briefträger ganz anders herbeiziehen. Unsere Briefträger sind so unpünktlich. Um ¼ 12 erst kam der Brief, zehnmal wurden die verschiedensten Leute von meinem Bett aus auf die Treppe hinausgeschickt, als könnte ihn das heraufloken, ich selbst durfte nicht aufstehn, aber um ¼ 12 war der Brief also wirklich da, aufgerissen und in einem Atemzug gelesen. Ich war unglücklich über Dein Kranksein, aber – jetzt enthüllt sich meine Natur – ich wäre unglücklicher gewesen, wenn Du bei guter Gesundheit mir nicht geschrieben hättest. Aber jetzt haben wir uns also wieder und wollen nach einem guten Händedruck einer den andern gesünder machen und dann gesund miteinander fortleben. – Wieder antworte ich auf nichts, aber Antworten ist eben Sache der mündlichen Rede, durch Schreiben kann man nicht klug werden, höchstens eine Ahnung des Glücks bekommen. Ich werde Dir übrigens heute wohl noch schreiben, wenn ich auch noch heute viel herumlaufen muß und eine kleine Geschichte niederschreiben werde, die mir in dem Jammer im Bett eingefallen ist und mich innerlichst bedrängt.

Dein Franz

[am Rande] (Sei nicht unruhig, ich telephoniere auf keinen Fall, tu es auch nicht, ich ertrüge es nicht.)

An Felice Bauer, 14./15. Januar 1913

Einmal schriebst Du, Du wolltest bei mir sitzen, während ich schreibe; denke nur, da könnte ich nicht schreiben (ich kann auch sonst nicht viel) aber da könnte ich gar nicht schreiben. Schreiben heißt ja sich öffnen bis zum Übermaß; die äußerste Offenherzigkeit und Hingabe, in der sich ein Mensch im menschlichen Verkehr schon zu verlieren glaubt und vor der er also, solange er bei Sinnen ist, immer zurückscheuen wird – denn leben will jeder, solange er lebt – diese Offenherzigkeit und Hingabe genügt zum Schreiben bei weitem nicht. Was von dieser Oberfläche ins Schreiben hinübergenommen wird – wenn es nicht anders geht und die tiefern Quellen schweigen – ist nichts und fällt in dem Augenblick zusammen, in dem ein wahreres Gefühl diesen obern Boden zum Schwanken bringt. Deshalb kann man nicht genug allein sein, wenn man schreibt, deshalb kann es nicht genug still um einen sein, wenn man schreibt, die Nacht ist noch zu wenig Nacht. Deshalb kann nicht genug Zeit einem zur Verfügung stehn, denn die Wege sind lang, und man irrt leicht ab, man bekommt sogar manchmal Angst und hat schon ohne Zwang und Lockung Lust zurückzulaufen (eine später immer schwer bestrafte Lust), wie erst, wenn man unversehens einen Kuß vom liebsten Mund bekäme! Oft dachte ich schon daran, daß es die beste Lebensweise für mich wäre, mit Schreibzeug und einer Lampe im innersten Raume eines ausgedehnten, abgesperrten Kellers zu sein. Das Essen brächte man mir, stellte es immer weit von meinem Raum entfernt hinter der äußersten Tür des Kellers nieder. Der Weg um das Essen, im Schlafrock, durch alle Kellergewölbe hindurch wäre mein einziger Spaziergang. Dann kehrte ich zu meinem Tisch zurück, würde langsam und mit Bedacht essen und wieder gleich zu schreiben anfangen. Was ich dann schreiben würde! Aus welchen Tiefen ich es hervorreißen würde! Ohne Anstrengung! Denn äußerste Koncentration kennt keine Anstrengung. Nur, daß ich es vielleicht nicht lange treiben würde und beim ersten, vielleicht selbst in solchem Zustand nicht zu vermeidendem Mißlingen in einen großartigen Wahnsinn ausbrechen müßte. *Was meinst Du, Liebste? Halte Dich vor dem Kellerbewohner nicht zurück!*

An Felice Bauer, 18./19. Februar 1913

Hilf mir, Liebste, ich bitte Dich, das was ich in den letzten Tagen angerichtet habe, wieder in Ordnung zu bringen. Vielleicht ist gar nichts Eigentliches geschehn und Du hättest ohne mein Geschrei nichts davon bemerkt, aber diese Unruhe, mitten in meine Stumpfheit hineingesteckt, treibt mich herum und ich schreibe Unverantwortliches oder fürchte, es jeden Augenblick zu tun. Die falschen Sätze umlauern meine Feder, schlingen sich um ihre Spitze und werden in die Briefe mitgeschleift. Ich bin nicht der Meinung, daß einem jemals die Kraft fehlen kann, das, was man sagen oder schreiben will, auch vollkommen auszudrücken. Hinweise auf die Schwäche der Sprache und Vergleiche zwischen der Begrenztheit der Worte und der Unendlichkeit des Gefühls sind ganz verfehlt. Das unendliche Gefühl bleibt in den Worten genau so unendlich, wie es im Herzen war. Das was im Innern klar ist, wird es auch unweigerlich in Worten. Deshalb muß man niemals um die Sprache Sorge haben, aber im Anblick der Worte oft Sorge um sich selbst. Wer weiß denn aus sich selbst heraus, wie es um einen steht. Dieses stürmische oder sich wälzende oder sumpfige Innere sind ja wir selbst, aber auf dem im geheimen sich vollziehenden Weg, auf dem die Worte aus uns hervorgetrieben werden, wird die Selbsterkenntnis an den Tag gebracht, und wenn sie auch noch immer verhüllt ist, so ist sie doch vor uns und ein herrlicher oder schrecklicher Anblick. Nimm mich also, Liebste, in Schutz vor diesen widerlichen Worten, die ich da in der letzten Zeit aus mir herausbefördert habe. Sag, daß Du alles einsiehst und doch mich lieb behältst. Ich schrieb da letzthin Beleidigendes über die Lasker-Schüler und Schnitzler. Wie sehr hatte ich recht! Aber beide fliegen noch als Engel dahin über die Tiefe, in der ich auf dem Boden liege. Und Maxens Lob! Er lobt ja nicht eigentlich mein Buch, dieses Buch liegt ja vor, das Urteil wäre nachzuprüfen, wenn einer Lust dazu haben sollte; aber er lobt vor allem mich, und das ist das Lächerlichste von allem. Wo bin ich denn? Wer kann mich nachprüfen? Ich wünschte mir eine kräftige Hand nur zu dem Zweck, um in diese unzusammenhängende Konstruktion, die ich bin, ordentlich hineinzufahren. Und dabei ist das, was ich da sage, nicht einmal ganz genau meine Meinung, nicht einmal ganz genau meine augenblickliche Meinung. Wenn ich in mich hineinschaue, sehe ich soviel Undeutliches noch durcheinandergehn, daß ich nicht einmal meinen Widerwillen gegen mich genau begründen und vollständig übernehmen kann.

Liebste, was sagst Du, wenn Du so vor dieser Verwirrung stehst. Ist es nicht für den Zuschauer trauriger und abstoßender als für den, der es erlebt? Unvergleichlich trauriger und abstoßender gewiß. Ich kann mir denken, wie viel Kraft dazu gehört, davor nicht wegzulaufen. Während ich, wie ich eingestehe, dieses alles ganz ruhig niederschreibe.

Franz

An Felice Bauer, 17. / 18. März 1913

Du hast recht, Felice, ich zwinge mich in der letzten Zeit öfters, Dir zu schreiben, aber mein Schreiben an Dich und mein Leben sind sehr nahe zusammengerückt, und auch zu meinem Leben zwinge ich mich; soll ich das nicht?

Es kommt mir auch fast kein Wort vom Ursprung her, sondern wird weit am Wege irgendwo, zufällig, unter übergroßen Umständen festgepackt. Als ich im vollen Schreiben und Leben war, schrieb ich Dir einmal, daß jedes wahre Gefühl die zugehörigen Worte nicht sucht, sondern mit ihnen zusammenstößt oder gar von ihnen getrieben wird. Vielleicht ist es so doch nicht ganz wahr.

Wie könnte ich aber auch, selbst bei noch so fester Hand, alles im Schreiben an Dich erreichen, was ich erreichen will: Dich gleichzeitig von dem Ernst der zwei Bitten überzeugen: »Behalte mich lieb« und »Hasse mich!«

Tagebuch, 21. Juli 1913

Zusammenstellung alles dessen, was für und gegen meine Heirat spricht: 1) Unfähigkeit allein das Leben zu ertragen, nicht etwa Unfähigkeit zu leben, ganz im Gegenteil, es ist sogar unwahrscheinlich, daß ich es verstehe, mit jemandem zu leben, aber unfähig bin ich den Ansturm meines eigenen Lebens, die Anforderungen meiner eigenen Person, den Angriff der Zeit und des Alters, den vagen Andrang der Schreiblust, die Schlaflosigkeit, die Nähe des Irreseins – alles dies allein zu ertragen bin ich unfähig. Vielleicht, füge ich natürlich hinzu. Die Verbindung mit F. wird meiner Existenz mehr Widerstandskraft geben.

2. Alles gibt mir gleich zu denken. Jeder Witz im Witzblatt, die Erinnerung an Flaubert und Grillparzer, der Anblick der Nachthemden auf den für die Nacht vorbereiteten Betten meiner Eltern, Maxens Ehe. Gestern sagte meine Schwester: »Alle Verheirateten (unserer Bekanntschaft) sind glücklich, ich begreife es nicht« auch dieser Ausspruch gab mir zu denken, ich bekam wieder Angst.

3 Ich muß viel allein sein. Was ich geleistet habe, ist nur ein Erfolg des Alleinseins.

4 Alles was sich nicht auf Litteratur bezieht, hasse ich, es langweilt mich Gespräche zu führen (selbst wenn sie sich auf Litteratur beziehn) es langweilt mich Besuche zu machen, Leiden und Freuden meiner Verwandten langweilen mich in die Seele hinein. Gespräche nehmen allem was ich denke die Wichtigkeit, den Ernst, die Wahrheit.

5 Die Angst vor der Verbindung, dem Hinüberfließen. Dann bin ich nie mehr allein.

6 Ich bin vor meinen Schwestern, besonders früher war es so, oft ein ganz anderer Mensch gewesen, als vor andern Leuten. Furchtlos, bloßgestellt, mächtig, überraschend, ergriffen wie sonst nur beim Schreiben. Wenn ich es durch Vermittlung meiner Frau vor allen sein

könnte! Wäre es dann aber nicht dem Schreiben entzogen? Nur das nicht, nur das nicht!

7. Allein könnte ich vielleicht einmal meinen Posten wirklich aufgeben. Verheiratet wird es nie möglich sein.

An Felice Bauer, 26. September 1916

Liebste, vorgestern, gestern, heute keine Nachricht, etwas lange, nicht? Allerdings verstehe ich es beiläufig, Du hattest eben Samstag und Sonntag keine Zeit. Nun ist aber auch sonst heute ein sehr schlechter Tag. Gestern allerdings war er desto besser, es war so schönes Wetter und ich hatte einen Ausflug gemacht, ganz allein, zu dieser Hochfläche mit der großen Aussicht, von der ich Dir schon einmal geschrieben habe. Es war wie im bessern Jenseits. Kennst Du eigentlich die Freuden des Alleinseins, Alleingehns, Allein-in-der-Sonne-Liegens? Damit ist wahrhaftig nichts gegen das Zuzweitsein und nicht viel gegen das Zudrittsein gesagt. Aber was für ein Glück für die Gemarterten, für Herz und Kopf ist das! Kennst Du es? Bist Du allein schon weit gegangen? Die Fähigkeit dazu setzt viel vergangenen Jammer und auch viel Glück voraus. Ich weiß, als Junge war ich viel allein, aber es war mehr Zwang, selten freies Glück. Jetzt aber laufe ich in das Alleinsein, wie das Wasser ins Meer.

Viele Grüße Franz

31. [Juli 1914] Ich habe keine Zeit. Es ist allgemeine Mobilisierung. K. und P. sind einberufen. Jetzt bekomme ich den Lohn des Alleinseins. Es ist allerdings kaum ein Lohn, Alleinsein bringt nur Strafen. Immerhin, ich bin wenig berührt von allem Elend und entschlossener als jemals. Nachmittag werde ich in der Fabrik sein müssen, wohnen werde ich nicht zuhause, denn E. mit den 2 Kindern übersiedelt zu uns. Aber schreiben werde ich trotz alledem, unbedingt, es ist mein Kampf um die Selbsterhaltung.

2. [August 1914] Deutschland hat Rußland den Krieg erklärt. – Nachmittag Schwimmschule

5. [August 1914] Ich entdecke in mir nichts als Kleinlichkeit, Entschlußunfähigkeit, Neid und Haß gegen die Kämpfenden, denen ich mit Leidenschaft alles Böse wünsche.

[6. August 1914] Patriotischer Umzug. Rede des Bürgermeisters. Dann Verschwinden, dann Hervorkommen und der deutsche Ausruf: »Es lebe unser geliebter Monarch, hoch.« Ich stehe dabei mit meinem bösen Blick. Diese Umzüge sind eine der widerlichsten Begleiterscheinungen des Krieges. Ausgehend von jüdischen Handelsleuten, die einmal deutsch, einmal tschechisch sind, es sich zwar eingestehen, niemals aber es so laut herausschreien dürfen wie jetzt. Natürlich reißen sie manchen mit. Organisiert war es gut. Es soll sich jeden Abend wiederholen, morgen Sonntag zweimal.

11 v [1916] Also Brief dem Direktor übergeben. Vorvorgestern. Bat entweder falls Krieg im Herbst zuende ist um langen Urlaub für später undzwar ohne Gehalt oder falls der Krieg weitergeht um Aufhebung der Reklamation. Das war eine ganze Lüge. Halbe Lüge wäre

gewesen, wenn ich um sofortigen langen Urlaub gebeten hätte und für den Fall der Verweigerung um Entlassung. Wahrheit wäre gewesen, wenn ich gekündigt hätte. Beides wagte ich nicht daher ganze Lüge.

Nutzlose heutige Unterredung. Direktor glaubt ich wolle die 3 Wochen des gewöhnlichen Urlaubs, die mir als Reklamiertem nicht gebüren, erpressen, bietet sie mir daher ohne weiters an, war dazu angeblich schon vor dem Brief entschlossen. Vom Militär spricht er überhaupt nicht, als stünde es nicht im Brief. Wenn ich davon spreche, überhört er es. Langen Urlaub ohne Gehalt findet er offenbar komisch, erwähnt es vorsichtig in diesem Ton. Drängt mich den 3 Wochenurlaub sofort zu nehmen. Macht Zwischeneinfügungen als laienhafter Nervenarzt, wie alle. Ich hätte doch keine Verantwortung zu tragen wie er, seine Stellung, die könnte allerdings krank machen. Wie viel habe er auch früher gearbeitet, als er sich zur Advokatursprüfung vorbereitete und gleichzeitig in der Anstalt Dienst tat. 9 Monate 11 Stunden Tagesarbeit. Und dann der Hauptunterschied. Hätte ich denn irgendwie und jemals für meine Stellung zu fürchten, er hätte aber diese Furcht gehabt. Er hätte Feinde in der Anstalt gehabt, die alles mögliche versucht hätten, um ihm sogar in dieser Weise den »Lebensast« zu durchschneiden, ihn zum alten Eisen zu werfen.

Von meinem Schreiben spricht er merkwürdigerweise nicht.

Ich schwächlich, trotzdem ich sehe daß es um mein Leben fast geht. Bleibe aber dabei, daß ich zum Militär will und daß 3 Wochen mir nicht genügen. Darauf verschiebt er die Fortsetzung der Unterredung. Wäre er nur nicht so freundlich und teilnehmend!

Ich werde an Folgendem festhalten: Ich will zum Militär, diesem 2 Jahre verhaltenem Wunsch nachgeben; aus verschiedenen Rücksichten die nicht meine Person betreffen, würde ich, wenn ich einen langen Urlaub bekäme, diesen vorziehn. Das ist aber wohl aus amtlichen wie militärischen Rücksichten unmöglich. Unter langem Urlaub verstehe ich – der Beamte schämt sich es zu sagen, der Kranke nicht – ein halbes oder ein ganzes Jahr. Ich will keinen Gehalt, weil es sich nicht um eine organische zweifellos feststellbare Krankheit handelt.

Das alles ist Fortsetzung der Lüge, kommt aber in der Wirkung, wenn ich konsequent bleibe, der Wahrheit nahe.

[10. November 1917] Traum von der Schlacht am Tagliamento: Eine Ebene, Fluß eigentlich nicht vorhanden, viele sich drängende, aufgeregte Zuschauer, bereit, je nach der Lage, vorwärts oder zurückzulaufen. Vor uns Hochebene, deren Rand, abwechselnd leer und mit hohem Gesträuch bewachsen, man sehr deutlich sieht. Oben auf der Hochebene und jenseits ihrer kämpfen Österreicher. Man ist in Spannung; wie wird es werden? Zwischendurch sieht man, offenbar um sich zu erholen, vereinzelte Gebüsche auf dunklem Abhang, hinter denen hervor ein oder zwei Italiener schießen. Das ist aber bedeutungslos, wir allerdings laufen schon ein wenig. Dann wieder die Hochebene: Österreicher laufen den leeren Rand entlang, bleiben mit einem Ruck hinter den Sträuchern stehn, laufen wieder. Es geht offenbar schlecht, es wird auch unbegreiflich, wie es jemals gut gehen könnte, wie kann man, da man doch auch nur ein Mensch ist, Menschen, die den Willen haben sich zu wehren, jemals überwältigen. Große Verzweiflung, allgemeine Flucht wird nötig werden. Da erscheint ein preußischer Major, der übrigens die ganze Zeit über mit uns die Schlacht beobachtet hat, aber wie er jetzt ruhig in den plötzlich leer gewordenen Raum tritt, ist er eine neue Erscheinung. Er steckt zwei Finger von jeder Hand in den Mund und pfeift, so wie man einem Hund pfeift, aber liebend. Das Zeichen gilt seiner Abteilung, die unweit gewartet hat und jetzt vormarschiert. Es ist preußische Garde, junge stille Leute, nicht viele, vielleicht nur eine Kompagnie, alle scheinen Offiziere zu sein, wenigstens haben sie lange Säbel, die Uniformen sind dunkel. Wie sie nun an uns mit kurzen Schritten, langsam, gedrängt vorbeimarschieren, hie und da uns ansehn, ist die Selbstverständlichkeit dieses Todesganges gleichzeitig rührend, erhebend und siegverbürgend. Erlöst durch das Eingreifen dieser Männer erwache ich.

An Milena Jesenská, 9. August 1920

Ich erinnere mich an die erste Nacht. Wir wohnten damals in der Zeltnergasse, gegenüber war ein Konfektionsgeschäft, in der Tür stand immer ein Ladenmädchen, oben wanderte ich, etwas über 20 Jahre alt, unaufhörlich im Zimmer auf und ab mit dem nervenspannenden Einlernen für mich sinnloser Dinge zur ersten Staatsprüfung beschäftigt. Es war im Sommer, sehr heiß, diese Zeit wohl, es war ganz unerträglich, beim Fenster blieb ich, die widerliche römische Rechtsgeschichte zwischen den Zähnen, immer stehn, schließlich verständigten wir uns durch Zeichen. Am Abend um 8 Uhr sollte ich sie abholen, aber als ich abend hinunterkam, war schon ein anderer da, nun das änderte nicht viel, ich hatte vor der ganzen Welt Angst, also auch vor diesem Mann; wenn er nicht da gewesen wäre, hätte ich <u>auch</u> Angst vor ihm gehabt. Aber das Mädchen hängte sich zwar in ihn ein, aber machte mir Zeichen, daß ich hinter ihnen gehen solle. So kamen wir auf die Schützeninsel, tranken dort Bier, ich am Nebentisch, gingen dann, ich hinterher, langsam zur Wohnung des Mädchens, irgendwo beim Fleischmarkt, dort nahm der Mann Abschied, das Mädchen lief ins Haus, ich wartete ein Weilchen, bis sie wieder zu mir herauskam und dann giengen wir in ein Hotel auf der Kleinseite. Das alles war, schon vor dem Hotel, reizend, aufregend und abscheulich, im Hotel war es nicht anders. Und als wir dann gegen Morgen, es war noch immer heiß und schön, über die Karlsbrücke nachhause giengen, war ich allerdings glücklich, aber dieses Glück bestand nur darin, daß ich endlich Ruhe hatte vor dem ewig jammernden Körper, vor allem aber bestand das Glück darin, daß das Ganze nicht <u>noch</u> abscheulicher, nicht <u>noch</u> schmutziger gewesen war. Ich war dann noch einmal mit dem Mädchen beisammen, ich glaube, 2 Nächte später, es war alles so gut wie zum erstenmal, aber als ich dann gleich in die Sommerfrische fuhr, draußen ein wenig mit einem Mädchen spielte, konnte ich in Prag das Ladenmädchen nicht mehr ansehn, kein Wort habe ich mehr mit ihr gesprochen, sie war (von mir aus gesehn) meine böse Feindin und war doch ein gutmütiges freundliches Mädchen, immerfort verfolgte sie mich mit ihren nichts verstehenden Augen. Ich will nicht sagen, daß der alleinige Grund meiner Feindschaft (sicher war er es nicht) der gewesen ist, daß das Mädchen im Hotel in aller Unschuld eine winzige Abscheulichkeit gemacht hat (nicht der Rede wert), eine kleine Schmutzigkeit gesagt hat (nicht der Rede wert), aber die Erinnerung blieb, ich wußte im gleichen Augenblick, daß ich das nie vergessen werde und gleichzeitig wußte ich oder glaubte es zu wissen, daß dieses Abscheuliche und Schmutzige, äußerlich gewiß nicht notwendig, innerlich aber sehr notwendig mit dem Ganzen zusammenhänge und daß mich gerade dieses Abscheuliche und Schmutzige (dessen kleines Zeichen mir ihre kleine Handlung, ihr kleines Wort gewesen war) mit so wahnsinniger Gewalt in dieses Hotel gezogen hatte, dem ich sonst ausgewichen wäre mit meiner letzten Kraft.

Und so wie es damals war, blieb es immer. Mein Körper, oft jahrelang still, wurde dann wieder geschüttelt bis zum Nicht-ertragenkönnen von dieser Sehnsucht nach einer kleinen, nach einer ganz bestimmten Abscheulichkeit, nach etwas leicht Widerlichem, Peinlichem, Schmutzigen, noch in dem Besten, was es hier für mich gab war etwas davon, irgendein kleiner schlechter Geruch, etwas Schwefel, etwas Hölle. Dieser Trieb hatte etwas vom ewigen Juden, sinnlos gezogen sinnlos wandernd durch eine sinnlos schmutzige Welt.

Dann aber gab es auch Zeiten, wo der Körper nicht still war, wo überhaupt gar nichts still war, wo ich aber trotzdem unter gar keinem Zwang war, es war ein gutes, ruhiges, nur durch Hoffnung beunruhigtes (kennst Du eine bessere Unruhe?) Leben. In diesen Zeiten, soweit sie nur irgendeine Dauer hatten, war ich immer allein. Zum erstenmal in meinem Leben gibt es jetzt solche Zeiten, in denen ich nicht allein bin. Darum ist nicht nur Deine körperliche Nähe sondern Du selbst beruhigend-beunruhigend. Darum habe ich keine Sehnsucht nach Schmutz (in der ersten Meraner Hälfte machte ich gegen meinen offenen Willen Tag und Nacht Pläne, wie ich mich des Stubenmädchens bemächtigen könnte (noch Ärgeres), gegen das

Meraner Ende zu lief mir ein sehr williges Mädchen in die Hände, ich mußte mir ihre Worte gewissermaßen erst in meine Sprache übersetzen um sie überhaupt verstehn zu können) ich sehe förmlich auch keinen Schmutz, nichts derartiges, was von außen reizt, ist da, aber alles, das von innen Leben bringt, kurz, etwas von der Luft ist da, die man im Paradies vor dem Sündenfall geatmet hat. Nur etwas von dieser Luft, [...] nicht jene ganze Luft, daher gibt es »Angst«.

An Milena Jesenská, November 1920

Ich habe eine Eigentümlichkeit, die mich von allen mir Bekannten nicht wesentlich, aber graduell sehr stark unterscheidet. Wir kennen doch beide ausgiebig charakteristische Exemplare von Westjuden, ich bin, soviel ich weiß, der westjüdischeste von ihnen, das bedeutet, übertrieben ausgedrückt, daß mir keine ruhige Sekunde geschenkt ist, nichts ist mir geschenkt, alles muß erworben werden, nicht nur die Gegenwart und Zukunft, auch noch die Vergangenheit, etwas das doch jeder Mensch vielleicht mitbekommen hat, auch das muß erworben werden, das ist vielleicht die schwerste Arbeit, dreht sich die Erde nach rechts – ich weiß nicht, ob sie das tut – müßte ich mich nach links drehn, um die Vergangenheit nachzuholen. Nun habe ich aber zu allen diesen Verpflichtungen nicht die geringste Kraft, ich kann nicht die Welt auf meinen Schultern tragen, ich ertrage dort kaum meinen Winterrock. Diese Kraftlosigkeit ist übrigens nicht etwas unbedingt zu beklagendes; welche Kräfte würden für diese Aufgaben hinreichen! Jeder Versuch hier mit eigenen Kräften durchkommen zu wollen, ist Irrsinn und wird mit Irrsinn gelohnt. Darum ist es unmöglich »damit zu kommen« wie Du schreibst. Ich kann aus Eigenem nicht den Weg gehn, den ich gehen will, ja ich kann ihn nicht einmal gehn wollen, ich kann nur still sein, ich kann nichts anderes wollen, ich will auch nichts anderes.

Es ist etwa so, wie wenn jemand vor jedem einzelnen Spaziergang nicht nur sich waschen, kämmen u. s. w. müßte – schon das ist ja mühselig genug – sondern auch noch, da ihm vor jedem Spaziergang alles Notwendige immer wieder fehlt, auch noch das Kleid nähn, die Stiefel zusammenschustern, den Hut fabricieren, den Stock zurechtschneiden u. s. w. Natürlich kann er das alles nicht gut machen, es hält vielleicht paar Gassen lang, aber auf dem Graben z. B. fällt plötzlich alles auseinander und er steht nackt da mit Fetzen und Bruchstücken. Diese Qual nun, auf den Altstädter Ring zurückzulaufen! Und am Ende stößt er noch in der Eisengasse auf einen Volkshaufen, welcher auf Juden Jagd macht.

Mißversteh mich nicht Milena, ich sage nicht daß dieser Mann verloren ist, ganz und gar nicht, aber er ist verloren wenn er auf den Graben geht, er schändet dort sich und die Welt.

An Milena Jesenská, November 1920

Heute kamen zwei Briefe. Natürlich hast Du recht Milena, ich wage ja vor Scham über meine Briefe Deine Antworten kaum zu öffnen. Nun sind aber meine Briefe wahr oder wenigstens auf dem Weg zur Wahrheit, was täte ich erst vor Deinen Antworten wenn meine Briefe erlogen wären. Leichte Antwort: ich würde verrückt werden. Dieses Wahrreden ist also kein sehr großes Verdienst, es ist ja auch so wenig, ich suche nur immerfort etwas Nicht-Mitteilbares mitzuteilen, etwas Unerklärbares zu erklären, von etwas zu erzählen, was ich in den Knochen habe und was nur in diesen Knochen erlebt werden kann. Es ist ja vielleicht im Grunde nichts anderes als jene Angst von der schon so oft die Rede war, aber Angst ausgedehnt auf alles, Angst vor dem Größten wie Kleinsten, Angst, krampfhafte Angst vor dem Aussprechen eines Wortes. Allerdings ist diese Angst vielleicht nicht nur Angst, sondern auch Sehnsucht nach etwas was mehr ist als alles Angsterregende.

An Milena Jesenská, Ende März 1922

Nun habe ich Ihnen schon so lange nicht geschrieben Frau Milena, und auch heute schreibe ich nur infolge eines Zufalls. Entschuldigen müßte ich mein Nichtschreiben eigentlich nicht, Sie wissen ja, wie ich Briefe hasse. Alles Unglück meines Lebens – womit ich nicht klagen, sondern eine allgemein belehrende Feststellung machen will – kommt, wenn man will, von Briefen oder von der Möglichkeit des Briefeschreibens her. Menschen haben mich kaum jemals betrogen, aber Briefe immer undzwar auch hier nicht fremde, sondern meine eigenen. Es ist in meinem Fall ein besonderes Unglück, von dem ich nicht weiter reden will, aber gleichzeitig auch ein allgemeines. Die leichte Möglichkeit des Briefeschreibens muß – bloß teoretisch angesehn – eine schreckliche Zerrüttung der Seelen in die Welt gebracht haben. Es ist ja ein Verkehr mit Gespenstern undzwar nicht nur mit dem Gespenst des Adressaten, sondern auch mit dem eigenen Gespenst, das sich einem unter der Hand in dem Brief, den man schreibt, entwickelt oder gar in einer Folge von Briefen, wo ein Brief den andern erhärtet und sich auf ihn als Zeugen berufen kann. Wie kam man nur auf den Gedanken, daß Menschen durch Briefe mit einander verkehren können! Man kann an einen fernen Menschen denken und man kann einen nahen Menschen fassen, alles andere geht über Menschenkraft. Briefe schreiben aber heißt, sich vor den Gespenstern entblößen, worauf sie gierig warten. Geschriebene Küsse kommen nicht an ihren Ort, sondern werden von den Gespenstern auf dem Wege ausgetrunken. Durch diese reichliche Nahrung vermehren sie sich ja so unerhört. Die Menschheit fühlt das und kämpft dagegen, sie hat, um möglichst das Gespenstische zwischen den Menschen auszuschalten, und den natürlichen Verkehr, den Frieden der Seelen zu erreichen, die Eisenbahn, das Auto, den Aeroplan erfunden, aber es hilft nichts mehr, es sind offenbar Erfindungen, die schon im Absturz gemacht werden, die Gegenseite ist soviel ruhiger und stärker, sie hat nach der Post den Telegraphen erfunden, das Telephon, die Funkentelegraphie. Die Geister werden nicht verhungern, aber wir werden zugrundegehn.

Nachweise und Anmerkungen

(Ausführliche Anmerkungen sind den jeweils verwendeten Ausgaben der Druckvorlagen bzw. den Apparatbänden und Kommentaren der Kritischen Ausgabe der *Schriften, Tagebücher, Briefe*, hrsg. von Jürgen Born, Gerhard Neumann, Malcolm Pasley und Jost Schillemeit, Frankfurt am Main: S. Fischer 1982 ff., zu entnehmen.)

Siglen

BCM: Franz Kafka, Beim Bau der chinesischen Mauer und andere Schriften aus dem Nachlaß. Frankfurt am Main 1994 [= Bd. 6 der ›Gesammelten Werke in zwölf Bänden‹. Nach der Kritischen Ausgabe herausgegeben von Hans-Gerd Koch; Fischer Taschenbuch Bd. 12446].

BF: Franz Kafka, Briefe an Felice und andere Korrespondenz aus der Verlobungszeit. Hrsg. v. Erich Heller und Jürgen Born. 10. Aufl. Frankfurt am Main: Fischer Taschenbuch Verlag 2003.

BM: Franz Kafka, Briefe an Milena. Erweiterte Neuausgabe. Hrsg. v. Jürgen Born u. Michael Müller. 13. Aufl. Frankfurt am Main: Fischer Taschenbuch Verlag 2004.

E: Franz Kafka, Das Ehepaar und andere Schriften aus dem Nachlaß. Frankfurt am Main 1994 [= Bd. 8 der ›Gesammelten Werke in zwölf Bänden‹. Nach der Kritischen Ausgabe herausgegeben von Hans-Gerd Koch; Fischer Taschenbuch Bd. 12448].

FG: Franz Kafka, Zur Frage der Gesetze und andere Schriften aus dem Nachlaß. Frankfurt am Main 1994 [= Bd. 7 der ›Gesammelten Werke in zwölf Bänden‹. Nach der Kritischen Ausgabe herausgegeben von Hans-Gerd Koch; Fischer Taschenbuch Bd. 12447].

L: Franz Kafka, Ein Landarzt und andere Drucke zu Lebzeiten. Frankfurt am Main 1994 [= Bd. 1 der ›Gesammelten Werke in zwölf Bänden‹. Nach der Kritischen Ausgabe herausgegeben von Hans-Gerd Koch; Fischer Taschenbuch Bd. 12441].

Die Aeroplane in Brescia
Druckvorlage: L, S. 312–320. Erstdruck des Artikels in ›Bohemia‹, 82. Jg., Nr. 269 (29. September 1909, Morgen-Ausgabe), S. 1–3.

Das Urteil
Druckvorlage: L, S. 37–52. Erstdruck in ›Arkadia. Ein Jahrbuch für Dichtkunst‹. Hrsg. v. Max Brod. Leipzig: Kurt Wolff Verlag 1913, S. 53–65.

Wunsch, Indianer zu werden
Druckvorlage: L, S. 30. Erstdruck in: Franz Kafka, ›Betrachtung‹, Leipzig: Ernst Rowohlt Verlag 1913 [noch 1912 erschienen], S. 77–78.

Die Bäume
Druckvorlage: L, S. 30. Erstdruck in ›Hyperion. Eine Zweimonatsschrift‹. [1. Folge] 1. Band, Heft 1 [Januar / Februar 1908], S. 93.

In der Strafkolonie
Druckvorlage: L, S. 159–195. Erstdruck: Franz Kafka, ›In der Strafkolonie‹. Leipzig: Kurt Wolff Verlag 1919.

Ein Landarzt
Druckvorlage: L, S. 200–207. Erstdruck in ›Die neue Dichtung. Ein Almanach‹. Leipzig: Kurt Wolff Verlag 1918, S. 17–26.

Auf der Galerie
Druckvorlage: L, S. 207–208. Erstdruck in: Franz Kafka, ›Ein Landarzt. Kleine Erzählungen‹. München und Leipzig: Kurt Wolff Verlag 1919 [erst im Frühjahr 1920 erschienen], S. 34–38.

Vor dem Gesetz
Druckvorlage: L, S. 211–212. Erstdruck in ›Vom jüngsten Tag. Ein Almanach neuer Dichtung‹. Leipzig: Kurt Wolff Verlag 1916, S. 126–128. Der Text ist Bestandteil der Handschrift des ›Proceß‹-Romans (Kapitel ›Im Dom‹).

Die Sorge des Hausvaters
Druckvorlage: L, S. 222–223. Erstdruck in ›Selbstwehr. Unabhängige jüdische Wochenschrift‹, 13. Jg., Nr. 51 / 52 (19. Dezember 1919, Chanukkah-Nummer), S. 5–6.

Ein Bericht für eine Akademie
Druckvorlage: L, S. 234–245. Erstdruck in ›Der Jude. Eine Monatsschrift‹, 2. Jg., Novemberheft 1917, S. 559–565.

Ein Hungerkünstler
Druckvorlage: L, S. 261–273. Erstdruck in ›Die neue Rundschau‹, 33. Jg., Heft 10, Oktoberheft 1922, S. 983–992. ›Ein Hungerkünstler‹ ist die Titelerzählung der letzten Buchpublikation Franz Kafkas: ›Ein Hungerkünstler. Vier Geschichten. Berlin: Verlag Die Schmiede 1924 [erschienen Ende August 1924].

Josefine, die Sängerin oder Das Volk der Mäuse
Druckvorlage: L, S. 274–294. Erstdruck in ›Prager Presse‹, 4. Jg., Nr. 110 (20. April 1924, Morgenausgabe, Beilage ›Dichtung und Welt‹), S. IV–VII.

Aus den Romanen

Der Proceß [Im Dom]
Druckvorlage: Franz Kafka, Der Proceß. Frankfurt am Main 1994 [= Bd. 3 der ›Gesammelten Werke in zwölf Bänden‹. Nach der Kritischen Ausgabe herausgegeben von Hans-Gerd Koch; Fischer Taschenbuch Bd. 12443], S. 209–235.

Das Schloß [Das Warten auf Klamm]
Druckvorlage: Franz Kafka, Das Schloß. Frankfurt am Main 1994 [= Bd. 4 der ›Gesammelten Werke in zwölf Bänden‹. Nach der Kritischen Ausgabe herausgegeben von Hans-Gerd Koch; Fischer Taschenbuch Bd. 12444], S. 123–133.

Der Verschollene [Karl sah an einer Straßenecke ...]
Druckvorlage: Franz Kafka, Der Verschollene. Frankfurt am Main 1994 [= Bd. 2 der ›Gesammelten Werke in zwölf Bänden‹. Nach der Kritischen Ausgabe herausgegeben von Hans-Gerd Koch; Fischer Taschenbuch Bd. 12442], S. 295–317. Für das hier ausgewählte Fragment aus dem ›Verschollenen‹ ist kein Titel aus Kafkas Hand überliefert. In Max Brods Ausgabe des ›Amerika‹-Romans hat das (dort in veränderter Form vorliegende) Fragment den Titel *Das Naturtheater von Oklahoma.*

Prosa aus dem Nachlass

(Nicht von Kafka stammende Titel sind kursiv gesetzt.)

Die Brücke
Druckvorlage: BCM, S. 39–40. Titel von Max Brod.

Jäger-Gracchus-Fragmente
Druckvorlage: BCM, S. 40–43; 44–45; 96–100.

Beim Bau der chinesischen Mauer
Druckvorlage: BCM, S. 65–80.

Der Schlag ans Hoftor
Druckvorlage: BCM, S. 83–85. Titel von Max Brod

Eine Kreuzung
Druckvorlage: BCM, S. 92–93.

Texte aus »Oktavheft G«
Druckvorlage: BCM, S. 160–164.

Die Wahrheit über Sancho Pansa
Druckvorlage: BCM, S. 167. Titel von Max Brod.

Das Schweigen der Sirenen
Druckvorlage: BCM, S. 168–170. Titel von Max Brod

Zur Frage der Gesetze
Druckvorlage: FG, S. 106–108.

Poseidon
Druckvorlage: FG, S. 130–131. Titel von Max Brod.

Der Geier
Druckvorlage: FG, S. 151–152. Titel von Max Brod.

Kleine Fabel
Druckvorlage: FG, S. 163. Titel von Max Brod.

Der Kreisel
Druckvorlage: FG, S. 176–177. Titel von Max Brod.

Prometheus
Druckvorlage: BCM, S. 192–193. Titel von Max Brod.

Ein Kommentar
Druckvorlage: E, S. 130.

Von den Gleichnissen
Druckvorlage: E, S. 131–132. Titel von Max Brod.

An Oskar Pollak, 27. Januar 1904
Druckvorlage: Franz Kafka, Briefe 1900–1912. Kritische Ausgabe. Hrsg. v. Hans-Gerd Koch. Frankfurt am Main: S. Fischer Verlag 1999, S. 36.
Oskar Pollak (1883–1915) war Mitschüler Kafkas am Altstädter Deutschen Gymnasium; nach der Matura nahm er zunächst ein Studium der Chemie, später der Philosophie und Archäologie und schließlich der Kunstgeschichte an der Karls-Universität auf. Zu Beginn des Studiums trat er – wie Kafka, dessen engster Freund er in diesen ersten Studienjahren war – in die ›Lese- und Redehalle der deutschen Studenten‹ ein. Im Sommersemester 1903 und im Wintersemester 1903 / 04 wurde Pollak zum Kunstberichterstatter der literarischen Sektion bestimmt; als er im Herbst 1903 eine Stelle als Hauslehrer auf Schloß Oberstudenetz bei Zdiretz annahm, übernahm Kafka in dieser Funktion seine Nachfolge.

An die »Arbeiter-Unfall-Versicherungs-Anstalt«
Druckvorlage: Franz Kafka, Briefe 1900–1912. Kritische Ausgabe. Hrsg. v. Hans-Gerd Koch. Frankfurt am Main: S. Fischer Verlag 1999, S. 85.
Die *Arbeiter-Unfall-Versicherungs-Anstalt* für das Königreich Böhmen in Prag war die wichtigste von sieben in der Donaumonarchie aufgrund des Arbeiterunfallversicherungsgesetzes von 1887 gegründeten und unter staatlicher Aufsicht stehenden Anstalten öffentlichen Rechts. In ihren Zuständigkeitsbereich fiel eines der damals bedeutendsten Industriegebiete Europas. Kafka trat am 30. Juli 1908 in den Dienst der Anstalt ein und stieg innerhalb der Hierarchie bis zum Sekretär und Vorstand eines eigenen Referats auf. Krankheitsbedingt schied Kafka am 1. Juli 1922 aus den Diensten der Anstalt aus.

Reisetagebuch, 11. September 1911
Druckvorlage: Franz Kafka, Reisetagebücher. Frankfurt am Main 1994 [= Bd. 12 der ›Gesammelten Werke in zwölf Bänden‹. Nach der Kritischen Ausgabe herausgegeben von Hans-Gerd Koch; Fischer Taschenbuch Bd. 12452], S. 75–78. In einem späteren Tagebucheintrag nennt Kafka die vorliegende Unfallerzählung »meine kleine Automobilgeschichte«: Franz Kafka, Tagebücher 1909–1912. Frankfurt am Main 1994 [= Bd. 9 der ›Gesammelten Werke in zwölf Bänden‹. Nach der Kritischen Ausgabe herausgegeben von Hans-Gerd Koch; Fischer Taschenbuch Bd. 12449], S. 177.

Tagebuch, Anfang November 1911
Druckvorlage: Franz Kafka, Tagebücher 1909–1912, S. 176. Kafka veröffentlichte diesen zwischen dem 5. und 7. November 1911 datierten Tagebuchein-

trag unter dem Titel ›Großer Lärm‹ in der Zeitschrift ›Herderblätter‹, 1. Jg., Nr. 4–5 (Oktober 1912), S. 44. Zum (überarbeiteten) Text dieser Druckfassung siehe: L, S. 343.

Zur »Charakteristik kleiner Litteraturen«
Druckvorlage: Franz Kafka, Tagebücher 1909–1912, S. 243–245; 249 f.; 253.
Jizchak Löwy (1887–1942) stammte aus einer chassidischen Familie; schon früh interessierte er sich – trotz der ablehnenden Haltung seiner orthodoxen Eltern – für das Theater, insbesondere für das jiddische Jargontheater. Im Winter 1911 / 12 gastierte Löwy mit einer Theatergruppe aus Lemberg in Prag; Kafka besuchte zahlreiche Aufführungen, und es entstanden freundschaftliche Verbindungen zu den Mitgliedern des Ensembles, besonders zu Löwy.

An Felice Bauer, 1. November 1912
Druckvorlage: BF, S. 65–68.
Felice Leonie Bauer (1887–1960) stammte aus einer jüdischen Familie, die 1899 von Oberschlesien nach Berlin übersiedelte. Kafka lernte die Direktrice einer Berliner Schallplattenspieler- und Diktiergerätefirma am 13. August 1912 in Prag kennen, wo sich Felice Bauer zu einem Besuch bei der entfernt verwandten Familie von Max Brod aufhielt. Rund sechs Wochen später erhielt sie Kafkas ersten Brief. Zur ersten Begegnung nach Aufnahme des Briefwechsels kam es am 23. und 24. März 1913. Am Osterwochenende vom 12. und 13. April 1914 verlobten sich Felice Bauer und Kafka. Nach einer Aussprache am 12. Juli löste Kafka die Verlobung auf. Vermutlich während eines gemeinsamen Urlaubs in Marienbad im Juli 1916 kam es zu einer zweiten Verlobung, die Weihnachten 1917 von Kafka erneut aufgelöst wurde.

An Felice Bauer, 11. November 1912
Druckvorlage: BF, S. 88 f.

An Felice Bauer, 14. November 1912
Druckvorlage: BF, S. 89 f.

An Felice Bauer, 17. November 1912
Druckvorlage: BF, S. 100–102.

An Felice Bauer, 14. / 15. Januar 1913
Druckvorlage: BF, S. 250.

An Felice Bauer, 18. / 19. Februar 1913
Druckvorlage: BF, S. 305 f.

An Felice Bauer, 17./18. März 1913
Druckvorlage: BF, S. 341.

Tagebuch, 21. Juli 1913
Druckvorlage: Franz Kafka, Tagebücher 1912–1914. Frankfurt am Main 1994 [= Bd. 10 der ›Gesammelten Werke in zwölf Bänden‹. Nach der Kritischen Ausgabe herausgegeben von Hans-Gerd Koch; Fischer Taschenbuch Bd. 12450], S. 184f.

An Felice Bauer, 26. September 1916
Druckvorlage: BF, S. 710f.

Tagebuchnotizen zum Ersten Weltkrieg
Druckvorlage: Franz Kafka, Tagebücher 1912–1914. Frankfurt am Main 1994 [= Bd. 10 der ›Gesammelten Werke in zwölf Bänden‹. Nach der Kritischen Ausgabe herausgegeben von Hans-Gerd Koch; Fischer Taschenbuch Bd. 12450], S. 164f.; 165; 166; 167; und Franz Kafka, Tagebücher 1914–1923. Frankfurt am Main 1994 [= Bd. 11 der ›Gesammelten Werke in zwölf Bänden‹. Nach der Kritischen Ausgabe herausgegeben von Hans-Gerd Koch; Fischer Taschenbuch Bd. 12451], S. 123f.; 170f.

An Milena Jesenská, 9. August 1920
Druckvorlage: BM, S. 196–199.
Milena Jesenská (1896–1944) war eine aus Prag stammende Journalistin, die mit ihrem damaligen Ehemann Ernst Pollak (1886–1947) in Wien lebte. Eine Anfrage, ob Kafka ihr erlaube, seine Erzählung ›Der Heizer‹ ins Tschechische zu übersetzen, sowie eine kurz darauf im Herbst 1920 erfolgte persönliche Begegnung in Prag markieren den Beginn ihrer Bekanntschaft mit Kafka.

An Milena Jesenská, November 1920
Druckvorlage: BM, S. 294f.

An Milena Jesenská, November 1920
Druckvorlage: BM, S. 296.

An Milena Jesenská, Ende März 1922
Druckvorlage: BM, S. 301f.